U0558072

小说 历史人物

金瓯岂可缺

南宋第一诗人

陆游

汪和邕 著

中国书籍出版社
China Book Press

图书在版编目（CIP）数据

金瓯岂可缺：南宋第一诗人陆游 / 汪和邕著. -- 北京：中国书籍出版社，2025.8. -- ISBN 978-7-5241-0251-9

Ⅰ.I247.5

中国国家版本馆CIP数据核字第2025HW4166号

金瓯岂可缺：南宋第一诗人陆游

汪和邕　著

责任编辑	王志刚
责任印制	孙马飞　马　芝
封面设计	东方美迪
出版发行	中国书籍出版社
地　　址	北京市丰台区三路居路 97 号（邮编：100073）
电　　话	（010）52257143（总编室）　（010）52257140（发行部）
电子邮箱	eo@chinabp.com.cn
经　　销	全国新华书店
印　　刷	三河市富华印刷包装有限公司
开　　本	710毫米×1000毫米　1/16
字　　数	220千字
印　　张	14.25
版　　次	2025年8月第1版　2025年8月第1次印刷
书　　号	ISBN 978-7-5241-0251-9
定　　价	56.00元

版权所有　翻印必究

自　序

南宋历史文化人物，若论诗人我最喜欢的要数陆游，心中生发出写一本关于陆游全部生平的想法。只不过，这个想法一直停留在想法上。

不动笔，非不愿也，实不能也，盖不过才疏学浅，有现成的书籍阅读就足以为乐的了，又何必劳心劳力地去写一本可能吃力不讨"好"的书。至今提及笔来，倒不是自己蓄够了能量，具备了才情，如果一定要说有什么足够让我有了厚颜动笔的理由，无外乎一众至爱亲朋的关切催促和鞭策，不得不立下写这本书的雄心。我打算按照自己的方式去看待历史和重新解读陆游，通过不同于他人的视角去书写陆游。这是一次全新的挑战，做一件挑战自己的事情，既是一件难事，又何尝不是一件快事！

"书到用时方恨少，事非经过不知难。"提笔时猛地从脑门迸出了这句名言，用来形容我下笔时的心情最是恰当不过的了。像陆游这样的历史名人，有关他的生平事迹的书籍自是不少，经过仔细阅读后才发现真正具备参考价值的却少之又少。有的读本谬误百出，与史料有诸多出入，甚至连生卒年月都给弄错。加上戏说、调侃历史人物已成泛滥之势，以至于以讹传讹，不堪卒读。对待历史人物，必须尊重历史。作家理应肩负起一种社会责任，科学客观地书写历史，如果人云亦云，既往而不究，必贻误后世。虽说本书不是人物传记，而是一部小说，大可不必如此较真，但是书写一个历史人物当然得以史为本，所谓的虚构想象也要有其合理性，在不改变基本史实的前提下，力求增强故事性、可读性。所以，史料的搜集、细读、考证、识伪和运用等，就显得格外重要，这是一项相当复杂的工程，不仅考验一个人的认知能力，更考验一个人的心性、耐力和身体。时常为考证一个问题，往往要找出一大堆史料书籍进行逐字逐句研读、分析，一天下来，腰酸背痛眼胀目花，仍茫无所得。每每想起这段不堪回首的经历，总让人感慨万千。

小说允许虚构，本书在遵循历史脉络的基础上，以主人公陆游为切入点，通过他的一生经历和历史中跌宕起伏的事件，勾勒出南宋的兴衰及历史的演变。在历史长河中，女人一直被忽视、被埋没，众多女性连名字都没有，能够青史留名更是屈指可数。陆游的妻子王氏也是这样，她陪伴陆游生活了半个世纪，在陆游的文字中仅出现过数次，并没有被赋予明确的形象，目前面世的书籍中关于王氏的记载也不过只言片语，本书用小说的手法对王氏这一人物形象进行了虚构呈现。小说就是要塑造人物，塑造一众有血有肉有情感的人物，当然也包括王氏，刻画出在陆游背后默默付出的王氏，目的就是要让王氏从一个模糊的影子走到读者面前。陆游应该被记住，而王氏也是应该被记住的，记住的不仅仅是王氏，更是记住在历史长河里千千万万个如王氏一样默默付出的女性。查阅诸多书籍，发现描述陆游大多集中在川蜀之前这一时期，对寓居四川期间及以后的经历着墨较少，故而选取了"巡山刺虎、放翁由来、整治盐商、开仓赈灾、南园事件"等具有代表性的重大事件和经历，进行了浓墨重彩地全景式描述，意在补缺拾遗，让陆游的形象更加立体丰满。

一提到陆游，人们总会想《示儿》这首诗："死去元知万事空，但悲不见九州同。王师北定中原日，家祭无忘告乃翁。"爱国是陆游最深层、最持久的情感，爱国主义音调贯穿了他的一生，无法施展心中抱负只能寄情于诗歌，用诗歌抒发他的欢乐与痛苦，抱负和梦想，直至生命的最后一刻。时至今日，每每读到，仍觉震撼人心，这也是至今我们仍然要学习的地方。

2025年是爱国主义诗人陆游诞辰900周年。创作《金瓯岂可缺——南宋第一诗人陆游》这一本历史小说，进行爱国主义教育，宣扬巩固"大一统"观念，培育和增进对中华民族和伟大祖国的情感，进一步凝聚民族复兴的磅礴伟力，激励华夏儿女为实现国家完全统一而努力，这才是我的初衷。

汪和邕
2025年1月

目 录

自 序 ……………………………………………………… 1
导 读 ……………………………………………………… 1

卷一 生于国难 ……………………………………………… 1
  出 生 …………………………………………………… 3
  避 兵 …………………………………………………… 9

卷二 勤学不倦 ……………………………………………… 17
  求 学 …………………………………………………… 19
  师 承 …………………………………………………… 25

卷三 屡遭挫折 ……………………………………………… 31
  科 考 …………………………………………………… 33
  诀 别 …………………………………………………… 39

卷四 初涉宦海 ……………………………………………… 49
  自 荐 …………………………………………………… 51
  出 仕 …………………………………………………… 56
  面 圣 …………………………………………………… 62

卷五 隆兴抗战 ……………………………………………… 69
  救 弊 …………………………………………………… 71
  和 议 …………………………………………………… 76
  出 都 …………………………………………………… 81

卷六 万里入蜀 … 91
- 逆 流 … 93
- 入 蜀 … 100
- 客 居 … 107

卷七 壮岁从戎 … 115
- 从 戎 … 117
- 刺 虎 … 123
- 梦 断 … 130

卷八 燕饮颓放 … 137
- 阅 兵 … 139
- 赏 花 … 143
- 放 翁 … 148

卷九 东归山阴 … 155
- 东 归 … 157
- 盐 引 … 162
- 开 仓 … 168
- 风 月 … 175

卷十 大地绝响 … 187
- 妻 故 … 189
- 南 园 … 194
- 北 伐 … 199
- 绝 唱 … 207

陆游生平简表 … 212
后　记 … 214
附录：部分参考文献 … 216

导　读

靖康二年（1127），金兵南下攻取大宋都城东京，掳走徽钦二帝，史称"靖康之难"，至此北宋王朝灭亡。隆兴和议后，南宋王朝偏安一隅，处于政权相对稳定、政治相对清明、社会经济相对繁荣、学术文学相对鼎盛的局面。伴随陆游一生的，正是这长达数十年的河山破碎、壮志难酬的时代。

陆游（1125—1209），字务观，号放翁，越州（今浙江省绍兴市）人。南宋时期著名爱国诗人，与王安石、苏轼、黄庭坚并称"宋代四大诗人"，又与杨万里、范成大、尤袤合称"南宋四大家"，位列"南宋四大家"之首。

陆游出生于一个官僚家庭，祖父陆佃，曾任礼部侍郎、吏部尚书、尚书左丞，为著名经学家；其父陆宰曾任淮西提举常平、淮南东路转运判官、京西路转运副使等，落职退居乡里专心于藏书读书。陆游生逢金兵南侵、北宋灭亡之际，靖康之难中，年幼的他随家人躲避战乱，过了一段颠沛流离的生活。他深受家庭爱国思想的熏陶，从小在父亲陆宰和先贤诸师的爱国抗金言论的感染下，驱逐金兵、恢复中原成为他终生未渝的志向。陆游自幼聪慧过人，先后师从毛德昭、韩有功、陆彦远、曾几等人，一生创作极为勤奋，诗作有几万首之多，现存诗歌近万首，内容题材十分广泛，涵盖历史、现实、人物、风景、战争、亲情、友情、爱情等各个方面。陆游不仅是一个卓越的诗人，还是一个词人、散文家和史学大家，著有《剑南诗稿》《渭南文集》《老学庵笔记》，曾主持编修《两朝实录》《三朝史》《南唐书》等，具有很高的史学价值。

陆游16岁时以荫补登仕郎的资格去临安参加吏部出官考试，19岁被推荐到礼部应试，遗憾的是，这两次应试都落榜了。陆游在29岁时参加了他人生中最后一次科举考试，锁厅考试取为第一，秦桧的孙子秦埙位居陆游名下，陆游也因此遭到秦桧嫉恨而被黜名。宋孝宗即位后，赐进士出身。陆游出仕后，历任福州宁德县主簿、敕令所删定官、隆兴府通判、枢密院编修官等职，因一生坚持抗金，屡遭朝中主和派排斥。乾道八年（1172），应四川宣抚使王炎之邀，陆游曾任职于南郑幕府，实现了他亲临前线、北伐抗金的愿望。

这是陆游一生中唯一的一次铁马金戈的军旅生涯，虽然只有短短数月，却给他留下了终生难忘的印记。由于当时最高统治者是最大的主和派，因此陆游毕生主张的北伐抗金愿望无法得到施展，空留"报国欲死无战场"的悲叹。陆游的仕途几起几落，最后官至宝谟阁待制致仕。

　　嘉定二年（1209）十二月二十九日，陆游与世长辞，享年85岁。临终之际，陆游留下绝笔诗《示儿》作为遗嘱。

　　陆游在思想、观点、创作等方面，有着复杂矛盾的一面，但是有一点，就是他一生屡遭打击和冷遇，然恢复河山矢志不渝。《示儿》一诗是陆游一生爱国精神的总结，写得何其沉痛，写得何其自信，陆游不仅不能忘记祖国的统一，而且相信祖国一定会实现统一，这不仅仅是写给儿子的遗嘱，也是留给世世代代的炎黄子孙的绝唱。

卷一 生于国难

出 生

宋宣和七年（1125）十月十七日早晨，天光云影，交相辉映，淮河的美景如画卷般徐徐展开。孰料转眼间乌云密布，预示着一场大雨即将来临。

淮河平缓，静水流深，此时的河水远没有夏季丰沛，河堤上可以看到河水跌落的痕迹。堤坡上的野草早已没了绿意，只看到枯黄一片，在寒风中颤抖着低吟。岸边的柳树垂下光秃秃的枝条，偶尔还能看见些许尚未落尽的黄叶，跟随枝条在风中摇摆不定。再远处，是一些榆、槐、楸等树木，灰黑的树枝张牙舞爪地伸向空中。

一艘高大的官船停靠在岸边。一名中年男子背着双手伫立在船头，他双眉紧锁，下陷的眼窝里一双深褐色的眼眸，正忧郁地望着前方，全然不顾一阵紧似一阵的寒风。这名男子不是别人，正是时任淮南路转运副使的陆宰，此番北上是要赴东京（今河南省开封市）面圣述职。

陆宰拖家带口从淮南出发，打算沿淮河而上，北接汴河，直达都城汴梁。南方湿润的气候，使淮河以南地区终年不结冰，长期保持着流水状态，得天独厚的自然条件使水路交通十分便利。选择水路还有一个更为重要的原因，其妻唐氏已经怀胎数月，行走甚是不便，乘坐肩舆或"鼠尾轿"恐难抵颠簸之苦，而水路则相对平稳许多。陆宰算了算日子，如果一路顺畅，妻子唐氏可在抵达汴梁后，住进官驿里安心生产。

这几日气温骤降，站在船头更是寒风刺骨，人们都躲在船舱内避寒。船头除了陆宰外，还有两名老者坐在船舱口唠嗑，这里刚好可以避风，又可观察天气变化。一个清瘦羊须，乃陆府的家院陆忠，另一个须发皆白，正在吸旱烟，是这艘船的船老大。此时头顶上空的乌云越积越浓，如蛟龙翻滚，陆忠自言自语道："好浓的天公絮！"船老大估摸着大雨将至，显然现在是无法起锚驶船的，心里再急也要等这场雨下后才敢下令行船。他吐出最后一口浓烟，将烟锅在鞋底敲了敲，跟着说道："是呀，又厚又重的天公絮，恐怕要落雨了。"说完，他将旱烟袋往腰间一别，望向站在船头的陆宰。

陆宰没有想到一大早就变了天，知道一时半会儿无法行船。他又向前方望去。此水段江阔水清，如一幅画卷沿着河水向前徐徐展开，虽被笼罩在一片凄凉萧瑟之中，倒也别有一番风味，只不过此时的陆宰并无心思欣赏，更没有寻词觅句的雅兴，雕像般站立甲板上，仿佛周遭的一切都与他无关。好半天，他才把目光从前方收了回来，环顾四周，目触之地全是凋零的景象，像极了此时的大宋王朝，正处于风雨飘摇的境地。景色四时而换，大宋又何时能再返盛世，想到此处陆宰心中愈发惆怅。

一个年约十四五岁的女子，轻快地走到陆宰跟前。此女子乃陆府养娘，名唤春花，打小就进了陆府，为陆宰妻子唐氏的体己婢女。春花将双手搭在一起，身子微微一弯，施了一礼，神色慌张地说道："老爷，夫人可能要生了。"

陆宰正想着心事，竟没有察觉春花已站在身旁。他看了一眼春花，不慌不忙地捋了捋胡须，茫然地说道："哦，知道了。"

春花见陆宰并没有喜出望外，反而面不改色，眺望着远方。她不禁也跟着向远方望去。远方并无特别之处，奔流不息的河水，黑压压的乌云随风翻滚，再远一点儿就看不清了，那是未知的天际。春花愈发不解了，心想近段时间老爷甚是怪异，一路上沉默寡语，不是坐在舱内独处沉思，就是一个人站在船头发呆，就连家中即将添丁也是一副漠不关心的样子。

这时，船舱里传来了夏竹的喊声："春花，快来，夫人叫你了。春花，春花。"

春花匆匆应声答道："知道啦，来啦，来啦。"她又望向陆宰，欲言又止，犹豫半响才道："老爷，夫人叫我了。"

陆宰眼见即将下雨，此时也不方便上岸去找郎中，便对春花说道："小心伺候夫人，如有事及时回禀。"

春花应道："是，老爷。"而后趄向船舱去了，一边走一边扭头看陆宰。

陆宰的左眉快速抽动了几下，表面上看似平静，其实心乱如麻。自从踏上回京之途后，左眼皮就跳个不停，吉哉？凶哉？如今北有金兵虎视眈眈伺机南侵，内有奸臣专权朋党之争，此时的大宋王朝可谓内忧外患岌岌可危，此次奉谕赴京面圣，自己又将要面临怎样的结果，这些他都无从知晓。所谓天威难测，陆宰的心里惴惴不安，而这些忧心之事又不能跟家人提及，说了也无人可以替他分担，唯有一人默默承受。

北风刮得更猛了，吹得桅杆发出吱吱嘎嘎的响声，篷索在风中胡乱摇晃，打在束好的帆布上发出"嘭嘭嘭"的响声。河水被掀得卷起了阵阵急浪，原本清澈的河水变得污黑一片，上下乱翻，似有怪物隐藏其中，看着有些瘆人。陆宰定睛一看，竟看到有数只扬子鳄在水中游走。"好吓人的蛟鼍！"陆宰暗道。

他向前几步走向船沿，待仔细察看时，那几只鳄鱼已潜入水中不见了。骤然间，一道闪电如巨蟒狂舞，把前方乌云弥漫的天空撕裂出一道口子，船头顿时一亮，闪电旋即又消失在团团浓云中。紧跟着，远处传来一声霹雳，仿佛在耳边炸响，甚是骇人，随后天鼓余声不断。顷刻间，豆大的雨点倾泻而下。

船老大及船工早已忙成一团，船锚虽抛入水中，此时已嵌入河床，可能觉得不太放心，两名船工正冒雨在岸边加钎固定船只；一名上身赤裸的船工像一只灵活的猴子，淋着雨快速爬上桅杆，他用绳子将帆布束了好几个节，随即又哧溜从桅杆上滑了下来。

暴雨来得太过突然，陆宰猝不及防，雨水瞬间淋湿了他的衣衫，他以袖掩面，急速往船舱跑去。进到船舱，陆宰抹了抹脸上的雨水，凝视着舱外宛如万马奔腾的滂沱雨水，眼前的一切也变得模糊起来。他原本打算进内室的，想着唐氏此时正在待产，他一个大男人还是避讳一些好，有春花在唐氏身边服侍甚是放心。原来，春花的阿娘是一名稳婆，自小耳濡目染，先前已协助过唐氏生产。陆宰择一处不碍事的地方坐了下来，像没事一样盯着舱外的雨水发呆。

阵阵巨浪猛烈地拍打着船体，发出"啪啪"的沉闷响声，像有人在水下凿船似的。只见夏竹跑前跑后，按照春花的要求，烧开水、拿盆子、递毛巾、剪刀……这一切都预示着陆宰的夫人唐氏快要生了。唐氏不是初产（长淞，仲濬，叔游，季浚），生产相当顺利。陆宰正在胡思乱想间，伴随着一声婴儿的啼哭，陆游在这艘船上诞生了。

说来也巧，自陆游生下后，骇人的风雨竟然停了，天立马放晴了。外面传来夏竹的声音："天晴喽！快出来看天弓哟！"

"哇！好美的天弓啊！"

陆宰走到甲板之上，向天空望去，经雨水的洗刷，天格外澄澈、湛蓝，几朵淡云散漫地飘着。半圈双层的彩虹在前空挂着，像一道彩虹紧紧拥抱着另一道彩虹。这时，甲板上站了好几堆人，有的在看彩虹，有的在看滚滚流淌的河水。

春花掀起船舱口的垂帘，也跟着喊道："真的天晴了，好美的天弓！夫人刚生下三少爷，这天儿就放晴了。"

风雨来去匆匆本属正常的自然现象，经春花这么一说，大家立即把这风雨与陆游的降生联系在一起。众人震惊不已，心中暗想，这孩子降世非同凡响，日后必成大器。几个女佣聚集在一起窃窃私语，夏竹嘟着嘴说道："如此列缺霹雳，吓得我掩住了双耳，还震得耳膜咚咚响。说起来真是怪异，我长这么大，还没有在这个时节见过这样的天气！"

坐在一旁的船老大拿着烟杆在鞋底上磕了磕烟灰，咳了一声，插话道："别说你们这帮孩子，就是老夫也有多年没有见过这么骇人的雷雨了。"

春花嘻嘻一笑，字正腔圆地说道："我们家的这个三少爷端得非同寻常，他要生时，风雨被他招来了，他生了，这风雨也停了。"

夏竹连声应道："是呀是呀，就是他在夫人的肚子里乱踢乱动，天老爷才跟着响天鼓、刮大风、落跳珠。"

陆宰忍不住笑了，不过也为如此怪异的天气感到诧异。不管怎样，添丁的喜悦暂时驱散了他心中的郁闷，紧皱的眉头也舒展开来，烦乱的心绪渐渐平息，此去汴梁心中大安。

这时，春花面带喜色地走到陆宰面前，弯身道了个万福："恭喜老爷！贺喜老爷！夫人生了一个小少爷。"

早就有人告知陆宰，不过有人道喜顿觉十分畅快。产子对于陆宰来说，算是近期最令他开心的事情了，只是多年的官场打磨，已经练就了喜怒不形于色。见春花过来道喜，陆宰的脸上终于露出了一点儿笑容，他从怀中拿出几文铜钱递给春花，说道："春花近段时日辛苦了。"

"谢谢老爷！"春花接过铜钱，连忙鞠躬道谢，而后说道，"老爷，夫人请你过去看看三少爷。"。

陆宰"嗯"了一声，跟在春花身后，不急不缓地往船舱走去。

陆宰刚走到舱内隔板前，春花赶忙掀起垂帘。陆宰进入内室，看见唐氏脸上毫无血色，人也疲惫不堪，显然是刚才产子所致。唐氏欲起身被陆宰一把按住。陆宰坐在床沿边，说道："娘子辛苦了！万不可动，此时需要好生静养。"

唐氏微微一笑，回答道："让官人费心了，我的身子骨还算硬朗，这已是第三胎了，我可没有那么娇气。"

陆宰又道："俗语有云，伤筋动骨一百天，何况产子？娘子还是安心休养，生活所需吩咐春花即可，万勿起身劳作。"说完，扭过头问春花，"春花，可曾为夫人备好滋养补品？"

春花目光犹犹豫豫，她看了一眼唐氏，答道："人参燕窝倒是还有一些，我要为夫人准备一些滋补汤水，可是……可是夫人说刚刚产子不可大补。"

陆宰"哦"了一声，若有所思，而后又问道："那活鸡鲜鱼可否还有？"

"鸡早已没有了，活鱼倒是养了好几尾。"春花回了陆宰的话，接着又说，"船上所备食物已用去七七八八，陆家院原本计划择日上岸，在附近集市购买，如今船停靠于此，他刚才还说就在此地购买。"

陆宰点点头，捋须说道："如此甚好，拟好所需物资单子。"

春花忙应道："老爷放心，这些夫人早有交代，陆家院说等待地面稍微干爽一点即着人上岸到附近村庄购置。"

陆宰这才放下心来，轻声嗯了一下，又说道："如此甚好。"他将食指中指搭上唐氏的手腕处，把了一会儿脉，说道："娘子脉象平稳，只是刚刚生产，身子尚有些虚弱，调养几天，定可恢复如常。"

唐氏望着陆宰，勉强笑了笑，轻声说道："谢谢官人关心，生个孩子而已，万不可为我一人而费神忧心。"

陆宰摆摆手，说道："娘子此言差矣，活生生从身上掉下几斤肉，当然得好好补补身子，再说不喝鸡汤鱼汤怎么给孩子下奶。"说完，他小心翼翼地掀开被褥，这时从唐氏的怀中露出了一个婴儿的头。陆宰仔细打量这个初到人世的小家伙，只见他头发乌黑，面色红润，正睁大一对漆黑的眼睛好奇地打量着这个陌生的世界，嗫着嘴吞咽着自己的口水。

唐氏望着陆宰，轻声说道："官人，给孩子起个名字吧。"

一旁的春花也跟着说："老爷，快给三少爷起个名字吧。"说罢，用很期待的眼神看着陆宰。

"原本以为会到了京师之后生产，不料此子竟不择天时，迫急而诞，令老夫措手不及，一时尚未想好，我看……"陆宰望着唐氏说道，"我看就由娘子为他起个名字吧。"

唐氏尴尬一笑，说道："官人，我哪里会起名字？"

陆宰笑道："娘子腹中有子，也该腹中有名才是。"

唐氏面露羞愧之色，说道："官人休要取笑于我，腹中有子容易，这起名可比产子要难得多，还是要辛苦官人好好思量一番。"

陆宰笑着望向春花，像是征求她的意见。陆宰一家对待仆佣如同家人一般，春花没有说话，像是在思考。陆宰又望向唐氏怀中的孩子，伸手摸了摸他的脸蛋。春花像想起了什么，一副恍然大悟的样子，兴奋地说道："老爷，夫人，三少爷在船上生的，我看就叫船生好了。"

"船生？哈哈……"陆宰一时没有忍住，竟笑出声来。

春花很认真地说道："对，船生！我们村里都是这么起名字的，有的在路边生的，叫路生，放牛时生的，就叫牛生，还有的叫鸭蛋、狗蛋……"春花一时想不起还有什么名字，怔了一会儿神，接着道，"老爷，您别看这些名字起得贱，可是好生养，一个个的身体都好得很呢。"

唐氏也跟着笑了，望向陆宰，轻声说道："官人就不要为难我们了，还是由你来起名吧？"

陆宰站起身来，左手背在身后，右手捻着胡须，他略作思索，便想到了《列子·仲尼》中的"务外游，不知务内观"之句，便对唐氏说道："娘子，我看就叫陆游吧。"

唐氏道："陆游？"

陆宰说道："不错！陆游，字务观，小字延僧。娘子以为如何？"

唐氏小声重复："陆游，务观，延僧。"然后点了点头，露出了满意的笑容。

春花摇了摇头，一双乌黑的眼珠转了一下，小声嘀咕道："陆游、务观、'盐生'，盐巴倒是值钱，可'盐生'还没有船生好听呢。"

陆宰又是一阵爽朗的笑声。他已经有好久没有这样笑过了。

一路少叙。且说陆宰进京后，随即调任京西路转运副使。因时局动荡不安，陆宰将家眷安顿在荥阳（今河南省荥阳市），他则独自前往京西路治所洛阳，负责为泽州（今山西省晋城市）、潞州（今山西省长治市）一带的抗金军队供应粮饷。因陆宰主张抗战，屡屡向朝廷进谏挥师收复失地，因此也多次遭到了朝中主和派的一再攻讦。不久，即被御史徐秉哲罗织罪名弹劾免职。

当陆宰返回荥阳时，告知唐氏自己遭到弹劾已被免职。唐氏见陆宰情绪不佳，安慰道："官人，没有获罪已是天恩。如此岂不更好，我们正好可以返回山阴（今浙江省绍兴市），早点儿避开这官场是非。"说罢叹息一声。

陆宰心中愤懑不已，为官多年的他深知宦海险恶，今日加官晋爵光宗耀祖，明日说不定就会撤职罢官，抄家灭族。听了唐氏的话，陆宰心情大好，反倒安慰起唐氏道："娘子不必担忧，朝中众臣整日里勾心斗角，相互倾轧，为夫早就厌倦了宦海浮沉。如今朝政更是混乱不堪，谗佞专权，非亲不用，非财不取，朝中贤臣悉数凋零，众多忠良之臣遭受奸凶毒手，为夫能全身而退已甚感幸运，心中也在盘算是留驻于此，还是择日返乡，娘子的话倒是提醒了我。"

唐氏说道："那我们早点儿准备，将此处物产出卖典当。"

陆宰听了点了点头，他深知这次返乡不同以往，可能这辈子将再无机会重返京师了，心中竟生出些许不舍。

此时正值金军大举南下，攻城略地，如同摧枯拉朽一般，所到之处庐舍尽焚，戮男淫女，尸横遍野，惨不忍睹。

　　靖康元年（1126）闰十一月，金人攻陷东京，掳走徽、钦二帝和皇族宗室、内侍、朝中大臣及各业能工巧匠达数千之众，全部被押往"五国城"（今黑龙江省哈尔滨市依兰县），整个东京城被洗劫一空，并纵火烧毁不能带走的财物，大火接连几个昼夜不熄，一时烟雾笼罩，火光冲天。

　　翌年，陆宰举家南移寿春（今安徽省淮南市寿县寿春镇）。陆宰曾任淮南西路漕司，对此地比较熟稔，在此还置有田产，原本还打算在此定居终老，不想世事难料，由于中原太乱，溃兵游勇乘机骚乱，只得携家眷渡淮河越长江再次南下。

　　一路之上，城墙残破，饿殍满道，到处都是衣衫褴褛的难民，妇孺哭声不绝于耳，凋敝程度远远超出了陆宰的想象。途中还遭遇几次匪掠，幸提前获知消息，陆宰带着一家人跟着其他难民，躲避在荒草丛、芦苇荡中。陆宰遇到不少因饥饿而晕倒在路边的灾民，他却束手无策，只能扼腕长叹，空发一番牢骚。

避　兵

　　陆宰辗转抵达山阴后，过上了退隐的安逸生活。虽说无官一身轻，终归是官宦之家，除妻室儿女以外，家中还有不少的奴仆婢妾，巨大的开支让陆家的生活逐渐捉襟见肘。无奈之下，陆宰只好向朝廷请求祠禄，后以"提举"的名义在一座名叫洞霄的庙宇（在今浙江省绍兴市）支取半俸，使得一家大小过上了相对舒适安稳地生活。

　　建炎四年（1130），战火即将烧到山阴，人们各投亲朋好友躲避刀兵之灾，一时城中百姓仅剩十之五六。陆宰近期老是听到金兵屠城的消息，不知道哪一天金兵会突然而至，加上四处正闹匪患，整天过得提心吊胆，也曾想过举家外出避难，可是到处兵荒马乱的，思来想去找不到一个合适的避难之所。

　　一日，陆宰正在家中读书，陆忠进来禀报："老爷，外面有一个老叫花子求见。我给他了一些残菜剩饭，他非但不要，竟然直呼老爷名讳，要求见您。"

　　陆游闻听，大为惊疑。自从回到山阴老家后，府上访客自是不少，都对他十分尊敬，被人直呼名讳求见的委实不多，一个老叫花子竟如此无礼，想来绝非等闲之辈。他放下手中之书，平静地问道："陆忠，一个什么样的叫花子？"

"发如杂草丛生,想是多日未曾梳洗,身上那件袍子更是邋遢不堪。"陆忠想了想,补充说道,"他手中还握着一根拂尘,想来是一个出家之人,问起他的姓名?他倒卖起了关子,自称是老爷故交。"

陆宰哈哈一笑,料想必是好友惟悟道人来了。惟悟道人常年云游四方,行踪不定,今日突然登门造访,令陆宰大喜过望,现在心中愁事萦怀,正好可以求教于他。陆宰兴奋地站起身来,连声说道:"贵客到了!贵客到了!"

陆忠被陆宰的话给弄懵了。他在陆家担任家院多年,从来没有见过这样的贵客,一个叫花子算哪门子贵客?他瞪着一双疑惑的眼睛,不明所以地望着陆游,然后自言自语道:"贵客?"

陆宰看着陆忠一副不解的样子,微微一笑,接着问道:"人在何处?"

陆忠连忙回禀:"我让他在大门外候着。"

陆宰快步向门口走去。陆忠跟在陆宰身后,心中仍是非常不解,不就是一个老叫花子嘛,就算他是一个方外之人,也算不得什么"贵客",直接唤他进来即可,何必如此礼敬甚恭。陆忠心里这么想,人却不得不快步往门口走去。

陆宰与惟悟道人已有多年未见,猛一见面,也被吓了一跳。只见惟悟道人衣衫褴褛,那件灰色长袍不知有多久没有换洗过了,人看起来有些委顿,只有那一双眼睛炯炯有神,倒是显得精气神很足,稳稳当当地站立在门前当间位置。陆宰从他的脸色也能猜出个七八分,定是一路风餐露宿而来,如此邋遢模样,难怪会被陆忠当作乞丐。想到此处,陆宰兀自笑了。

故人相见,自然心中大喜。惟悟道人见陆宰笑了,也跟着笑了,露出一口洁白的牙齿。他不慌不忙地整理了一下那件邋遢不堪的长袍,正欲躬身施礼。陆宰抢前一步,一把拉住惟悟道人的双臂,朗声说道:"是什么风把惟悟兄给吹来了,真是想煞小弟了。"不等惟悟道人答话,陆宰又问道:"惟悟兄一向可好?"说完放开惟悟道人,后退两步,再次认真打量惟悟道人。

惟悟道人被陆宰弄得哈哈一乐,将手中拂尘一甩,而后抱拳施礼道:"元钧兄别来无恙否?老衲本是方外之人,居无定所,四海为家,倒也逍遥自在,只是无时无刻不挂念着兄弟呀。"

陆宰再次上前挽起惟悟道人的手,将其迎进家中。二人寒暄一番,分主宾落座。陆忠见此情形,赶紧换上了上好的茶叶,为二人分别斟好了茶水。陆宰看着陆忠,吩咐道:"陆忠,你去准备好酒好菜,陆某今日要与惟悟兄不醉不休。"陆忠愣住了,狐疑地看着陆宰。陆宰又道:"发什么呆,还不快去准备。"陆忠又看了一眼惟悟道人。惟悟道人当然明了陆忠的心思,又是呵呵大笑,说道:"老衲苟全于这乱世俗尘,又岂是忌讳荤腥之人,府中好酒好菜尽管上来。"说罢与陆宰相视而笑。陆忠听了惟悟道人的话恍然大悟,尴尬地笑了笑,说道:"好嘞!我将老爷珍藏多年的蓝桥风月酒拿出来招待这位大师。"陆宰闻听笑着说道:"如此甚好!"陆忠知道二人定有太多的话要叙,应声躬身退出。

待惟悟道人呷了几口热茶后,陆宰才关切地问道:"惟悟兄最近去了哪里?小弟四处打听却一直没有你的消息,如今异族肆虐,狼烟四起,不知今日怎会突然到了山阴?"

悟惟道人放下茶杯,缓缓说道:"老衲如无根之萍四处飘荡,正因胡虏猖狂,心中甚是挂念元钧兄,今日路过山阴,特地来府中拜访。"

随后,悟惟道人将一路见闻娓娓道来,一些闻所未闻的事情让陆宰惊诧不已。当说起这几年在北方游历的所见所闻,二人自然聊起了宋金战事。此时,惟悟道人眉头微皱,环视屋内。屋内本就只有他与陆宰二人,如此谨慎让陆宰也不由得紧张起来。惟悟道人把身子往陆宰那里斜了一下,以手掩嘴,低声说道:"元钧兄有所不知,金人完颜宗弼已率军攻陷明州(今浙江省宁波市),我大宋主帅张俊不思御敌之策,竟命令将明州西城外的民居全部烧毁,坚壁清野,以轻舟伏弩,表面闭关自守,实则心生退避之意。后来果伪称奉旨扈从,率部逃往台州(今浙江省台州市),明州知事刘洪道、副总管张思正也引所部弃城而逃,致使郡城失陷,城中百姓自发组织义兵抵抗。唉!终究是寡不敌众。城破后,金兵怒而屠城,一时城内哀号声不绝于耳,血流成河,真是惨不忍睹。"

惟悟道人伤心极了,眼中竟闪烁着泪花。他生怕眼泪从眼眶中流出,把头向后一仰,两行浊泪仍沿鼻翼流下。惟悟道人赶忙用手拭去泪水,喟然长叹一声:"元钧兄,金人大兵压境,我大宋江山岌岌可危!"

陆宰惊得"啊"的一声,手中的茶杯一晃,茶水溅到了手背处,烫得他忙把茶杯放在茶几上。他知道当今天子身在明州,如今明州已经沦陷,不知会不会再次上演"靖康之难"。想到此处,陆宰只觉得脑袋"嗡"地一响,他紧张地站了起来,声音有些发喘地连声问道:"官家呢?官家现在身在何方?"

惟悟道人说道:"一个从明州溃退出来的军士告诉我,官家先前是在明州,在金人攻来之前已乘御舟出海,如今不知身在何处。"

陆宰听到此处,目光霍地一亮,不由得长长地吁出一口气来,人重重地坐在椅子上，他所担心皇上被掳的"靖康之耻"没再重演，喃喃自慰道："只要官家没被掳留北上就好。有官家在，民心就不会散，我大宋的江山社稷就有人保！"

惟悟道人听了，若有所思地点了点头。

陆游小声问道："惟悟兄，你对目今形势有何见解？"

惟悟道人知道陆宰困居山阴，消息闭塞，对外面发生的事情知之甚少，他压低声音道："我劝元钧兄早作打算，如今明州已被攻破，消息传开后，各城守军早已成了惊弓之鸟，偷离军营的不计其数，只有少数将士还在奉命坚守，人心惶惶焉能一战，想来也是一触即溃。黎民百姓能逃的都四散开去，无处躲避的也是人人自危，生恐沦丧水火。"说罢，惟悟道人再一次眼观四周，遂又道，"照此打下去，要不了多久，金人必犯山阴。山阴小邑危如累卵，那么一点儿守军，根本无法抵挡金虏的虎狼之师，山阴城破在旦夕之间，倘若失陷，元钧兄又将如何处之？还是早觅避兵之所方为上策。"

陆宰尴尬地笑了笑，面有难色地摊开双手，无奈地说道："惟悟兄不是外人，不妨对你直说，其实愚弟早有外出避难的想法，只是眼下四处战火，不是兵灾就是匪患，真不知哪里可以趋灾避祸。"

惟悟道人思索片刻，将手中的拂尘往外甩了一下，笑道："俗话说，乱世避难入山林。老衲有一同乡，姓陈名宗誉，字彦声，本是大户人家出身，自幼酷爱武术，遍访四方名师大家，武功甚是了得，耍得一手好刀法，数十人近不得身。金人南侵时，官军一触即溃，而今他在东阳（今浙江省金华市东阳市）拉起了一支义军队伍，啸聚乡勇数百人之众，声势颇壮，时常扰袭金兵，金兵多次围剿却奈何不得。陈宗誉为人正直，以忠义著称，是一个其义可依、其勇可恃之人，元钧兄何不往之。"

"东阳人自古刚勇尚武，听惟悟兄这么一说，这个陈宗誉如此豪杰，想必是一个可以托付生死之人，加上那里山深林密，倒是一个好去处。只是……"陆宰无奈地叹了一口气，说道，"只是小弟无缘拜识，苦于投奔无门。"

惟悟道人摆摆手笑道："这有何难？我与这个陈宗誉倒也有些交情，元钧兄如若不弃，老衲投书一封，不妨去他那里躲避战乱。"

陆宰闻之大喜，心中顿时宽慰了许多，连声道谢："惟悟兄真乃雪中送炭！有兄引荐，小弟一家无虞也！"陆宰说完，起身向惟悟道人深鞠一躬。

惟悟道人连忙一把扶起陆宰，说道："你我何必如此客气，元钧兄大可放心，此去必可保一家老小周全。"

当晚，陆宰为惟悟道人准备了一席丰盛的酒菜，两人推杯换盏，好不开心，但一聊及宋金战事、朝中君臣，心中颇为感慨，酒也喝得忧心忡忡。

第二日一早，惟悟道人便与陆宰一家道别。陆宰知道惟悟道人的脾气，况且现在的时局也不方便强留，只得不舍地送惟悟道人离去。

送走了惟悟道人，陆宰坐在厅堂发了一阵子呆，思前想后，终下前往东阳避难的决心。

不久，陆宰携家带口前往东阳安文（今浙江省金华市磐安县安文街道）投奔陈宗誉。

陈宗誉得知陆宰一家来此避难，担心陆家在途中遭遇匪徒劫掠，亲自率一队军士前往百里之外迎接。只见旌旗麾动，百余人分列两阵，军士高矮胖瘦均有，各执兵器在手，倒也军容整洁。走近一看，才发现这些军士多为农夫装扮，手中兵刃竟然锹锄耙叉不一，只有少数军士身披甲胄、手执兵器，列入其间，显得有些突兀。陆宰暗自踌躇，这样的队伍如何两军对垒，莫非惟悟道人也只是道听途说，未曾见过虚实，心气儿一下泄了几分。当间站立一人，身材高大，仪表堂堂，也是一身农夫打扮，腰间束有一根布带，气度不凡，不怒自带威严。陆宰猜测此人应是陈宗誉，正欲开口询问时，只见对方疾步向前，双手抱拳问道："敢问可是京西路转运副使陆宰大人吗？可算把您给盼来了。"

陆游见此人外表粗犷，礼仪颇周，也抱拳一拱，正色道："正是陆某，敢问壮士尊姓高名？"

陆宰话音刚落，陈宗誉抢着说道："鄙人乃安文陈宗誉也，自收到尊友惟悟道人的信函后，无时无刻不翘首以待，今日终于得以一睹尊颜，实乃三生有幸。"

陆宰说道："惭愧得紧！只因拖家带口，途中耽搁许久，让陈壮士久等了。"

寒暄几句后，陈宗誉说道："陆大人，现今世道并不太平，这里也时常有游匪散兵出没，请移尊步同到敝寨，我们边走边说。"说罢，又躬身施礼，礼让陆宰先行。

陆宰忙拉住陈宗誉，笑道："陈壮士无须多礼，我已罢官多年，且莫叫我大人了，陆某痴长几个春秋，称我元钧兄即可。"

陈宗誉也不客气，接过话头："那元钧兄也不要和我讲礼，叫我彦声即可。"

陆宰和陈宗誉说着话，心中忐忑不安，他对陈宗誉领导的这支农民武装心存疑虑，可如今一家人已经到了安文，也只能抱着"既来之则安之"的心理，先在此处暂且安身后再作计较。

陆宰与陈宗誉并肩向前走去，不时偷偷打量起这支特殊的队伍。陈宗誉好像觉察出陆宰心中的担忧，笑着说："让元钧兄见笑了，我拉起的这支义军全是附近的庄户人家组成，农忙时节他们下地干活，农闲之际我们组织起来练兵。您也看到了，他们全都是农人装束，连正规统一的军甲也没有，就连手中的武器也是奇奇怪怪的，有的还是干活农具，别看是这样的装备，我们屡次偷袭金兵，打得他们人仰马翻，在附近一带颇有影响。"陈宗誉指着那几个身披甲胄的军士说道，"他们身上的盔甲全是自己在战场上缴获所得。"

听了陈宗誉的介绍，陆宰恍然大悟，不禁对这支特殊的队伍刮目相看。虽说这支队伍的军士高矮胖瘦不一，老中青幼不计，但个个昂首挺胸、精神抖擞，在行进的途中，旗幡齐整，军纪严明，全无喧哗之声，威武气势不输王师，足见陈宗誉所言不虚。

陆宰一边和陈宗誉说话，一边观察安文的地理环境。此地青山四合，奇峰重叠，类似一个盆地，仅有一个山口可供出入，又有一条河流横亘于山前，地僻势险，可谓一夫当关，万夫莫开，特别适宜防守。各个山寨口设有寨栅堵隔，前有陷坑深壕，后有刀枪密布，俱有军马把守，人精马壮，气势不凡。过了几座关隘，才算真正进了军寨。陆宰一路看得细致，心知陈宗誉一众可以依仗，在此料可避难躲灾，一颗惴惴不安的心也彻底放了下来。

陈宗誉早已提前为陆宰一家准备好了住处，虽然是一所普通的农舍，但有厅有堂，几处内室和一方大大的院子。院落周边干干净净，内外均无杂草，院中新铺黄土，屋内被人打理得相当平整干净，连家常所用的器具都准备得非常齐备，顿时竟让陆宰有一种归家的感觉。眼前的这一切如同梦幻一般，陆宰的心中隐隐有一丝难过，他不知道何时才能返还山阴，也许日后就会长期在此安顿，虽说不再为一家大小的安全担忧了，高贵的自尊心却让他有一种寄人篱下的感觉。

当晚，陈宗誉备好酒席宴请陆宰一家。席间，陈宗誉一众对陆宰好生相敬，轮番上前敬酒好不热闹。陆宰与陈宗誉一见如故，通过一番交谈，对陈宗誉的认识更深了几分。

席罢喝茶时，陈宗誉轻轻叹息一声，愁眉紧皱，不再言语。陆宰看出陈宗誉满腹心事，忙问道："陈壮士似有心事，可是陆某一家来此讨扰，让壮士为难？"

陈宗誉连连摆手，说道："元钧兄说的哪里话，我等虽是粗鲁农人，却久慕兄之大名，兄今日屈尊来踏贱地，聊慰平生敬仰之愿，我们欢迎都来不及，又怎会有讨扰、为难一说？"

陆宰不解地问道："那是为何？壮士一脸愁色，难道还有其他烦恼？"

陈宗誉不好意思地笑了笑，难为情地说道："是这么一回事，安文虽是穷乡僻壤之地，但也有一众好学子弟，只是苦于求学无门。"

陆宰听了陈宗誉的话，对陈宗誉的意图已猜出了七八分。

陈宗誉目光灼灼地看着陆宰，句斟字酌地说道："元钧兄书香世家，名满遐迩，安文父老听闻先生移居小地，无不欢颜，只是……只是有一个不情之请，彦声踌躇良久，不知当讲不当讲？如有不妥之处，就权当彦声没有说过。"

陆宰抱拳说道："陆某一家的生死寄付于壮士，此乃万千之幸，壮士恩义，生死不忘！有何事理但说无妨，壮士所命，陆某定赴汤蹈火，在所不辞！"

陈宗誉见陆宰说话掷地有声，心也放了下来，高兴地说道："不知元钧兄是否愿意屈尊降贵，教我安文众小儿识文断字。"

果然如此。陆宰听了是哈哈一笑，说道："我当何事，承蒙彦声壮士错爱及安文父老不弃，陆某何其有幸，定当竭尽所能，不辱使命。"

陈宗誉闻言纳身便拜，陆宰一把将其扶住。陈宗誉强行单膝着地施礼，激动地说道："元钧兄能够屈就，实乃安文父老之幸！安文子弟之幸！"

陆宰握住陈宗誉的手说："承蒙壮士收留，护我陆某一家周全，如此大礼愧不敢当。壮士所托之事，不过教文识字而已。况且，道之所存师之所存，教书育人乃正身之道，陆某求之不得！"

安文山后有一安福禅寺，因为战乱频频，寺院众僧早已流散，现被辟为一座育儿学堂。陆宰在此开启了教书育人生涯。在此教书的，还有其他几位前来避灾的文人雅士及安文本地的几名文彦，根据各自所长，分别教授不同的科目。

陆宰一家在东阳安住下来。不数日，就听闻山阴遭到金兵焚掠，陆宰不禁心中感慨，幸好及时离开了山阴，一家人才免遭兵燹之灾胡虏之祸。

从此，陆宰安心在此居住，一边教授自己的几个儿女识文断字，同时也潜心执教安文的适龄学子，一时声噪一方。周边乡里的青年才俊络绎至，前来求教。

陆宰在东阳避难时，日子虽然过得艰苦清贫，但也安稳闲适，他几乎把全部心血都倾注在孩子的成长和教育上。陆宰对孩子们要求很严，耳提面命，口授功课，指导他们学习诸子百家经典。陆游也是在此期间开启了他的读书生涯。连年战乱，能有一个安定的环境，使得陆游倍加珍惜这样难得的学习机会。

陆游天资聪慧、勤奋好学，无论是刚学的生字，还是讲的经文要理，基本上一两遍便可熟记。陆游时常觉得学堂教授的那些知识已经满足不了他求知的欲望，将家中所藏的诗词歌赋、诸子百家的文章读了不少，小小年纪就满腹学问，甚得陆宰夫妇喜爱。

荏苒光阴，陆家一家寓居东阳，不觉已有三年。三年相处，陆宰与陈宗誉成了情深意笃的忘年之交。此时，宋高宗赵构皇帝将杭州改为临安府，作为都城，倾全国人力、物力、财力建造，其繁华程度远超被金国占领的都城开封。陆宰见宋金局势暂时缓和，决定返回山阴。

陆宰一家要离开，令陈宗誉非常不舍，他自知苦留不住，只得安排筵席为陆宰一家饯行，双方挥泪而别。乾道二年（1166），陈宗誉去世，陆游悲痛之余为其撰写墓志铭，盛赞其义行，表达了当年收留一家的感激之情。

卷二 勤学不倦

求 学

陆宰一家回到了山阴家中，只见门窗破烂，院中杂草丛生，家中贵重物品早被洗劫一空。目睹劫后惨状，人人目瞪口呆，心中难免伤叹一番。

陆宰撇下众人，急忙往书房奔去。所幸家中收藏的书籍并未遭到兵匪掠夺，只是散落一地，积尘逾寸，有些书遭到虫龁鼠伤，有些被战火波及焚烧，这让陆宰心痛不已。没等陆宰开口，陆游已蹲了下来，开始收拾地上的书籍，将书上的灰尘逐一清理干净，摆放整齐。陆宰见了甚喜，低声地对唐氏说道："书简易毁，文脉不绝。他日，我儿必文动九州。"

很快，陆宰又重新设置了书房，起名"双清堂"。一有闲暇，就在书房中修补那些损伤的书籍，在书肆里淘一些孤本典籍，没多久，四面墙壁的书架已塞得满满当当，一眼望去，卷帙浩繁，藏书竟有数万卷之多。父亲陆宰对待书籍的态度，给幼小的陆游留下了深刻的印象，也深深地影响着陆游，使年幼的他越发热爱读书了。

陆宰对陆游管束甚严，经常讲一些先贤读书求学的经历来鞭策陆游，当然最常讲的是陆游祖父陆佃："你的祖翁，居贫苦学，夜晚无钱燃油灯，借着月光读书。穿着草鞋不远千里去从师习文。过金陵（今江苏省南京市），师从王安石研究经学，著书二百四十二卷，于《礼家》《名数》之说尤精，所著《埤雅》《礼象》《春秋后传》皆传于世，你当以祖翁而自励。"陆游深受启发，誓以祖父为榜样，由晨而暮，手不释卷。在学堂里练习文法章句，回到家后纵览六经典籍和兵法战书，才识早已逾越两位哥哥之上。

晨晖薄雾般笼罩在大地上，山村正沉浸在祥和的氛围里，远处偶尔传来几声鸡鸣和狗吠，沉睡了一夜的山村正在慢慢苏醒。轻风透过门窗，吹得人神清气爽，正是读书的好时候。陆宰立下规矩，每日要在书房晨读一个时辰才可以吃早餐。所以，早起晨读已成了陆游的生活习惯，不用人叫皆能准时自然醒来。今日正逢学堂放旬假，陆宰父子早早就在双清堂看了一阵子书了。

转眼到了吃早饭的时间了。陆宰父子吃罢早餐，又返回双清堂读书。昨晚，陆宰夜读很久才上床就寝，为了给孩子树立榜样，一大早又到了双清堂看书。

他看着看着不觉有了困意，倦极了的他竟然在书案边打起了盹来。陆淞、陆濬见父亲坐在椅子上睡着了，二人捂嘴偷笑，注意力也不集中了，小声说着话儿。陆游拿了一件袍子轻轻给父亲盖上，而后又坐下来读书，遇到精彩的章节，他不禁会学着父亲的模样，摇头晃脑地读出声来。

不知从哪里飞来了一只落单的乌鸦，驻足在门前的香樟树上，"哇哇"地叫个不停。陆宰一下惊醒了，揉了揉双眼，拿起书继续看。不料，刚入目几行，又传来了那只乌鸦"哇哇"的叫声。陆宰心生烦躁，睡是无法继续睡了，现在又被这乌鸦的叫声扰得没有心情读书。他站起来，愤然说道："日长思睡不可得，遭尔聒聒何时停！"

陆游听到父亲脱口而出的诗句，想起这是欧阳修所写的《鸣鸠》一诗中的诗句。他知道父亲在说外面的乌鸦，没想到把这一句诗用在乌鸦身上竟这么贴切，用崇拜的眼光望着陆宰。

陆宰将手中的书往书桌上一丢，抬腿向门外走去。陆游见了，忙不迭地跟了过去。陆淞、陆濬两兄弟也跟了上去。走到门廊处，陆宰看见墙边有一根竹竿，一把攥在了手中。陆游一边走一边问道："父翁，您要去做什么？"陆宰对陆游道："院外那棵香樟树上，不知从哪里飞来了一只乌鸦，大清早的聒噪个不停，惊我清梦，扰我读书。俗言有云'乌鸦头上过，无灾必有祸'，看为父将这个畜生撵走。"说话间，父子四人已出了院门。

陆游当然不信乌鸦有凶兆一说，见父亲如此大动干戈，早已勾起了他的好奇之心。

陆宰把食指竖在嘴边，嘘了一声，轻声对陆游说道："延僧休要作声，看为父如何收拾这树上的不祥之物。"

陆游不解其意，紧紧地跟着陆宰的身后。陆宰走到树下忽地站定，他将竹竿高高举起。陆游的心都揪在了一起，一双小脚也跟着父亲手中的竹竿而踮了起来。不过，竹竿距乌鸦尚有数丈之余，怎么可能打到那只乌鸦呢。此树不知栽于何时，陆游曾听父亲陆宰说过，自他记事起这棵香樟树就已是周边最大的一棵树了，如今胸径有近两米，要两三人伸臂才能合抱，枝繁叶茂，冠盖如云，是陆游三兄弟时常玩耍之处，也是一家人夏季乘凉避露之处。陆宰将竹竿放在地上，左瞧瞧，右看看，像是在寻找什么东西。陆宰从地上拾起一块鸡蛋大小的石头，在手里掂了掂，而后找到一个合适的位置，准备掷石将树上的乌鸦撵走。陆淞生怕石头会砸着人，忙拉着陆濬、陆游往一旁躲去。三兄弟远远地看着陆宰。

陆宰看了看树上的乌鸦，又看了看身边的三个儿子，然后指着树上的乌鸦，问道："吾儿，可否以此不祥之物为题，赋诗一首？"

两位兄长面面相觑，无可奈何地望向陆游。本来是一件掷石打鸟的事情，经陆宰这么一弄，顿时让陆游来了兴趣。

陆宰望向陆淞，问道："斗哥，你是长兄，你先来。"

陆淞低下头搜索枯肠，脑中一片空白，只好无奈摇摇头，对陆宰说道："父翁，儿一时无法成章。"

陆宰又望向陆濬，问道："昙僧，你呢？"

陆濬不好意思地搔搔头，低头不语。

陆宰又望向陆游，刚开口叫了声"延僧"，又止住了话，自顾叹息一声。在陆宰的心里，陆游年岁太小，早已忘记他在寓居东阳时就能诗善文。

陆游没等陆宰发话，主动说道："父翁，容延僧想想。"说完，他仰起头，望着香樟树出神，不知道他在看什么。其时，陆游正聚精会神地望着树上的那只乌鸦。乌鸦好像知道树下有人在看它似的，又"哇哇"叫了两声，展翅向远处飞去。陆游略一思索，自信地抿嘴一笑。陆宰知道儿子陆游心中已有答案，也没作声，静静地等待着。陆游眉头一展，昂首望着陆宰，朗声吟道："穷达得非吾有命，吉凶谁谓汝前知。"

陆宰盯着陆游，见儿子思维如此敏捷，竟能吟出如此佳句，心里暗赞了一声"好"，脸顿时舒展开来，手中的石头悄然滑落下来。陆宰没有想到，年仅七岁的陆游心胸见识竟有如此境界，不由得一边打量陆游，一边暗暗寻思。这几年，貌似繁华盛世的大宋王朝其实国事蜩螗，积重难返，金国连年侵边犯境，为了逃避战难，年幼的陆游一直跟着陆宰过着颠沛流离的生活，不但生活困苦，而且随时都有被金兵屠戮的风险。陆游在这种风雨飘摇的处境下长大，性格不仅因此变得懦弱胆小，意志反而愈发坚定。有好几次，陆宰听到陆游与两个哥哥谈论古今兴废之事及宋金交兵，慷慨陈词、出口成章，对兴国安邦、两军势态、军事经济情形以及今后的走向都有独到的见地。此时见陆游有指物作诗立就之能，陆宰对他更是刮目相看，坚信三儿子长大后必成安邦定国之才，届时报效君上，光宗耀祖。

陆游见父亲呆呆地盯着他，以为所作诗句有什么不妥，两眼茫然地望着父亲陆宰，疑惑地问道："父翁，延僧的诗可否？"说罢，他目光灼灼地望向陆宰，期待着父亲的评价。

陆宰用手轻轻抚摩了一下陆游的头，满意地点点头，称赞道："此句寓意高远，足见吾儿延僧心胸宽广，博识多闻，看待事物的视角非常人也。斗哥、昙僧，你们两个胞兄要向弟弟学习，不要读死书，光引经据典还不够，还得有自己的想法、观点。"

陆游年龄比陆淞、陆濬要小，但在读书上面确实要比他俩强出不少，经父亲当面这么一说，顿时让二位兄长羞得无地自容，脸涨得通红，手足无措地站在原地。陆游得到了父亲的表扬，心里自是得意万分，见两个哥哥窘迫的样子，弄得他有些不好意思了，忙对陆宰说道："父翁，其实延僧心中早已有此句，今日不过是碰巧能用上而已，延僧还有很多地方要向两个胞兄学习。"

陆宰按捺不住激动的心情，将刚才发生的一幕说给唐氏听。唐氏自然非常高兴，叮嘱陆游勿恃才而骄，要其更加勤奋学习，以待长大后报效国家。此后，陆游愈发谦虚好学。

陆宰见陆游明显要比其他孩子聪慧，小小年纪不仅能理解文理书义，还能吟诗作赋，日后必能为陆门增光添彩。陆宰决定为他找一些名人高师，提升陆游的才学，方不误早慧之资，坚决不让陆游成为荆国公（王安石）笔下的"方仲永"。

此后，陆宰为陆游兄弟几人遍寻周边名师，陆游先后能师从毛德昭、韩有功、陆彦远等人。

绍兴七年（1137），陆游已经十二岁了，他对诗歌产生了深厚的兴趣。

傍晚时分，陆游刚从学堂回到家中，直接走进了双清堂。藤床上放着一本书，那是父亲陆宰正在阅读的书。大人的读物更能激起少年陆游的阅读兴趣，出于好奇，他立即将书捧在手中。是陶渊明的诗集。陆游从来没有读过陶渊明的诗，里面的诗句让他有一种清风拂面的感觉，立即被诗中所呈现的意境深深吸引。陆游将笔墨纸张放在一旁，遇到一些精彩诗句或是不懂的地方，立即将其摘抄下来，细细品读思索。

陆宰从外面回来，发现陆游盘膝坐在藤床上，正在认真阅读陶渊明的诗集。陆宰不动声色地走了过去，陆游竟然丝毫没有察觉，整个人完全沉浸在诗中，旁边还有一个本子。陆宰拿起本子一看，发现既有摘抄的诗句，还有陆游所写的评语和感悟，虽说稚气未脱，倒也不乏精辟独到之处，心中甚是欢喜，于是交代下去，谁都不要打扰陆游读书。

炊烟残照，暮色四沉，陆府已燃起了盏盏灯火，又到了一家人吃晚饭的时间。

　　春花、夏竹等人早已将晚餐摆布停当，只待陆宰父子过来即可用餐。唐氏过来请陆宰父子前去就餐，一旁静读的陆宰见陆游目不转睛地盯着书本，已完全沉浸在书的世界，于是冲唐氏挥了挥手，示意她不要打扰到陆游。唐氏不忍离开，陆宰上前推搡着唐氏吃饭去了。

　　一家人用了晚餐，为陆游留下的那一份仍在餐桌上没动。因陆宰有交代，春花等家佣自然不敢违背，只是对这位如此痴迷书籍的三少爷有些不解，这书有什么看头？难不成书中真有颜如玉、黄金屋？何故让人忘记了饥饿？春花心中虽有疑虑，不时仍会奉唐氏的要求前去探视一下，当然她不敢打扰正在读书兴头上的陆游，只是匆匆看上一眼便回来禀报。

　　如是三番，唐氏有点儿急了，只得亲自去喊陆游吃饭。唐氏轻步走到陆游的面前，他竟然浑然不觉。烛光下，陆游的脸上泛着一层淡黄的光，两只眼睛大而有神，仿佛整个人已经掉进了陶渊明的诗境之中。唐氏见状，只是无可奈何地摇了摇头，心中暗想"家里有陆宰这个书虫还不够，如今怎么又多了一个小书虫"。她把饭菜放在书桌上，陆游只要一伸手就可以触及。唐氏用锥尖将灯芯拨了拨，灯光忽地一亮，而后悄然离开，生怕打扰到陆游读书。

　　过了半个时辰，唐氏忍不住了又过来看陆游，一进屋发现陆游仍在苦读，饭菜放在原处没动。唐氏用手一试，饭菜早已凉透了。唐氏将一件皮裘披在陆游身上，这件皮裘是陆宰任京西路转运副使时在潞州所购，回到山阴后很少再用上了，只有在陆宰父子夜读时才能派上用场。唐氏将饭菜悄然撤下，重新加热后再次放到陆游身旁，由于过于担心会饿着陆游，实在于心不忍，她轻声交代陆游吃饭后再看。陆游双手紧紧捧着书，连头都没有抬一下，只是默默地点了点头，仍目不转睛地盯着诗集。

　　唐氏始终睡不踏实，披衣起床，走到窗边往外一望，只见孤月高悬，疏星朗朗。双清堂里的那一盏烛火依然亮着，透过纸窗隐约可以看到陆游读书的影子，唐氏料想他还没有吃饭，甚是忧心。唐氏推醒陆宰："官人，你过去看一下吧，夜已深，让延僧早点儿休息。"

　　陆宰揉着惺忪的睡眼，说道："娘子安心歇息，不用管延僧，困了他自然会睡的。"

　　唐氏埋怨地嗫嚅道："延僧跟你一个样儿，简直就是一个小书虫，读起书来什么都不管不顾了。自从拿起那本书，到现在水米未进，一动不动，不会是读书读傻了吧。"

陆宰不禁哑然失笑，得意地对唐氏说道："书虫好！书虫妙！延僧是可塑之才，日后必将逾越陆家众子弟。"

唐氏不解地问："官人，到底是一本什么样的书？竟能让延僧如此沉迷，不会是什么邪书吧？"

陆宰摆了摆手，正色说道："娘子此言差矣！我陆府所藏之书，岂会有歪理邪说之书。娘子大可放心，延僧所读之物更是珠玉难得。"

还有什么书是不能用银子买到的？唐氏心中虽然纳闷，但是陆宰的一番话，却让她揪着的一颗心总算放了下来。

陆宰见陆游读书如此用功，自是满心欢喜，对唐氏称赞陆游勤奋好学。唐氏不以为然，觉得陆游年岁太小却如此痴迷读书，生怕熬坏了身体，每每看到陆游通宵达旦地读书是心疼不已，有时恨不得将陆游抱到床上去睡，又担心遭到丈夫的责怪，只得说："用心做学问固然是好事，可没想到读书竟是这般的苦事！"

陆宰差点笑出声来，笑道："读书苦乎？读书乐乎？既苦哉！又乐哉！"

唐氏不解地望着陆宰，心里暗道："这一家子都是书呆子！"

陆宰倒不担心陆游会成为一个书呆子，担忧却是陆游的性格。陆游自小自负倔强，甚至非常执拗，认准了的事不懂变通，一条路坚持走到底，对此他不知道儿子这样的性格到底是好事还是坏事，只期盼儿子长大后能够有所改变，不仅胸有韬略，还善于度势，明达事务，做出一番利国利民的事业。

不知过了多长时间，外面传来了打更的鼓声。唐氏一下惊醒了，一骨碌翻身起来，望了望双清堂，烛火仍然亮着，她对陆宰说道："官人要不要过去让延僧睡觉吧，这样下去可不是办法。"陆宰并没有搭腔，嘴里嗯叽两声，反倒转过身去，背对着唐氏，很快又发出一阵酣畅的呼噜声。

除陶渊明外，陆游喜欢的诗人还有李白、杜甫、王维、岑参等人，有些诗文读得滚瓜烂熟，有的甚至可以倒背如流。陆游通宵读书时常发生，只要一书在手，无论寒暑，一坐便是一天，手不释卷地攻读前代诗人的作品，陪伴他的只有那一盏灯火。有时，城楼上的鼓声敲打三更了，这是唐氏规定陆游必须休息的时间，但陆游却经常睡意全无，在灯下一直读到天明，直到远处传来"当当"的晨钟声。唐氏每日起床第一件事，就是先过来看陆游睡没睡觉。如果在床上睡觉，她会看一下桌子角的烛台，她可以根据烛泪多少判断陆游是读到了三更，还是读了一整夜的书。

春去秋来，四季流转，日子如流水般悄然流逝。陆游也慢慢长大了。这时，家中的书他几乎已全部阅遍，有时他提出的问题让陆宰思索半天也不知如何作答。为了不耽误陆游学问精进，以后好博取功名，陆宰开始为他物色高师，让他伤脑的是，周边名师基本上都已拜遍，对陆游的学问赞不绝口，无不劝陆宰另觅良师，以免误了陆游。

师　承

绍兴十二年（1142），陆游见到了对他一生影响重大的人——南渡名宿曾几。

那天中午，陆淞、陆濬、陆游三兄弟一起从学堂回家。

家中已传来了阵阵的饭香，陆游是饥肠辘辘，急匆匆地正准备往厨房里钻。从客厅前经过时，陆游偷偷瞄了一眼，见厅中端坐着一个清瘦的老人，须发皆白，精神矍铄，正在与父亲陆宰交谈。陆游没有见过这个老人，忍不住停下了脚步。只听那老人说道："得知元钧兄正好在家，特此登门拜访，讨扰兄弟了。"陆宰说道："吉甫兄切勿客气！能光临寒舍，陆某荣幸之至。兄不辞辛劳，不远千里来探望胞兄，手足情深令人感佩万分。"屋内交谈的声音越来越小，陆游伸长脖子往里一望，只见二人头凑在一起窃窃私语。

前几日，陆游曾听父亲提起曾几要来，从时间上来推断应该是这几日了。陆游从老人的衣着、谈吐和精气神上来看，料想此人定是曾几无疑。曾几此次是专程来看望寓居此地的胞兄曾弼而来。曾弼于建炎三年（1129）镇守泰州（今江苏省泰州市），金兵来犯时，泰州城无精兵，民无存粮，权其利害，遂开城出降，以换取城中百姓平安，此举为世人所不容。金兵去后又有溃兵来犯，曾弼竟弃城而逃，后来被朝廷除名勒停。因此，曾弼也成了曾氏家族的隐疾，讳莫如深。毕竟血浓于水，曾几时常会过来看望兄长曾弼。

陆宰经常提及曾几，二人常有诗书往来，对其人品、学问推崇备至，还特意嘱咐陆游兄弟几人万不可错失求教良机。曾几本是诗坛高山仰止、景行行止的人物，陆游早已神往久矣，如今亲见曾几顶着风险看望兄长，心中更加敬佩。

陆游拉住两个哥哥，小声嘀咕几句，而后一同恭恭敬敬地站在客厅门外。陆游自幼熟读曾几的诗文，如今能够见到神往已久的文坛大家，兴奋之情溢于言表。在没得到父亲陆宰的允许下，三兄弟只能站立在外面静候，待陆宰召唤方敢踏足厅内。

曾几早就看到了陆游兄弟三人，见他们年龄不大，举止稳重，尊礼甚笃，不禁仔细打量起这几个后生。曾几看陆游相貌清秀，面如冠玉，双眼炯炯有神，只是目中自带忧郁之色，顿时有一种似曾相识的感觉，他当然知道这是不可能的，这是他第一次见陆氏兄弟三人，忍不住再次打量陆游来。曾几在与陆宰书信来往中，陆宰频频提及几个孩子智力超群聪颖过人，尤其三子陆游读书过目成诵，七岁能作诗，悟性异于常人，如此夸赞自己的孩子想必不虚。虽是第一次见面，曾几却认定必是陆游，便扭头问陆宰："元钧兄，吾观此子气度不凡，想必就是你时常提及的陆游陆务观了。"

"吉甫兄好眼力！正是犬子陆游陆务观，右边那个是长子陆淞陆子逸、中间那个是次子陆濬陆子清，还请吉甫兄多多指教。"陆宰介绍完，招了招手，喊道："斗哥、昙僧、延僧、尔等还不进来拜见吉甫伯父。"

陆氏三兄弟得到父亲的许可，刚才的拘谨已茫然无存了。三人对视一下，一起大大方方地从门外向曾几走来，距离尚有三步之遥时，三人将大氅的下摆一撩，左脚向前跨出一步，右膝一屈跪了下来，朗朗说道："小侄拜见吉甫伯父！"

曾几满脸堆笑，微微欠了欠身子，伸出双手做出欲搀扶的动作，说道："贤侄免礼！我与尊公性情相投，可谓莫逆之交，不必如此客气。请起，快快请起！"

"谢吉甫伯父！"三兄弟异口同声，而后不慌不忙地起身，规规矩矩地站立一旁，用崇拜的神色看着曾几。

"时光荏苒，岁月如梭，一眨眼的工夫，元钧兄的孩子都已经这么大了。"曾几感叹一番，问道："元钧兄，三位公子相貌不俗，言举妥当，足见深得兄之真传，想必文学经术定有长进。"

陆宰笑着摆摆手，说道："犬子愚钝，倒时有涂鸦之作，不过是闭门造车，粗鄙不堪，难登大雅之堂，还需要你这个行家多多批评指教。"

陆宰给出了明示，陆淞、陆濬两兄弟却毫无准备，一时面面相觑。陆游小心翼翼地从怀中掏出早已准备好的诗作，略一弯身，双手恭恭敬敬地递到曾几面前，态度诚恳地说道："敬请吉甫伯父批评指点。"

曾几接过诗作，认真看了起来。陆游屏住呼吸，静静等待着曾几给出中肯的点评。在曾几的眼中，陆游的诗歌虽有些稚嫩，不过平心而论，以陆游的年龄和阅历，能写出这样的诗歌也是相当了不起的。半晌，曾几才抬起头来，像想起来什么似的，由衷地赞叹道："贤侄小小年纪，能有如此才学，实属难得。贤侄的诗作颇有吕居仁之风，可惜没有相识，如果贤侄能得到他的指点，日后必百尺竿头更进一步。"

吕居仁即吕本中,在江西诗派中属于拔尖诗人。陆游每每想起吕本中的"丈夫不任事,女子去和亲"的诗句都会感慨不已,自童子读书起,陆游尤其爱读吕本中的诗文,作诗赋文难免受其影响,不曾想竟让曾几一眼识破,这也说明自己的诗作有吕本中的几分神韵,能得到这么高的评价,心中自是大喜。想到此处,笑意早已溢满了陆游的眼角和嘴角,他双手抱拳躬身施礼,谦虚说道:"吉甫伯父谬赞,务观若能学得吕居仁前辈万一,已是幸甚。"陆游说完,扭头望向父亲陆宰。而后,他的目光偷偷移动,心里暗自谋划主意。

知子莫若父。陆宰从陆游的目光中早已知晓他的想法,他原本打算让三个儿子同时投到曾几门下,见曾几眼中只有陆游,知道另两子与曾几无缘,只得在心中惋惜作罢。陆宰本就对陆游寄予厚望,如果能投到曾几门下,关系自然更进一步,有了曾几的点拨提携,对陆游的成长可谓不啻天渊。陆宰自然不会放过这么一个千载难逢的机会,简默不言地冲陆游点了点头。

得到了父亲的首肯,陆游胆气更壮了,向前跨出一步,口气极为恳切地说道:"倘若能得到吉甫伯父指点一二,更是小侄前世修来的福分,小侄毕生感激不尽。"语毕,扑通一声,陆游恭恭敬敬地向曾几行了顿首之礼。陆游的"谒师礼"来得过于突然,且也不符合拜师礼数,足见其拜师之心切。

曾几捋须笑了笑,连连摆手说道:"断不敢当!万万不可!贤侄,若论学问,尊公远在我之上,吾又岂敢僭越?"说完扭头望向陆宰,恰巧与陆宰的目光撞在一起,一瞬间,他已了然陆宰的心思。曾几默然良久,客气地对陆宰说道:"元钧兄研经铸史,家学渊深,特别春秋学本人更是佩服得紧,何不手授言传,加之令郎又是杰人之材,日后必能青云之上,愚兄岂敢拙力训导,贪天之功。"

陆宰连连摆手,笑着说道:"吉甫兄此言差矣!要说春秋学,兄之造诣,目今无人可及。说到诗文,可谓登峰造极,独步天下。再说,古人曾有曰:父不做媒,母不做师。易子而教乃是常理,犬子如有幸得到吉甫兄的点拨,必得始终,万请吉甫兄不要推脱。"

曾几被陆宰的这一番话夸得心花怒放,他凝视着陆游,心中暗暗思忖:"元钧兄屡次在信中提及三子陆游博闻强记,聪颖过人,今日一见,果然才学超群。虽然年纪不大,读其诗作,见其人品,胸中已有安邦定国之志,如若收入门下,好生培养,假以时日,必成经天纬地之才。"再看看跪在面前的陆游,着实令人喜爱,加上话儿都说到了这个份上,又岂可拂了老友的面子,于是欣然颔首同意。

陆游正为如此唐突的拜师礼而犯愁,担心遭到拒绝,心神不定地等待着,一抬头看见曾几正盯着自己。陆游见曾几的目光并没有责备的意思，他甚至感到这犀利的目光有无限的期待和无法用语言表达的意味，心里的那块石头也落了地。

果不其然，曾几将陆游从地上扶起，笑道："务观虽小，资质俱佳，能得一英才而育之，亦平生一大快事！"

曾几话音刚落，陆宰当即命陆游："延僧，还不赶紧叩谢吉甫伯父，不不，还不拜谢恩师！"

陆游闻言大喜，朗声说道："恩师在上，请受弟子一拜。"说完又要行叩拜之礼，却被曾几一把拉住。曾几看了陆宰一眼，笑道："元钧兄，今儿我就厚颜收下这个弟子了。"接着又对陆游说道，"观儿以后不要搞这些繁文缛节，专心作文做人即可。"

陆游心中大喜，连忙应道："是，弟子谨遵师命。"陆游见曾几没有半点儿架子，心中又添了几分敬重。

曾几问道："务观，你为何要写诗？"

陆游不假思索，侃侃说道："盖文章，经国之大业，不朽之盛事。年寿有时而尽，荣乐止乎其身，二者必至之常期，未若文章之无穷。是以古之作者，寄身于翰墨，见意于篇籍，不假良史之辞，不托飞驰之势，而声名自传于后。"

曾几见陆游用曹丕的《典论·论文》作答，琅琅成诵，毫无拘滞，虽是寻章摘句，却又恰如其分，足见陆游饱读诗书，对先代文章诗词早已烂熟于胸。曾几哈哈一笑，说道："务观有此想法甚好！习文作诗本无捷径可循，唯有不停地读书学习，一步一个脚印，只有走过了古人走过的路，才能走出自己的路。"

陆游听了曾几的话似有所悟，用力点了点头，再次倒地大拜，说道："弟子必旦夕勤学不息，定不负恩师教诲。"

陆游的回答不卑不亢，诚恳得体，曾几对陆游更加喜爱。

昔日没有师承，陆游自感诗艺一直无法得到提高，他常为未窥得作诗门径而苦恼。现在拜在了曾几门下，当然得当面讨教诗艺。

曾几本来对陆游的诗就大为欣赏，便与陆游谈起了各诗派的大家之作，一方面是看陆游的学识积累如何，一方面培养陆游的观察和悟性。曾几谈到了江西派大诗人徐师川曾将王安石的诗句"细数落花因坐久，缓寻芳草得归迟"，修改为"细落李花那可数，偶行芳草步因迟"，两句诗只是几字之差，从字面上分析意思却相同。

陆游敛容屏息静听，生怕漏掉了一个字。

曾几一边讲解一边观察陆游，从他的表情就已知晓领会了多少。

曾几解释道："徐师川的诗是专门学习陶渊明的，渊明之诗的特点是适然寓意而不留于物，比如'悠然见南山'，东坡居士就说过，决不可以将'见'字改为'望'字。'细数落花，缓寻芳草'留意甚矣，故易之。"曾几担心陆游一时消化不了，又举了王安石化用陶渊明的语句，"柴门虽设要常关""云尚无心能出岫"，指出"要""能"带过来字皆非渊明本意，诗歌要融情于景，寓意于物。曾几缓缓而谈，述论如金，却字字珠玑。

经过曾几的解读，陆游有一种拨云见日的感觉，一边听一边频频点头，蹙着的眉头也舒展开了。陆游默默听着，心中感慨良多，如若不是得到恩师曾几的点拨，这些圣贤之理自己何时才能参透，对曾几的敬意又增添了几分。此时，曾几望着陆游，不在讲了。陆游当然明了曾几的意思，接着曾几的话，朗声说道："徐师川一定觉得'缓寻'二字过于刻意，而'偶行'是偶然起意，就像'见'是天意一般。"

见陆游分析颇有章理，令曾几又惊又喜，他没有想到陆游的领悟能力这么强，不禁对陆游刮目相看。曾几一边摸着下巴上的胡须，一边点头赞道："务观好悟性！"说完他朝陆宰望去，二人对视一眼，不约而同地点了点头。

陆游见得到了曾几的肯定，心中自然得意万分，只不过大喜之色不敢当着曾几的面流露出来，恭敬应声道："弟子愚钝，管见已成，有了恩师的指教，如同醍醐灌顶拨云见日。弟子从未听过如此高论，今日亲临恩师教诲，实乃三生有幸。"

曾几高兴地对陆游说道："务观，以你的资质，将来学问必远超为师。但是，你不光要用心学习，还得求取功名，这样才能配得上你的才华，因此你还得深研经世致用之学和为吏之道，唯有如此，方可修身齐家治国平天下。"

陆游又是一躬，答道："恩师教诲，弟子谨记于心。"

曾几在陆家期间，将自己多年习诗心得倾囊相授于陆游。

曾几离开陆家后，陆游与曾几音信往来不断，通过书信交流诗艺，求教诗技。曾几曾寓居上饶茶山七年，陆游曾到茶山向曾几请教，后陆游取得了令时人难忘其项背的瞩目成就，显赫声名早已盖过了曾几，但对曾几提携、奖掖和教诲终生不忘，直到晚年亦未尝有丝毫减弱，时常以"门生"自居，修函铭记恩德。

陆游本就天资聪慧，有了曾几的指点，眼界大开，学识日进。很快，器

卷三 屢遭挫折

识宏远的陆游声名大噪，所作诗歌广为传唱。

科 考

绍兴二十三年（1153），此时的陆游学问大进，已在诗坛小有名声了。

这一年，陆游将前往临安参加两浙转运司锁厅试。锁厅试仅限于现任官及恩荫子弟应进士科的人员参加，相当于一场内部考试，录取名额较为宽泛，只要通过了锁厅试次年即可参加殿试。殿试不淘汰考生，由皇帝亲自评定考生名次。此次科考，陆游信心满满，认为一定能够参加琼林宴，一睹天颜。

这是陆游第三次参加科考，再次来到临安，不禁感慨万千，不由自主地往西湖走去。西湖水清澈依旧，鱼儿在水中轻快地游走，杨柳垂下的枝条在风中摇摆。多么熟悉的画面啊！

陆游信步走进了西湖边上的那家老酒馆，选择一处靠近湖边的桌子凭栏而坐，点了一壶绍兴老酒和几份小食，自斟自饮起来。酒馆还是以前的酒馆，门前的幌子颜色更加鲜艳，只是酒馆的老板早已换人，但酒馆里的一切看起来仍是那么熟悉，让陆游恍如昨日，又似经年，不觉中想起了自己曾经参加过的两次考试。

十三年前，也就是宋高宗绍兴十年（1140），受祖荫庇护，年仅十五岁的陆游以荫补登仕郎的资格赴京城临安参加吏部出官考试。赵宋王朝有"与士大夫共天下"的文官制度，也催生了"推恩荫补"，陆游正是借着恩荫参加此次考试，考试相当宽松，考试及格后即可放官。那次他与堂兄陆静之、陆升之等人结伴同行。在途中，陆游又结交了叶黯、范端臣、陈公实和韩梓等青年才俊。几个年轻人正踌躇满志，意气风发，仿佛金榜题名唾手可得。

到达临安后，他们得知西湖附近的灵芝寺为应试士子免费提供临时住处，想想可以省下一笔开支，便一起借宿在灵芝寺中。年少的陆游与同去临安应试的几位兄长稍有不同，其志不在功名，他仅仅把这次科考当作是一次外出郊游，当众人三更灯火五更鸡苦读之际，他却偷偷溜出去。陆游素闻临安乃华夏第一繁华之地，便趁此机会，一个人兴致勃勃地到临安各景点游玩一番。

陆游依然记得那是一个黄昏，随着一阵钟声响起，窗外有僧人鱼贯而出，排着队向僧堂而去。陆游感到好奇，于是默默地跟在后面。只见僧人走进僧堂后分列两行，打坐念经。大殿金碧辉煌，青烟在大殿缭绕游走，陆游顿觉庄重肃穆，也不敢再嬉笑了。浓烈的烛香味直往鼻孔里钻，好几次欲打喷嚏都被他硬生生给憋了回去。陆游回来后，兴奋地把自己看到的场景向堂兄们说了，边说边模仿僧人的动作，逗得大家哈哈大笑。到了晚上，几人仍觉意犹未尽，于是又相约出去游玩。

临安的夜晚灯火高悬，游人如织，比白天还要热闹。临安胜境让陆游等人流连忘返。他们或泛舟湖中，或漫步湖堤，一边观赏周边风景，一边现场赋诗唱和。沿途大小酒肆不能遍数，歌管欢笑之声每夕达旦，几人凑上银子进入酒肆推杯把盏，大快朵颐，好不快活。几人谈文学谈人生，谈古今天下事，许多话题是陆游以前从未听过的，所以听得专心致志，只有谈到当今时事时，陆游忍不住会发表评论，往往语惊四座，端得是危言高论，见解独到精辟。

快乐的日子总是过得太快，不觉已到了考试的时间。陆游满脑子都是游玩之事，对考试倒没有放在心上。待到揭榜时，中榜士子高兴得手舞足蹈，落榜者神色大变，垂头丧气如丧考妣。陆游没有考中也在意料之中，此次落第对于年少的陆游来说毫不为意。

第二次是绍兴十三年（1143），陆游被推荐到礼部来应试。科考虽屡经变革，但有诗赋、诗义、论、策为四个必考科目，赋以观其博古，义以观其通经，论以观其识，策以观其才。历来科考都是"以经义诗赋取士"，考试科目内容更加重视诗赋这一方面，陆游胸有成竹，以为此次科考必金榜题名。

谁知世事难料，这次考试并没有以诗词歌赋为主，而是"以经义策论取士"。出身经学世家的陆游从小浸淫其中，在经书上下过苦工夫，只是近几年陆游沉迷于诗歌，致使经术荒废，早年所学已忘个差不多了。

这是陆游第二次落第，但他仍没有放在心上，也没有急于回家，反倒安心地在临安过起了春节，仿佛此次并非为科考而来，而是专程为来临安游玩。在临安任职的舅舅唐仲俊知道陆游第二次落榜，担心他心里难受，邀请陆游到府上做客好好安慰一番，不料陆游不以为意。光阴飞逝，倏忽又至翌年上元节（元宵节），陆游陪同舅舅兴致勃勃地到临安四处观灯游玩，临安的景色和繁华竟让他陶然忘归。

想起过往，陆游的嘴角露出了笑意。这时，邻座的一个年轻人往湖中丢食物，一群锦鲤争相抢食，湖水猛地激腾起来，一尾锦鲤腾空而起，在湖水上面打了一个翻儿，又落入水中。激起的水溅到陆游身上，不由得激灵了一下，也把他从回忆中拉回到现实。

　　陆游看见锦鲤挨挨挤挤争食，如果不是边上有横栏阻隔，想必它会跃上来与他痛饮几杯。他又看了看那个年轻人，正和几个同伴开怀畅饮，看着他们意气风发的样子，判定他们是赴京应试的士子。想到自己已快至而立之年仍茫无所得，陆游突然间想到了岳武穆"三十功名尘与土"的诗句，反观自己又何尝不是如此呢，一仰脖，将杯中之酒一饮而尽，怅然低语道："莫等闲、白了少年头，空悲切。"这句话是对自己说的，也是他在心里要对那个几个年轻人说的，他希望这几个年轻人能够早日金榜题名，不要像他这样蹉跎多年，任由时光流逝却毫无作为。

　　陆游饮完杯中酒，摇摇头兀自笑了，一抬头又看见了那几个士子。

　　只见一个身着紫袍的士子故弄玄虚地问道："你们可知这次参加科考的还有谁？"

　　"谁？"几个同伴几乎异口同声地问道。

　　紫袍青年不无得意地答道："秦埙！"

　　一个身着白色锦袍的士子问道："秦埙？你说的可是当朝权相秦桧之孙秦埙？"

　　红袍士子抢着答道："不是他还能有谁！秦埙这次是以右文殿修撰的名义参加科考。"

　　白袍士子饮了一杯酒，将酒杯重重地放桌上一放，不解地道："在门荫之下，秦埙年仅十七岁便已是官居从四品的敷文阁待制，如今还来参加科考？万一落第岂不有损其祖父秦桧的颜面？"

　　红袍士子"哼哼"几声冷笑，说道："他会落榜？诸位有所不知，秦埙虽已入仕为官，可是秦桧对此并不满意，一心想要秦埙博取状元及第的荣誉，已亲令省试主考官陈之茂录取秦埙为第一名。"

　　白袍士子猛地拍了一下桌子，愤然说道："当今权相秦桧的命令，他小小的陈之茂焉有不从之理，那第一名就这样被他们圈定了。"

　　红袍士子道："老贼不死，国无宁日。此事既然已在市井流传，秦氏所为必为天下人所知，早晚必达圣听，最好将其贬为庶民，一家流放南蛮之地！"

　　紫袍士子连连摆手道："兄长此言差矣！秦桧稳居相位，把持朝政近二十载，门生故吏遍布朝野，党羽势力操纵朝堂，可谓根深蒂固。而官家身居九重深宫，耳目遮蔽久矣，焉能知晓权相秦桧所为，就算官家知道了又如何，岂会为科举之事责难于他。"

白袍士子既气愤又无能为力，带着调侃的语气地说道："完了完了，有秦埙在，我等岂不是无法状元及第！"

紫袍士子也被他给逗笑了，说道："哈哈，就是他没有参考，状元也休想轮到我等！只求榜上有名，已心愿足矣！"

红袍士子不解地问："尚未应考，岂可妄自菲薄！"

紫袍士子解释说道："我听说山阴陆游、芜湖张孝祥、平江（今江苏省苏州市）范成大、吉州（今江西省吉安市吉水县）杨万里、隆州（今四川省眉山市）虞允文，都将参加这次的科举考试。这几个可都是大名鼎鼎的人物，其才华早已冠盖九州。"

"能同他们几位同科应试，何其有幸！即便此次榜上无名，我等又何憾之有，能败在他们的手中，也是虽败犹荣。"白袍士子说着，叹了一口气，接着又道，"纵使一生榜上无名也无甚可惜，只是希望能写出像陆务观一样的诗来，照样天下扬名，如此，也不枉此生了！"

陆游没有想到他们会说起自己，脸露喜色，放下了手中的酒杯，静静地听着。

红袍士子说："诸位兄长也别只顾着唉声叹气了，还是吃酒吧！"

白袍士子举起酒杯，朝众人示意，然后说道："来来，吃酒！吃酒！今朝有酒今朝醉，明日愁来明日愁。"说罢，将杯中之酒一饮而尽，没等他人饮酒，他又为自己斟了满满一大杯，就这样一连干了几杯，脸上的忧虑已被一坨绯红掩盖。

陆游坐在一旁，静观众人喝酒。不一会儿，那几个人已经喝得醉醺醺的了，个个醉眼迷离，还在继续举杯饮酒，时而仰头大笑，时而抱头痛哭，一时不知他们是在作乐还是在伤心。

陆游并没有把他们的话放在心上，自顾默默饮酒，待有了几分醉意才回到官驿休息。

锁厅试。

一切准备就绪，众士子陆续入场。

陆游坐在座位上，并没有像其他士子一样奋笔疾书，他想到了中原遗民倍受金虏欺侮压迫，无时无刻不箪食壶浆盼王师北顾，这样的场景一直萦绕在他的脑海。陆游定了一下神，才提笔作答，在试卷上痛斥议和投降主张，力陈抗金北伐之策。

主考官陈之茂看了陆游的文章，不禁击案喝彩，连连赞赏"此乃天纵之才"。

陈之茂感佩之际，竟然不顾权相秦桧的指令，决然将陆游擢置第一。毕竟秦桧权倾朝野，陈之茂也不得不顾及秦桧的颜面，思忖再三，只得将其孙秦埙放置为第二。

权相秦桧得知结果后，勃然大怒，欲追陈之茂之过。幸运的是，秦桧于绍兴二十五年（1155）死去，陈之茂才幸免于难。

翌年（1154），礼部春试。

秦桧为了确保孙子秦埙能够博取状元及第的荣誉，在会考前上奏高宗皇帝，建议以御史中丞魏师逊、权礼部侍郎兼直学士院汤思退、右正言郑仲熊同知贡举，吏部郎中权太常少卿沈虚中，监察御史董德元、张士襄等为参详官。高宗皇帝事事依仗秦桧，当然欣然准奏。至此，秦桧遂将亲信党羽安插妥当，务求这一次的礼部试万无一失。

主考官魏师逊、汤思退、郑仲熊等人在阅卷时发现，陆游文章端得非同一般，文笔行云流水，字里行间激荡着雷霆万钧之势，可谓字字珠玑，撼人心扉。众主考官忍不住要将陆游置于榜首，几人想起秦桧的"重托"，一时竟不知所措。于是将情况报给秦桧。秦桧一听又是陆游，顿时火冒三张，干脆一不做二不休，指使几人以狂妄骄矜将陆游直接黜名。

宋朝时期，考试已采取糊名制和誊录制，通过"弥封"考卷以免泄露考生的姓名籍贯等个人信息，安排人手将每位考生的考卷重新誊抄一遍，这样阅卷人在阅卷时只能评判文章好坏，而无法从笔迹判断所阅之卷出自何人之手，也就无法弄虚作假了。

由于主试之人皆为秦桧党羽，又受秦桧指使，此次礼部春试舞弊程度达到了令人瞠目结舌的地步，考试密封的试卷竟被违制拆开，全部按照秦桧的意愿进行，竟将秦埙拟定为榜首、张孝祥次之、曹冠再次之，秦桧的党羽周寅为第四名，此次主考官郑仲熊的侄子、侄孙和秦桧的两个侄子及董德元的儿子等一众亲党子弟，皆如愿得占甲科。

榜次定罢，众考官相视而笑。

参详官董德元竟厚颜无耻地对众人笑道："吾曹可以富贵矣。"

考官沈虚中不甘落后，为了向秦桧邀功讨好，在正式名单尚未公布前，竟派遣小吏逾越贡院高墙，前往秦府向秦桧报喜。

秦埙如愿以偿"取"得了礼部春试的头名，如无意外，接下来他会夺得殿试状元的头衔。

按照惯例，科举殿试由天子高宗亲自评定考生的名次。内侍将礼部春试中第的卷子呈了上来，高宗一看，春试头名竟然是秦埙。高宗一下就来了兴趣，他倒要看看当朝宰相秦桧之孙能写怎样的华章。高宗能成为南渡后的开国之君，自然决非等闲之辈，只看上几眼就发现秦埙所写的策论看似头头是道，其观点只不过是拾其祖父秦桧的"牙慧"而已，毫无新意可言，遂将卷子弃在一旁。高宗又拿起了张孝祥的试卷，这一篇万余字的巨文词翰俱美，而是头尾如一，全是颜真卿的字体，于是大笔一挥，将前三名的顺序调整了一下，将张孝祥擢为绍兴二十四年（1154）科举状元，曹冠次之，当然他也不忘给秦桧的面子，将秦埙钦定为第三名。

不久，天下士子期待已久的科考终于放榜了。

众士子难掩兴奋之情，看榜之前彼此抱拳预祝金榜题名。当红色的绸缎被缓缓揭开，及第考生的名字已赫然写在了红榜之上。众士子急切地在红榜上搜寻自己的名字，有人看到自己的名字高兴地大呼"吾中榜了"。

待看完了全部榜单，一片哗然。有的垂头丧气，有的失声痛哭，有的气愤填膺。

一名蓝衣士子看完榜单后，气得愤然大呼："诸位，此榜怪不怪？"不待众人答话，他接着说道："山阴士子陆游陆务观博学硕才，文辞精妙，秋试乃为第一名，此榜竟无陆务观之名，可怪乎？此举显然不符科考之制，足见此榜虚也！"

众士子闻听无不点头称是，一个胖脸士子附和着说："以陆游之才，即便不在一甲之列，也必在三甲之中。这些暂且不论，竟然连副榜也未曾忝列，真乃虚榜也！"

这时，一名身着深红锦袍的士子挥舞右拳，大声喊道："虚榜！虚榜！此榜无陆游陆务观之名，如此不公，焉可服众！"

众士子也跟着举起了右拳，一起高声喊道："虚榜！虚榜！"

"难道诸位兄台还看不出个所以然？请仔细看看这中榜之人便知晓原因。"一名红衣士子站在红榜前方，面向众士子，手指向红榜，而后用力点着红榜，说道："此榜乃权相秦桧之榜。"

众士子闻言，吓得瞠目结舌。几个胆大的士子不解地问道："何为秦桧之榜？"

红衣士子指了指榜中几个名字，坦然说道："张孝祥、虞允文、范成大、杨万里、陈骙、何异等人中榜，我等倒也无话可说，其文才众所周知。"他用力地敲了敲曹冠、秦埙、周夤等人的名字，接着说道，"但这些人竟然榜上有名，着实让人生疑。"

众人听了，都静静地等待着红衣士子给出答案。红衣士子轻咳一声，指着红榜之上的名字，一一解释道："此曹冠，乃秦桧门客，秦埙乃秦桧其孙，秦焞、秦熿乃秦桧其侄，周夤乃秦桧亲党，沈兴杰乃秦桧姻亲，曹纬也乃秦桧姻亲，又是临安知府曹泳之侄，郑时中乃考官郑仲熊的侄子，而郑缜是郑仲熊的侄孙，董克正乃参详官董德元之子，杨倓乃殿前都指挥使杨存中之子，赵雍乃侍卫步军司公事赵密之子。"该士子一口气说出了这么多中第举子的姓名及社会关系，他苦笑一下，说道，"诸位，还要我一一说下去吗？"

这时，另一名红衣士子气得一把将身上红色长袍脱下，用力往地上一掷，用脚猛地踩了几脚，众人都惊得目瞪口呆，忙问因由。他仰天大笑，说道："吾寒窗苦读十余载，可谓手不释卷、夜不能寐，这几日身着这身行头也是衣不解结，如此这般，只为讨一个好彩头，期盼今朝能够金榜题名，孰料还是名落孙山。穿此缎衣做甚！羞死先人也！"

蓝衣士子正色说道："今日之榜，必为天下人切齿！堂堂朝廷会试竟能玩弄于权贵们的股掌之中，这哪里还有公平可言？天下士子又能去哪里寻找进身之阶？"

红衣士子也愤然大声说道："吾已落榜，可谓幸甚！"

一士子问道："这位兄台莫不是气疯了吧，落第又何来之幸？"

红衣士子正色说道："吾好歹也出身于书香门第，祖上也曾有过功名，如若今日高中，岂不是要与这等鼠辈同列一榜，你说是不是羞死个先人！"

这时，有人轻声道："有观察来了！"

只见一名紫衣士子把中指竖在嘴边，接连"嘘"了好几声，而后又上前制止蓝衣士子道："大官人，点到为止，万勿多言，那人耳目遍布朝野，万不可为逞一时口舌之快而生出事端，不要为此惹来杀身之祸！"

话犹未了，众士子顺着他的目睒趁过去，果见有两名手拎棍棒的公人往这边走来。有几名士子原本还想发发牢骚，见公人到此哪里胆敢出声，互相交换目光，而后一个个垂头丧气地各自散了。

陆游在省试中拿下了第一名，不曾想殿试竟被黜落了。连续三次名落孙山，彻底伤了陆游的心，也让他断了应试及第的念头，打点行装再一次返回了家乡。

诀　别

宋高宗绍兴十四年（1144），这一年陆游十九岁，他在家人的安排下，与小自己两岁的唐琬结婚了。

唐琬出身官宦世家，其父唐闳为郑州通判，她的两个叔叔唐闶、唐阅均为南渡早期的进士。这样的家世与陆家论婚，可谓门当户对。唐琬出生在这样的家庭，自然从小就受到熏陶，文采出众，特别是对诗词有相当的修为，而且性情单纯，是一位才貌俱佳、风华绮丽的女子。

陆游与唐琬本属才子佳人，结缡以后，婚后生活甚是甜蜜幸福，加上二人兴趣相投，终日琴瑟和鸣形影不离，可谓羡煞旁人。唐琬不同于其他女人，没有守在闺房中相夫教子，而陆游为人自由洒脱，生活态度坦然自在，夫妻二人莳花弄草卧云居，品茗吟诗邀月醉，经常一同携手外出游山玩水，一时风光无两，引得众文人竞相仿效，夫妻结伴携手同游竟成风尚，连许多常年"大门不出二门不迈"的夫人小姐们也纷纷走出院门。唐琬以为自己的生活会一直这样幸福下去，未料到此举也给她后来与陆游分开埋下了隐患。

夫妻恩爱本是一件让人称羡的事情，到了陆游母亲唐氏眼里却变了味道。唐氏忧心忡忡地对陆宰说道："官人，你常说陆家要靠延僧光宗耀祖、光大门楣。延僧自成家以来，整日里吟风弄月、饮酒赋诗，你得提醒他把精力放在科考上，以图在仕途上能够有所进取。"

陆宰对陆游的期望本来就高，当然也希望陆游能够把心思用在学业上，他点点头，说道："娘子不要担心，我说他就是了。"陆宰也担心陆游沉迷游乐，会对他的学业产生不利的影响，于是就对陆游作旁敲侧击式的批评，要其勤勉学习以博取功名。以前陆游对父母的要求一向是奉命唯谨，现在却对二老的规劝置若罔闻。陆游当面点头答应，转过身后依然我行我素，继续沉浸在幸福的二人世界当中。

唐氏见陆游丝毫没有改变，心里认定是唐琬的原因，认为她既嫁为人妇，就不应该到处抛头露面，还陪同儿子参加那些文人组织的吟诗赋词的宴请，简直有辱门楣。唐氏对唐琬的态度也在悄然改变，由当初的喜爱、欣赏，变成了不满和怨恨。

唐琬擅于察言观色，当然也察觉了唐氏的变化，这也让她更加恪守妇德。每日天刚泛起鱼肚白，即起床梳洗打扮，洒扫庭院，到厨房为家人做早餐，严寒酷暑，从不间断。这些本是仆佣应做之事，唐琬在孝敬公婆方面却要事必躬亲，引得陆家上下一直称赞。唐琬以为这样做，婆婆唐氏就会改变对她的看法和态度。孰料，唐琬付出的努力并没有改变唐氏对她的看法，依然待她不冷不热，这让唐琬忧心忡忡。陆游安慰她，大可不必放在心上，只要做好儿媳的本分就够了。

当年秋天，山阴各处丘陵边坡、田间地头的野菊纷纷怒放，引得众多文人前去观赏，吟诗填词。面对如此盛景，陆游兴奋地丢下书本，拉着唐琬一同前去郊外赏菊。唐琬心里犹豫不决，她知道身后有一双眼睛正时刻盯着她呢，可又经不住陆游一再劝说，只好陪他外出赏菊。

秋高气爽，天高云淡，加上遍地盛开的菊花，陆游兴致很高，才思泉涌，一连写下了好几首咏菊之作，并邀唐琬一同品读。菊花开得正炽，但陆游的诗作重点放在了夫妻之间的深情，托菊言情，夫妻情深比盛开的菊花还要热烈。出门在外，唐琬不用再受到礼教的束缚，与夫君陆游自由地徜徉在田野里，二人以菊花为题作诗，你一首我一首，好不快活！

陆游夫妻的才华众所周知，他俩的诗作刚刚写就便有人上前讨要，夫妻二人的咏菊诗作被人传抄，一时大街小巷都在吟诵。

赏菊赋诗之际，唐琬仍不忘陆游的身体。唐琬见陆游整日看书，很是劳神费眼，她知道菊花有清肝明目的作用，要陆游和她一起采集黄菊，待菊花晒干后，要亲手为陆游缝制一个菊花枕头，帮助他清热提神。陆游嗅着遍野清香，不禁心情大悦，于是陪同唐琬在菊丛中采集菊花。

回到家里后，唐琬将采摘的菊花整理好，放在庭院中晾晒。陆游才发现唐琬的手竟被菊枝戳伤多处，心痛地将唐琬的手放在嘴里吮吸。

这时，陆宰和唐氏一起过来找陆游，正好看到了这一幕。陆宰见儿子与儿媳如此恩爱，也不便说些什么，只是轻轻干咳了一声。陆游赶紧将唐琬的手松开。唐琬更是羞得无地自容，面红耳赤地叫道："阿舅，阿姑。"陆宰面色严肃地应了一声，唐氏却板着脸说道："延僧胡闹，你也跟着胡闹，身为人妻，不及时提醒制止，反倒跟着一起胡作非为，如若外人知晓，岂不让人笑话！"说完跺着脚，板着脸扭身走了。陆宰走时叮嘱陆游把心思用在考取功名上，陆游仍是爽快答应。待二老走远后，陆游不以为意，反而模仿唐氏刚才生气的样子，逗得唐琬笑成一团。

菊花晾干后，唐琬立即为陆游缝制枕囊。陆游看着妻子的纤纤细手捏着一根银针在锦布上飞针走线，甚是紧张，生怕那针扎了唐琬的手，也拿起针线在另一头，学着唐琬的样子缝制起菊枕来。两人你看看我，我看看你，相视而笑。这时，唐氏过来看陆游有无攻读诗书，这一幕恰巧又让她看到了。唐琬感觉门外有人，一抬头，刚好看到唐氏。唐琬嘴里的"阿姑"刚一出口，唐氏理都不理，狠狠地剜了她一眼，气呼呼地走了。唐琬想起了晒菊花那一次的情形，她提醒陆游不要在这里缝枕囊了，赶紧回到书房读书，以免母亲又要责怪。陆游见唐琬如此坚持，只得顺从地到书房读书。

唐氏回到屋内，越想越气，心想自从唐琬进入陆家后，陆游性情大变，再也不把学业放在心上了，如今更是作起女儿姿态，拿起绣花针做起了针线活了。唐氏很生气告诉陆宰："官人，延僧最近越来越不像话了，整天不务正业，不思应试科考之事，反倒学起了女红。这个唐琬也是，我说过她好多次了，她当面答应得好好的，私下里又撺掇延僧干这些不上台面的事儿。"

陆宰见唐氏一脸愠色，但他并不认同唐氏的观点，觉得唐氏随着年龄的增长脾气也变得不可理喻起来，淡淡说道："延僧天天温习那些经义策论，甚是乏味，写写诗、填填词，做做手工，正好可以调节一下心情，我倒觉得这样也好。"

唐氏愈发恼怒，又道："我本想让你教育一下你那个不上进的儿子，和那个不明事理的儿媳妇，你可倒好，反而说起他们的好了。好好好！算我多事，从今往后，延僧的事情我再也不管了。"

陆宰无奈地摇摇头，叹息一声，说道："娘子何必为此生气，我说说他们就是了。"陆游兄弟四人，数陆游天分最高，无论如何，陆宰对其还是寄予厚望。

陆宰决定出面规劝儿子以学业功名为重，不料正撞见陆游正与唐琬躲在房间里吃酒取乐。陆宰当场大发雷霆，吓得唐琬大气都不敢出，陆游当面允诺父亲，转脸就将父训丢弃一旁，仍与唐琬饮酒作诗。

当看到唐琬缝制的精美的菊花枕时，陆游专门写了一首《菊枕诗》。《菊枕诗》很快就飞出了他们房中的深深幔帐，飞到了市井陌巷，茶寮酒肆勾栏瓦舍更是将《菊枕诗》谱曲传唱，夜夜不绝于耳，人们透过诗句可以看到这对夫妻的恩爱缠绵，真是羡煞旁人。让唐琬没有想到的是，这也让她并不平静的生活再次掀起了惊涛骇浪，也将她幸福的婚姻生活吞噬掉了。

此事传到唐氏耳里后，这使得她心中更为不满，仿佛看到儿子陆游与儿媳妇唐琬在大庭广众之下耳鬓厮磨，这闺房之乐岂可向外人道知，真是羞煞死个人。她甚至认为唐琬经常抛头露面即是不守妇道，严重影响和耽误了儿子的学业前程，如今更是将闺房之乐呈于诗中，传之于四海，陆家的名声也被辱没殆尽，于是她决定让陆游休掉唐琬。

一向以"杀身翊戴王室"自期的陆宰，心中也非常恼火，他本人空有一身的抱负已无法施展，把所有的希望都寄托在陆游身上，曾三番五次提醒陆游文经武略，科举入仕，报效国家。不料，陆游为了与唐琬厮守，竟将学业科考和双亲的规劝置之脑后。这一次，陆宰决定不再容忍，与唐氏商量一番后，决定将唐琬逐出陆家，碍于颜面他让唐氏出面操作此事。

陆游闻听母亲唐氏要求其休妻，脸色顿时吓得苍白，强装镇定问道："阿娘，让儿休妻，这到底为何？父翁可知此事。"

唐氏"哼"了一声，黑着脸说道："正是你父翁的意思。"

陆游简直不敢相信，急切地说道："怎么可能，父翁怎么会让延僧休掉琬儿！这究竟何故？"

"何故？屡次提醒你把精力放在考取功名上，你却置之不理。你看看你现在的样子，与那些乡野村夫何异？不思进取，整日享于闺房之乐，这岂是男儿作为！"

休妻得到了父亲陆宰的许可，陆游这才意识到事情的严重性，他恳求道："延僧知道错了，一切都是延僧的错，延僧一定改正，今后定当听从父母之命，早点儿博取功名，万请阿娘收回成命。"

"早知今日，何必当初，汝若听从阿娘所劝，何至于有今日事！休妻之事由不得你，休也得休，不休也得休！"

"阿娘！"陆游知道唐氏动了真格的，"扑通"一声跪在唐氏面前，"阿娘，就算唐琬有什么不是之处，那也是延僧之错，休妻之事万万不可，万万不可啊！"

唐氏用力捶了一下椅柄，怒斥道："延僧，时至今日，你还执迷不悟吗？此事没得商量，阿娘与父翁心意已决！"

"休妻总得有个理由吧，如果就这样不明不白地休了琬儿，叫她以后怎么做人？"

"给出理由？亏你还是饱读诗书之人，不顺父母、无子、多言，哪一个不是'七出'之条，还要阿娘一一列出吗。"

"这，这……"陆游瞠目结舌，一时不知如何辩解。

唐氏恶狠狠地说道："你们陆家世代为官，在山阴也算名门望族，如今你父翁厌恶官场倾轧，已无心出仕。但是你不一样，如此青春年少，前景远大，岂可任由岁月蹉跎，照此下去，你终将科举无望，出仕无门，待我和你父翁百年之后，又有何面目去见陆家的列祖列宗，你若是再执迷不悟，阿娘就死给你看！"

陆游始终不肯写休书，唐氏竟以绝食相逼。陆游与唐琬在一起的时间不长，但是感情很好，当然不忍分别。母亲唐氏竟以死相逼，他也不敢冒不孝的罪名与母决裂，只能向母亲唐氏解释、争辩，甚至百般乞求。

不过，陆游所做的一切都白费了，其母唐氏态度非常坚决，如果陆游不答应就继续以绝食相逼。陆游见此，岂敢顶忤逆之名，只好忍痛提笔写下了休书。

陆游表面上将唐琬休掉，暗地里在外面另筑别院安置唐琬，希望待母亲回心转意了再将唐琬接回来。陆游一有机会就前去与唐琬相聚。因为陆游经常早出晚归，让唐氏心生疑窦，于是偷偷安排佣人打听陆游的行踪。

世间没有不透风之墙。有好事之徒，将陆游私会唐琬之事密告陆母唐氏。

一次陆游正在私会唐琬，唐氏闻讯前往查看。幸好陆游听到风声，遂提前离开，才没被唐氏撞个正着。

这种事情显然是无法长期隐瞒遮掩的。最终，陆游终不敢违背双亲的意志，为了所谓的功名前途，只得忍痛与唐琬分开了。此事已无挽回余地，唐琬兀自号天哭地，一时不止，竟哭绝倒地，见者无不动容，终归还是遣返娘家。

绍兴十六年（1147），陆宰突患重症，药石罔效。陆家上下束手无策，无奈之际唐氏想起了冲喜之术。于是由陆母做主，为陆游另择一位王氏女为妻，也好彻底切断了陆游和唐琬之间的联系。

继配王氏，其父王𬭎，曾任蜀郡晋安澧州（今湖南省常德市澧县）刺史，与陆家也算门当户对。王氏性情温顺，知书达理，虽无唐琬的美貌和才华，但嫁入陆家以来，孝敬公婆，顺从夫意，事无大小皆遵从陆宰、唐氏的意思，并劝陆游安心读书、刻意功名，尽享安稳祥和的家庭生活。王氏的肚皮为婆婆唐氏争了气，嫁进陆府仅一年时间，于绍兴十八年（1148）三月为陆游诞下一子。同年六月，陆宰仍不治身亡，实际年龄不满六十周岁，未能逃脱陆家"三世皆不越一甲子"的魔咒。

唐琬被遣回唐家后，自然少不了一些风言风语。不久，她迫于世俗压力，由家人做主嫁给了同郡宗室子弟赵士程。

赵士程是一个宽厚重情的读书人，他非常同情唐琬的遭遇，全身心地爱护着唐琬，不让唐琬受到一丝委屈。唐琬在赵士程的陪伴下，受伤的心灵逐渐平复，也从不幸的婚姻中走了出来，慢慢接受了赵士程，两人幸福地生活在一起。

绍兴二十五年（1155）三月初五，阳光明媚，惠风和畅，山阴城到处春花姹紫嫣红，绿草如茵，已是盛春景致。

陆游兴致很好，便到山阴城南的禹迹寺祈福。

禹迹寺南边有一座私家花园，占地近百亩，为一名沈姓富商所有，名唤沈氏花园。宋代的私家园林在春秋佳日会对公众开放，供游人纵情游赏。沈氏花园是当地有名的游赏胜地，来此游赏的人络绎不绝，有人吟诗作对，有人吹拉弹唱，人来人往，好不热闹。陆游进香完毕，独自前往沈氏花园游赏。他沿着小径在沈氏花园内徜徉，一路走，一路看，一路思。

当走到一游廊时，陆游不禁身子猛地一颤。游廊的另一头有一个熟悉的身影，虽是背影，他已断定是唐琬无疑，她正与一名中年男子在此处游赏园景。陆游有些不敢相信自己的眼睛，也许是心有灵犀，那人恰巧也在此时回头。四目相对，陆游的身子猛地一晃，这个衣着华丽的夫人果然是他魂牵梦绕的前妻唐琬。若不是手扶住了廊柱，陆游差一点儿就要栽倒在地。如今再次见到唐琬，因人感事，心神激荡，纵有千言万语却不知从何说起，一阵阵酸楚涌上了陆游的心头。

陆游与唐琬四目相对，想到昔日深爱的发妻竟已成他人之妇，霎时已无法使他保持镇定，也不忍再向唐琬多看一眼。陆游急忙扭头准备离去，身后却传来了唐琬的喊声："官……务观。"唐琬差一点儿就要脱口叫出"官人"二字，幸好及时改了过来。

熟悉的声音，使得陆游的心如同针扎般刺痛，一时不知所措，形似木偶般呆立不动。他背对着唐琬，半天才转过身来。

唐琬没有想到在此处能碰见陆游。尽管与陆游分离近十年，但是唐琬对他的感情依然很深，此时见陆游一个人孤零零地在沈氏花园徘徊，又惊又喜，目光幽幽地上下打量起来。往事历历在目，恍若昨日，使得唐琬万般愁绪涌上心头。唐琬平复情绪，向赵士程说明了情况。

赵士程本是一个文雅、开明之人，于是携唐琬上前，大方地与陆游打招呼："久闻务观兄才气过人，诗文俱佳，一直无缘拜识尊颜，不想今日竟在此地相遇。"

陆游不禁一怔，他没有料到赵士程与唐琬会主动上前问候。

赵士程锦袍皂鞋，温文尔雅，虽是宗室子弟，却毫无半点儿纨绔之气。

陆游同时面对唐琬和赵士程，神色多少有点儿尴尬，当然心里也更加难受了。此时的唐琬和以前大不一样了，打扮得珠光宝气，只是身子比以前更加柔弱了，眉眼间隐藏着一抹如烟似雾的忧郁。陆游极力控制自己的情绪，忙一抱拳，躬身回礼说道："士程兄，幸会，幸会！兄之谬赞，让务观惶恐。"

赵士程说道："务观兄，士程句句发之肺腑，就连家严也十分赏识务观兄的才学！如若不弃，可否屈尊小酌几杯。"

面对赵士程的邀请，陆游一时不知如何是好，他把目光移到了唐琬身上。自从与唐琬分开后，陆游还是第一次见到唐琬，而且还是这么近距离地看唐琬。这一看不打紧，立马触动了他惆怅的思绪，忍不住忆及往日深情，这使得他的心中愈发难受，于是抱拳答道："多谢士程兄盛情，今日就不打扰二位游园了，改日有暇，务观定登门拜访。"陆游说罢，将目光移向别处。

赵士程用胳膊肘轻轻碰了一下唐琬。唐琬知道赵士程是真心实意想结识陆游，心中又何尝不想挽留陆游，再叙衷肠。可是她知道，此情此景确不适宜，便淡淡地对陆游说道："今日乘兴出游，不想竟与官……竟与陆大官人在此邂逅，如若有事，请自便。"唐琬紧紧地挨在赵士程身边，说话间已是泪眼婆娑，她生怕被赵士程看见，忙别过头去，假装整理云髻，实则偷偷拭去眼角中泪水。

唐琬的一句"陆大官人"，陆游听了心里愈发难受了。他知道此时与唐琬夫妻二人坐下相谈是极不合适的，又望向赵士程，抱拳说道："士程兄，就此别过，改日再叙。"

赵士程见陆游脸色不佳，再看唐琬同样神情失落，担心唐琬徒添烦恼伤及弱身，便行礼道："务观兄，既然不便，那改日再请兄小酌几杯。"

陆游木然地点点头，勉强笑道："好，有暇再叙。"

赵士程与陆游抱拳道别，携唐琬向前走去。唐琬走了几步，还停住脚步怅然回顾，目光中全是哀怨。这目光令陆游不敢直视，他木然良久，痴痴地望着二人远去的背影。不知过了多久，一阵春风迎面吹来，扑鼻的香气让他回过神来。只是此时他的心情愈发惆怅，独自一人坐在连廊之处痴痴发呆，眼中心里全是唐琬的身影。

过了一会儿，一个年少的丫鬟端着酒食过来，陆游不解地望着丫鬟。丫鬟向陆游躬身施礼道："启禀大官人，我是赵府的体己人，奉我家老爷和夫人的之命，为大官人送来黄封酒和果肴。"

陆游恍然大悟，连忙起身说道："哦，请替我向赵大官人道谢。"

丫鬟应了一声，将酒和水果放下就离开了。陆游定睛一看，正是他和唐琬都爱吃的"黄滕酒"和"红酥手"点心。

陆游目送丫鬟远去，不远处的水榭亭中正坐着赵士程和唐琬。

陆游斟满一杯黄封酒，将杯中酒一饮而尽。酒是甘醇的，也是苦涩的。他忍不住又向唐琬望去。阳光洒在水中，倒映的水光又反射到池边水榭亭中，唐琬与赵士程仿佛被一道光圈罩着，间或传来他们的说笑声。透过烟柳垂下的枝条，隐隐看见唐琬低首蹙眉，伸出纤纤玉手与赵士程浅斟细饮，把酒言欢，甚是温馨和美。

看着这似曾相识的场景，陆游的心都快碎了。是的，多么熟悉的场景呀，这又让陆游想起了过去。当初他和唐琬终日形影不离，到处游玩畅饮，吟诗唱和，日子过得好不快活。只不过，现今陪在唐琬身旁的人却是换成了他人，想到这里，陆游的心情更加失落。

陆游一直沉浸在过往中难以自拔，怅然回顾昔日的情分，脸上泛起一丝幸福的笑意。当他从回忆中清醒过来时，水榭亭中已不见了唐琬与赵士程的身影。陆游四周望去，刚才沈氏花园中还人来人往，现在只剩下稀稀落落的几个游人，唐琬与赵士程不知何时已离开。

陆游独坐在连廊的长椅上，思潮起伏，不能自已，唯有一人怅然饮酒。不一会儿，醉意涌了上来，陆游满脑子都是唐琬的身影，当想到自己与唐琬分开已这么多年，文不成，武不就，仕未启，无限感伤之际，竟控制不住，潸然泪下。

陆游感觉整个沈氏花园变得寂静空荡起来。他站起身来，犹如失魂落魄一般，仿佛走到那里都能看到唐琬的身影。唐琬站在前方不远处对他嫣然一笑，还招手示意他过去，他急忙走了过去，正欲伸手时，唐琬又突然从眼前消失了。这时，他仿佛从梦境中惊醒过来，想到与唐琬在一起生活的点点滴滴，有一种恍如隔世的感觉。

陆游见沈氏花园的白墙上题有许多辞赋，心下暗忖："何不直抒胸襟，以记今日心境。"趁着几分醉意，遂向沈氏花园主人索借笔砚。沈氏花园主人早闻陆游大名，知其要在此处题字，不胜欢喜，连忙安排仆佣为陆游准备好文房四宝，任其使用。陆游再一次回顾往事，自是无限感慨涌上心头，提笔在一面粉墙上，题了一首《钗头凤》：

　　红酥手，黄縢酒，满城春色宫墙柳。
　　东风恶，欢情薄。一怀愁绪，几年离索。
　　错！错！错！

春如旧，人空瘦，泪痕红浥鲛绡透。
　　桃花落，闲池阁。山盟虽在，锦书难托。
　　莫！莫！莫！

　　十年诀别的郁郁不欢，陆游对唐琬刻骨铭心的思念之情，如今唯有借用这一首《钗头凤》来寄托相思之苦。题罢这一阕《钗头凤》，陆游又是感慨一番。待将一壶果酒饮完，肴馔吃尽，方踉踉跄跄返回家中。

　　陆游只顾着淋漓尽致地表达自己的情感，他没有料到所写的这一首旷世绝作，很快就在山阴家喻户晓，勾栏瓦舍更是将《钗头凤》谱曲传唱，连不识字的农人都能哼唱几句。当然，这首词也传进了唐琬的耳中。

　　不久，唐琬一个人悄然重游沈氏花园，目睹了陆游题写的这首词。熟悉的词风，熟悉的字体，顿时万千滋味涌上心头，也勾起了唐琬对过往的回忆。那一刻，让唐琬肝肠寸断，再也控制不住，早已哭成了泪人。如此相爱的两个人终究还是劳燕分飞，陆游心中的伤痛何尝不是唐琬心中的伤痛，心如刀割的唐琬在粉墙之上，挥毫和了一阕《钗头凤》：

　　世情薄，人情恶，雨送黄昏花易落。
　　晓风干，泪痕残。欲笺心事，独语斜阑。
　　难！难！难！

　　人成各，今非昨，病魂常似秋千索。
　　角声寒，夜阑珊。怕人寻问，咽泪装欢。
　　瞒！瞒！瞒！

　　唐琬始终对这一段感情始终难以释怀，和词后不久，竟郁郁而终。
　　这一段婚姻悲剧，成为陆游心中不可平复的创伤，特别是这一次的沈氏花园之会，竟造成了唐琬之死，也更加深了他内心的伤痛，使他终生难于释怀。

卷四　初涉宦海

自　荐

宋高宗绍兴二十五年（1155），奸相秦桧去世。

秦桧两度为相，共计十八年，可谓权倾朝野，非秦桧亲党则不得为官，朝中之臣要么为避祸噤若寒蝉或远离京师，要么鲜廉寡耻、顺承相意，整个朝廷上下全是见风使舵、阿谀逢迎之人。秦桧死后，时局跟着出现了转机。一些龌龊萎靡不振之徒被朝廷斥退，一些"避山林间"爱国正派的官员开始得到起用。陆游见朝廷逐步有了一些清明的气象，精神为之一振。

翌年三月的一日，天阴得厉害，陆游坐在窗边读书。王氏挺着大肚子，手中拿着一封信件，慢慢向陆游走来。陆游接过来一看，见是恩师曾几的来信，连忙拆开来看。自拜在曾几门下学诗以来，两人一直保持书信来往，互寄新作，谈论诗艺。曾几在信中述说自己重新受到朝廷重用，已由两浙东路刑狱改任台州知府。陆游双手捧着信笺，又想起了师徒之间的点点滴滴。当时的陆游对写诗感到迷惘困惑，是曾几把自己的知识、见解倾囊相授，使得他的诗艺飞速提升，特别曾几忧国之情深深感染着陆游。想到恩师终于得到了朝廷的重用，陆游不禁为曾几感到高兴。

陆游眼放异彩，异常兴奋，手拿出信件在屋内走了好几圈。这时，外面阴沉沉的天，在他的眼中仿佛变得清朗起来。陆游在屋内一边踱步，一边喜不自禁地说道："恩师复出了，恩师复出了，知台州府。"

王氏正在为腹中的孩子做衣服，她瞟了陆游一眼，问道："官人可是说你的老师曾几？"

陆游朗声答道："正是。"

王氏笑道："瞧官人这副样子，不知道的还以为是官人喜获朝廷任用呢。"

陆游爽朗地笑道："夫人有所不知，想我那恩师为实现胸中抱负不知等待了多少个日夜，如今太平翁翁已死，就重新得到朝廷重用，可谓夙愿得偿，我岂能不替他感到高兴！"

王氏不解地问道："太平翁翁是谁？"

陆游语气变得生硬起来："还能是谁，当然奸相秦桧是也。"

王氏默默点了点头，然后环顾四周。屋内本无他人，她犹豫半天，才小声说道："恩师已过古稀之年，仍能为朝廷效力，官人正值而立之年，又岂可在山阴小邑蹉跎岁月。"王氏的话让陆游心里咯噔一下，他看了一眼王氏没有说话。王氏接着说道："俗话说，朝中有人好当官，背靠大树好乘凉。官人何不向恩师去信一封，讨一个出身，以求半世安稳。"

陆游静静听着。在他的眼里，王氏不过是一个围着一家老小转的家庭妇女，万万没有想到她竟有此等心思，不禁为之一怔。这时，陆游才想起岳父王馣曾任蜀郡晋安澧州（今湖南省常德市澧县）刺史，王氏出生在这样的家庭，不仅有一手好女红，打小更是饱读诗书，此番言语颇有道理。他岂会不知王氏之意，只是觉得向恩师曾几开口面子上有些挂不住，凝视王氏一眼，淡淡地说道："苟利国家，不求富贵。"

王氏不假思索地说道："官人寒窗苦读数十个春秋，所为何事？难道不知晓'人生寄一世，奄忽若飙尘'的道理，只有早日一展平生所学，方不枉此生！"

陆游见王氏催促他行此等之事，旋即正色道："孔曰成仁，孟曰取义，惟其义尽，所以仁至。读圣贤书，所学何事，而今而后，庶几无愧。汝乃一妇，安知我心。"

王氏听闻陆游的语气有变，定睛一看，才发现他面露不悦之色，还想说些什么，嘴巴动了动，终究还是忍住没有开口，嘴里的话竟生生憋了回去。

王氏平日里话不多，今日这番话却让陆游心烦意乱，甚至让他心里有些不痛快。王氏放下手中的针线，站起身来，双手抚摸着肚子，缓缓向书案走去，接着开始收拾那一堆摆放杂乱的书籍。陆游看着王氏的背影，知道这些年她过的并不容易，他有点儿后悔用这种口气对待王氏，仔细琢磨她刚才说的那一番话，哪一句不是说在他的心坎上，哪一句不是想鼓舞他奋进向上。陆游吁出一口气，随即陷入了深思。

陆游想到年迈的恩师已经复出为国效力，而自己仍在山阴虚度时光，王氏的话不停在他的耳边回荡。筹思良久，陆游觉得确有必要向老师说出自己的真实想法。于是，他立即给曾几写了一首送别诗《送曾学士赴行在》，表达了对时光易逝的感叹和师生情谊的不舍，同时希望曾几入都能够做一个像春秋名医和一样的人，促请朝廷改革弊政，关心庶民疾苦，为民请愿，以求得青史留名。陆游岂甘心一辈子囚居乡野，他对老师曾几并没有隐瞒内心真实的想法，在信中表达了时不我待、急欲出仕的意愿。写罢信，他长长吁了一口气，相信曾几一定明白他的心思。他瞥了一眼王氏，这时她又在做那些针线活儿了，便橐橐踱步至窗前，站在那里往外望去。

院中的那一棵杏树早已没有了杏，绿叶尚小。当初栽下这棵杏树时，王氏还说了一句"院中不栽杏，杏旺人不旺"的俗语，劝他种上"多子多福"的石榴树，可王氏却接连诞下三子，如今又怀有身孕，看来民间说法并不靠谱。陆游撇嘴苦笑了一下。前方乌云如蛟龙翻滚，正慢慢向大地压下来。刚抵近黄昏，却令人有种身处黑夜的错觉。此时，一道闪电划破长空，陆游眼前猛地一亮，竟发现那棵杏树的枝头上挂满指甲盖大小的青杏，他不由得想起东坡居士的《蝶恋花·春景》，刚轻声读出"花褪残红青杏小"，却被一声炸响的霹雳声所打断，紧接着是一阵阵沉闷的雷声由远及近传来。

屋内的烛火被风刮得摇晃起来，王氏一只手掌挡住风，另一只手用锥尖把灯芯挑了挑，烛光顿时一亮。王氏给烛火扣上了防风纱罩，烛火不再摇晃，屋内仿佛平和了许多。

陆游目不斜视地望着前方。转瞬，万千支银竹利箭从天而降。他并没有急着关窗，而是把手伸出窗外，雨落在手掌之上颇有些力道，遂自言自语道："好有劲儿的跳珠！"见雨势渐大，陆游只好关上了窗，眼睛望着窗外的雨，心里在想这封信会给他带来怎样的改变。

陆游一直在焦急地盼望着，却一直没有收到曾几的回信。陆游认为恩师可能是刚刚上任，忙于政事而无暇顾及。陆游没有等来曾几的来信，当年七月，却等来了四子子坦的降生。

就在陆游不抱希望时，曾几的信终于来了。不过，曾几并没有给陆游带来举荐出仕的消息，陆游不以为意，他理解老师的处境，甫一上任，就把自己的学生弄到身边，会授人以柄。曾几在信中说了许多勉励的话，告诫陆游："要沉淀自我，耐心等待，总是有机会的。"这也让陆游看到了出仕的希望。

又过了半年，陆游仍没有等来曾几的相邀，这多少让他的内心有些失望。夫人王氏安慰道："想来恩师顾虑太多，官人大可不必因此悲观，何不听从老师的嘱咐，趁此闲暇在家好好读书，待日后有机会再出仕也不迟。以官人的才华，定不会一直困在这山阴小邑。"

陆游没有答话，只是默默地点了点头。

在以后的日子里，陆游一边发奋读书，一边用心育子，日子过得倒也安逸自在。

绍兴二十七年（1157），辛次膺官任给事中。

辛次膺的起用让陆游看到了另外一条进身之路。陆游躺在床上，脑子紧张地思索着。他打算再次去书恩师曾几，让他向辛次膺举荐自己，毕竟二人同朝为官，多少会给些薄面。转念又觉得这样做有些不妥，先前曾几还来信要自己耐心等待，现在又要他帮忙托人举荐，会不会给老师留下不好的看法。虽说举贤不避亲，想想让老师拉下脸求人，而且老师以后见了辛次膺定会低人一头。思前想后，陆游还是断了这个念头。

何不毛遂自荐！毛遂可以自荐，我又有何不可？想到此，陆游不禁心中暗喜。不用通过老师帮忙推荐，而是自己主动给辛次膺写一封自荐信？可是与他素不相识，这样做会不会有些唐突？这时，陆游又想到了李白曾投书韩朝宗，写下了"生不用封万户侯，但愿一识韩荆州"，也是一段佳话；杜甫应进士不第，曾进献《三大礼赋》，被授京兆府兵曹参军；韩愈在困境中曾三上丞相书自荐求官，虽说次次杳无音信，但至少持有积极进取的姿态。许多科举落榜之人都是通过干谒公卿名流，得到他们的推荐才踏上仕途的。陆游也担心一辈子会埋没于乡野之间，何不放手一试！辛次膺为官清正，力主抗金，极有文才，尤其诗歌写得非常工整，陆游想到自己在诗坛也算有些薄名，兴许辛次膺知道自己也未尝可知，那怕像韩愈一样遭到拒绝又有何妨！

陆游以一个文学晚辈的身份，给辛次膺写了一封《上辛给事书》。这是一封态度诚恳的求职信，能不能得到辛次膺的欣赏，或是被辛次膺随手丢弃，这一切都不得而知。对于此时的陆游来说，他已没有了选择，如今已过而立之年，他迫切想踏入仕途，能不能实现平生抱负暂且不说，若有一差事总比整日窝在家中要强。

自荐信寄出后，陆游焦灼地等待着辛次膺的回信。因不知结果如何，陆游心中自是苦闷不已，在家中读书也是心不在焉，想到两人素昧平生，辛次膺又怎会因为一封自荐信就会出手相助，最多出于礼节回上一封信，像恩师曾几一样安慰几句，而这已是最好的结局了。想到这里，陆游愈发心灰意冷，甚至有些后悔写这封自荐信了，不过是徒增烦恼而已。

绍兴二十八年（1158）冬季的一天，陆游做了一个奇怪的梦。他梦见庭院里的树木枝繁叶茂，鲜花盛开，自己持酒站在院中吟诗，周边一众文友连连称赞，不料诗作竟上达天庭，当朝天子对他的才华称赞不已，表示要重用他。陆游高兴极了，正要跪谢龙恩，兀自醒了，才发现不过是做了一个美梦。

吃罢早餐，陆游照例在书房读书，因心中有事，眼睛盯着书籍，思绪四处飞舞，不是想起了几次科举考试，就是刚才梦中出现的情景。

中午时分，陆游收到了一封来自福州的官方文书。看到上面的朱红字体，令陆游激动万分，他知道所写的自荐信起了作用。辛次膺早就听闻陆游的诗名，对其才华很是欣赏，如此大才埋没乡野实在可惜，收到信后立即向朝廷推荐了陆游。于是，在老家山阴乡间蛰居多年的陆游，领到了人生第一道"敕黄"（即职务委任状）。至此，陆游迎来了人生第一次出仕的曙光。

陆游大喜过望，反背着双手在院中来回踱步，心里恨不得立马启程赴任。得知陆游即将出仕，王氏比陆游还要高兴。她知道丈夫志存高远，一直在身边默默地支持丈夫，期望陆游能早日实现平生抱负，如今心愿初达，心中又有几分不舍。

正值暮岁寒冬，王氏唯恐陆游一个人在异地挨冷受冻，往行囊里装的全是棉衣。

陆游见状，笑道："夫人，大可不必如此，宁德与山阴气候相差不大，备几件棉衣足矣。"

王氏答道："官人一人身处异乡，我又不在身边伺候，你肯定照顾不好自己，多带一些衣物无妨，热一点儿总比挨冷受冻要好。"

自沈氏花园题写《钗头凤》后，此事在山阴几乎无人不知无人不晓，当然也传到了王氏的耳中，王氏的心里虽然有些不开心，但她从来没有在陆游面前提及只言片语，更别说吐露半点儿怨言了，只是默默为陆家哺育儿孙，任劳任怨地操持家务，勤勤恳恳地尽着一个妻子和一个母亲的责任。王氏如此识体完全出乎陆游的意料，只因他心中始终只有唐琬，王氏当然永远也无法成为贴心知己。有时陆游在想，如果先认识的不是唐琬而是王氏，她会不会像唐琬一样在自己的心中无法替代。看着王氏默默打理行装，陆游心里顿时一暖，决定待任职稳定后立马将王氏及子女接到身边。

陆游走上前，一把拉住王氏的手，说道："夫人嫁给陆某已有十余载，一心为家，着实辛苦，我不在家中你也要照顾好自己。"

王氏急得满脸通红，忙将手从陆游的手中挣脱，生怕被孩子们看见，而后又开始整理那些衣物。陆游见王氏低头不语，知她心中不舍。待王氏抬起头时，霍然发现她的泪水早已溢出了眼眶。

陆游笑道："我只不过是去赴任而已，夫人弄得倒像生离死别似的。"王氏也不好意思地破涕为笑，陆游安慰道："夫人放心，待一切安置妥当后，即将一家大小接至宁德团聚。"

四子陆子坦年仅两岁，他并不知道对父亲陆游出仕对他及这个家庭意味着什么，只顾着缠二个胞兄陆子龙、陆子修玩。两个胞兄嫌他太小不想跟他玩，想方设法要摆脱他，围着桌子在前面跑，陆子坦一边跟在后面追，一边笑嘻嘻地喊道："胞兄别跑，我要抓住你们了。"陆子坦额头竟然沁出了密密细汗，陆游一把抱住陆子坦，帮他擦起额头上的汗，待汗水一擦去，陆子坦随即挣脱开，又去追两个哥哥。长子陆子虞已有十岁了，一副"小大人"的模样，不像三个弟弟那样一见面总是在追逐打闹，而是帮着收拾一些书籍和其他物品。

王氏坐在床沿整理衣物，陆子虞在整理桌面上的书籍，三个小儿还在嬉闹，这温暖的一幕深深触动了陆游。看着眼前的这一幕，陆游心中竟然有些不舍了，毕竟他已习惯了一家人在一起生活。

陆游起身往床边走去，猛然发现王氏两鬓竟生出少许白发，心里痛惜不已。王氏才三十出头，自嫁入陆家以来，为了这个家确实付出太多。想到此处，陆游不禁喟然叹道："岁月如梭，白首相看拟奈何。"这一句来自苏轼的《减字木兰花·送赵令》，陆游吟罢，背着双手，满腹心事地踱到了窗口。

这时，一股寒意自窗外迎面涌来。陆游隔帘往外望去，庭院中的树木只剩下光秃秃的枯枝，在寒风中瑟瑟发抖。他伸手将隔帘卷起，冲着外面哈出一团热气，浑身热乎乎的，身上好似又有了使不完的劲儿。尽管心中纵有万般不舍，好不容易盼得这次出仕的机会，陆游决心以此为起点，干出一番惊天伟业。

夜幕降临，在幽幽的烛影里，王氏仍在为陆游缝补过冬的衣物。孩子们早已睡下，寒风呼啸着，房间显得格外安谧与恬静，此时的陆游心潮澎湃，躺在床上良久无法入睡。

这年冬天，陆游独自从山阴出发，义无反顾地前往宁德，正式开启了他官宦之旅。

出　仕

陆游踌躇满志，正式任职福州宁德主簿一职。

宁德有一座城隍庙破旧不堪。自唐始，祭祀城隍已为国家大事，破旧的城隍庙已经妨碍举行祭祀，前一年的五月，宁德权知县事陈摅组织人员对城隍庙进行维修。陆游到任时，正值宁德城隍庙修缮竣工。陈摅欲在城隍庙举办祀典活动，祈求上天眷顾宁德百姓，保四时风调雨顺，祥和平安。陈摅非常重视这次祀典活动，亲自带着陆游等一众官员前往城隍庙。

城隍庙面南而坐，高明壮大，四周常青树木环绕，庙祠隐入其中，显得十分寂静。微风吹来，远远就能闻到一股焚烧香烛的味道，看来城隍庙的香火颇为旺盛。再近一点儿，有香烟袅袅自庙内飘出，薄雾般环绕在庙宇周围，给人一种庄重肃穆的感觉。

　　城隍庙主事的道长得知陈摅将亲率一众官员前来祭祀，早早就在庙前恭候。道长远远就看见陈摅等人往此处走来，忙迎上前向一众人稽首寒暄。陈摅向道长一一引见陪同人员。听闻站在面前的这个清瘦中年人即是天下闻名的诗人陆游时，道长颇感意外，不免对陆游大加称赞。

　　道长与陈摅等人客套寒暄一番后，前迎后引，带着众人往城隍庙里走去。庙门左前方，竖有一块无字巨石，给人一种高深莫测的神秘韵味。城隍庙大门正上方一块牌匾，上面刻有"城隍庙"三个大字。走进庙内，陆游发现里面已有不少香客和游人，心中暗道："早就耳闻宁德城隍庙的大名，刚刚修缮完毕，香火竟如此鼎盛，没想到有这么多人前来拜祭。"

　　道长一边向陈摅陈述城隍庙建设情况，一边偷偷打量陆游。道长汇报后，陈摅不免说了一些勉励的话。陈摅等人在道长的指引下，按惯例依次进行祭拜，祈求风调雨顺、国泰民安。一切礼仪行使完毕，接着是城隍神出巡。待送走巡境队伍走后，道长又领着众人参观庙内陈设。

　　待将城隍庙参观一圈后，陈摅甚是满意，他高兴地问道："如今城隍庙已修缮完毕，庙内一应俱全，甚是完备，我心甚慰。道长如有其他需要，本县一定尽力协调。"

　　那道长低头寻思片刻，行了拱手礼后，对陈摅轻声嗫嚅道："托知县大人的福，城隍庙现已焕然一新，目今尚缺一样东西？"

　　陈摅心里暗笑，堂堂一座城隍庙都已修缮了，一件东西又何足道哉，捋须笑道："哦，所差何物，尽管道来，本县定竭力为之。"

　　道长再次拱手，举与眉齐，弯腰揖礼道："庙前尚缺一石赋，以表大人恩德。"

　　陈摅蹙着眉头，说道："庙赋随时可以请人拟写，只是得找寻一方合适的石牌，倒是要费些时日。"

　　道长早就打定了主意，瞟了前方的陆游一眼，说道："知县大人，石碑早已备好，现已竖在庙前，只是静待才人挥毫题写庙赋，待佳赋成篇，即可请石匠刻上。"

　　陈摅这才想起刚进庙门时那一块无字石碑，点点头连声说道："如此甚好，如此甚好。"他见道长一直在打量陆游，也看出了他的心思。其实陆游也是陈摅心中题赋的最佳人选，故意佯为不知地问道："不知道长心中可有题写庙赋的中意之人？"

道长冲陈摅一抱拳，面露难色地说道："不瞒知县大人，贫道倒是早已有心仪人选，自知面薄身微，此事要请知县大人亲自出面邀约方可。"

陈摅"哦"了一声，冲道长会心一笑，低声说道："如果本县没有猜错的话，想必道长是想请陆主簿题写庙赋吧。"

道长再次作稽首礼，笑着说道："知县大人慧眼，正是陆主簿。"

陆游是第一次来庙隍庙，围着殿前一尊香火鼎，兴致勃勃地鉴赏上面铭刻的经文，并没有留意到陈摅和道长之间的谈话。

陈摅反背双手，往陆游身边走去，道长也跟了上去。陈摅心中也有所顾虑，因陆游初任不久，对陆游并不了解，心想天底下的文人都自视甚高，生怕陆游不给他这个代知县的面子。那道长见陈摅一副犹豫的样子，心中愈发急切。陈摅思索半晌，方喊道："陆主簿。"

陆游转过身来，冲陈摅一抱拳，说道："陈知县，不知有何吩咐？"

"陆主簿，觉得这城隍庙修得气派否？"陈摅问道。

陆游心中有些不解，不知陈摅为何有此一问，点头说道："庭院宽敞，殿宇巍峨，红墙黛瓦，雕刻绝伦，壁画精美，端得是一处祈福胜地。"

陈摅叹了一口气，用遗憾的口气说道："可惜还差一赋。"

此时陆游已然知晓陈摅的意思，不过他只是轻轻"哦"了一声。

陈摅本以为陆游会自告奋勇地说"这有何难，陆某一挥而就"，谁知竟然只是简单地"哦"了一下，他不得不开门见山："陆主簿文采斐然，道长早就心有所属，不知能否看我薄面，屈尊降贵，为修缮城隍庙作上一记！"

众人皆知陆游之才，当然也想一睹风采，此时敛容屏息盯着陆游，生怕他会找借口推脱。

陆游哈哈一笑，欣然答应："陈知县嘱托，陆某却之不恭。"

众人一听，遂舒了一口气，个个满脸堆笑难掩喜悦。道长闻听更是喜出望外，连连向陆游揖首道谢，此时哪敢怠慢，忙不迭地安排道童准备好文房四宝。

作这样的记，对于天纵大才的陆游来说，不过烹小鲜耳。宁德靠山临海，林深雾厚，毒障众多，时有台风暴雨，海边常有蛟鳄出没，自然条件恶劣。陆游看着新修的城隍庙，宁德的风物立即在眼里涌现，洋洋洒洒地写下了《宁德县重修城隍庙记》一文。陆游不光文采斐然，那一手飘逸的字体也堪称一绝，令众人啧啧称羡。

陆游来宁德并没有到处游乐,因为主簿一职并不轻闲,甚至微贱劳苦,每天要处理一大堆典礼文书之类的活,还要兼管一县的财政、法务、民政之类的事务,一县之中所有的杂事琐事都是由主簿兼任。陆游虽是初仕,好在能力较强,对百姓疾苦非常关心,些许小事都事必躬亲,赢得了宁德百姓的爱戴。

陆游整天沉浸在庞杂的工作事务中,一有闲暇,就深入田间地头调查农业生产,尽己所能为当地百姓办一些实事。同时,只有在亲近自然中,他才能排解客宦异乡的苦闷。陆游与同僚相处非常融洽,特别是与县尉朱孝闻私交甚笃,经常在一起过着诗酒相乐的日子。他们大碗品尝当地的糯米酒,剥开蛎房活食海蛎,随手可以采摘红彤彤的荔枝,当然还要吟诗填词,甚是快乐。

主簿一职,显然不能充分施展陆游的才华,但他并没有意志消沉,反而更加勤奋苦读、写诗作文,积蓄力量,等待着时机。

机会终于来了。

一个偶然的机会,陆游因公务拜会了樊光远。樊光远,字茂实,临安府钱塘(今浙江省杭州市钱塘区)人,为绍兴五年汪应辰榜进士,时任福建路提点刑狱公事,与陆游是上下级关系,同时也是一个爱才之人。他很喜欢陆游的诗文,在处理好公务之后,与陆游谈起了诗词歌赋,当然也谈及了宋金两国时事。

樊光远从陆游的言谈中,发现二人的爱国主战思想相通,他不敢相信一个小小的主簿,对治国之策竟有如此高深的见地。他对陆游说道:"久闻陆游乃天纵奇才,今日一见,果然非同凡响。如此大才,仅仅只做一个主簿确实有点屈才,理当肩负大任,为国出力才是,老夫定当全力向朝廷推能荐贤。"

陆游见樊光远语气甚是诚恳,忙躬身抱拳说道:"务观何德何能,竟得大人如此厚爱,实乃三生之幸也!今日蒙提刑大人抬举,如拨云见日一般,他日若得寸进,定当垂缰湿草,以报今日提携之恩。"话虽这样说,但是陆游以为樊光远所说也不过是客套之辞,对推荐之说并未当真。

樊光远深知,像陆游这样一个身无靠山之人,起点如此之低,如果不施加援手,仅凭他一己之力想要跻身庙堂,势必难如登天,更何谈施展抱负、报效君上。樊光远思来想去,决定书写奏状向朝廷推荐陆游。

樊光远的举荐信写好后,始终不见陆游来府中取保荐奏状,心中疑惑不已。

按照当时的保荐惯例，举荐信得由被举荐之人自己取回，再亲自到临安投给朝廷。能得到樊光远的保荐，当然也是陆游梦寐以求的，换着一些无钱疏通的贫寒之士，或是谄媚奉迎之徒，早就喜滋滋地跑到樊府去索取举荐信了。樊光远心想，可能是陆游书生本色，傲骨清高，不为这样的世俗行为所动，又或者是陆游这段时间忙于公务把这件事情给忘记了？老夫已经当面讲予他听了，看得出他也非常高兴，此等事情岂有忘记之理？一时竟把樊光远给弄糊涂了。

再一次见面时，樊光远与陆游寒暄数语后，便问："务观近期事务繁忙？"

陆游答道："回禀提刑大人，都是一些杂事琐事，用心处理倒也不甚费时。"

樊光远听了，心中更是不解了，忍不住问及举荐之事："既然如此，务观为何不来我府中索取奏状？难道忘了老夫曾许诺保荐之事了吗？"

陆游冲着樊光远抱拳作揖，面有难色地说道："提刑大人举荐之恩，务观没齿难忘。只是务观亲自来贵府索取，哪里还配得上大人的举荐之语？这样做岂不是辜负了大人的一番美意，故而不敢踏足贵府来取呀。"

听了陆游的话，樊光远先是一怔，随即恍然大悟。原来，樊光远在举荐信中说陆游"有声以时，不求闻达"，而且还把这句话告诉了陆游，如果陆游主动来取举荐信，这样的行为确实配不上他的举荐之语了。陆游对待仕途的追求既有一种紧迫感，还有一种超然的处世态度，这也让樊光远刮目相看。

樊光与陆游对视，二人不由得会心一笑。樊光远觉得自己的做法确实有些不妥，连声说道："务观这么一说，倒是老夫疏忽了，还望务观万勿责怪。"

陆游忙抱拳道："岂敢岂敢，提刑大人的恩德，务观铭记于心。"

随后，樊光远立即安排府中书吏赶紧将保荐奏状寄出去。

樊光远的举荐信很快就起了作用。陆游在宁德主簿的位置上待了一年，于绍兴二十九年（1159）便调任福州决曹，成了樊光远的直系下属。

几个月后，樊光远调任严州（今浙江省杭州市建德市）知府。陆游也得到了浙东老乡左丞相汤思退的推荐，调入临安担任敕令所删定官。能得到汤思退的推荐要从同年九月说起，汤思退晋升为左丞相，陆游依礼制写去一封贺启，这也让他的仕途有了新的变化。其实早在绍兴二十四年（1154）的礼部春试时，汤思退为同知贡举，负责点校复审试卷，虽听从秦桧指令将陆游黜名，但那时已见识了陆游的才华。不过汤思退为秦桧余党，在政治上保守求稳，以保境息民为由力持和议，由于陆游与汤思退观点相左，虽然得到他的举荐，但二人后来并没有新的交集。

陆游想到以后常在天子脚下行走，势必会有机会见到当今圣上，到时凭借满腹才华博取欢颜，施展平生抱负，方不误此生。然而，现实是残酷的，陆游根本没有一睹圣颜的机会。

敕令所职事多闲，陆游很快又结交了一大帮文朋诗友，有周必大、林栗、刘仪凤、郑樵等人，都是名噪一时的贤才俊彦，当然与陆游关系最好的要属周必大。

周必大是绍兴二十一年（1151）进士，比陆游小一岁，由于二人年龄相仿，兴趣相投，来往甚密。周必大住在陆游的隔壁，两人都以诗文见长，共同的兴趣爱好使得两人交往十分快乐，夜以继日聚在一起饮酒作诗。酒菜不够时就到邻居处借酒，到菜园里锄菜。酒到酣处，陆游解襟脱帽，时常喝得大醉而归，或同床而寝，终日不倦。

一日，周必大向陆游求教过作诗之法。陆游深知周必大的学识不在他之下，仍虚心向他求教，见其态度诚恳，也不再客气，直白地告知："子充兄，物类之起，必有所始。我劝你还是先从苏黄门诗入手。"说完，从自己的书箧中找出一本苏辙的《栾城集》交予周必大，嘱其认真研习一番，必有所得。

周必大点头答应，回到敕令所的馆舍后，匆匆打开阅读，头几页还颇有兴致，觉得远没有李杜之诗大气磅礴，后面不过是粗略地浏览了一下，并没有真正深入了解《栾城集》的精妙。过了一段时间，周必大又向陆游请教作诗之道。陆游从时间上分析，知道周必大并没有仔细研读，也不便说什么，只是笑着说："子充兄，还是要认真看看苏黄门诗。"

周必大见陆游仍是这番说辞，大为不解，忙问道："务观兄，为何频频要我学习苏黄门诗？而不是李杜之诗？着实令人费解。"

陆游也不多加解释，反而卖起了关子，笑着说："子充兄，待读了他们的诗作之后，务观再告之原因。"

见此，周必大听从了陆游的建议，认真研究了苏辙的诗。初读时不得要领，读了几遍之后，才品出了苏黄门诗的意境，文章立意允当，结构严谨，行文简洁通达，语言朴实淡雅，反而令人的视野更加开阔，对人的触动很大，心中许多不明之事与其诗文联系起顿觉眼前豁然开朗。此时，周必大方知陆游要他学习苏黄门诗的原因，感叹地对陆游说道："务观兄，你才是真正懂诗之人，苏黄门诗确有醍醐灌顶的功效，令子充受益匪浅。从今往后，子充当执以师礼对待务观兄！"

陆游连连摆手，说道："断不敢当，万不敢当！子充兄大才，务观不及万一,日后必为国之栋梁,'师'之一字,务观实难承受。"

陆游的才情和谦虚,使得周必大敬佩不已,两人在写诗作文方面相互交流学习,共同提高进步,建立了深厚的友谊。陆游不光与周必大友善,与其兄周必正也频繁书启往来,多以诗文相互酬答。随着交友面的拓宽,陆游的视野也不断开阔,所写的诗文愈发成熟,诗名更是名扬临安。也许命中注定没有官运,陆游在仕途上并不见起色,而好友王秬、王十朋等人先后履新而去,他仍在原地踏步不前。

陆游在敕令所度过了一年多舒服安逸的日子,闲游西湖,谈诗论文,把酒抒怀,好不快活。只不过,他心中期盼的并不是这种悠闲的生活,不想过这种岁月蹉跎、光阴虚度的日子。

绍兴三十一年(1161)七月,陆游升任为大理寺司直兼宗正簿。

同年九月,完颜亮挥师南下,南宋老将刘锜率军沿运河北上迎战金军。高宗对收复河山的信心早已丧失,一边下诏御驾亲征做做样子,一边偷偷摸摸地准备议和投降。战争刚刚爆发的时候,整个临安城已是人心惶惶,陆游所在的敕令所也在动荡中撤销了。新的职位尚未确定,陆游在临安暂无着落,便回到了山阴老家。

不久,宋金议和,局势再次安定下来,南宋朝廷又回到了偏安一隅的状态。

转眼,半年时间过去了。这年岁暮,陆游被召回临安,入玉牒所当了一名史官,负责记录朝廷的各种政事、号令、官员任免之类的事务。

面 圣

绍兴三十二年(1162)六月,借"绍兴内禅",赵昚成为南宋第二代皇帝,即孝宗皇帝。

孝宗皇帝上念宗社之仇耻,下悯中原之涂炭,大有振作之意,甫登皇位,重启"轮对"制度。"轮对"即在朝重臣、高官、能吏都有轮流觐见皇帝的机会,单独回答皇帝的"垂询",或本人"奏请"。由此,言路广开,皇帝可以通过召对了解下情,当面考察检验官员。

为迅速打开局面,孝宗接受太学生"雪岳飞之罪"的上奏,昭雪岳武穆之屈冤,逐秦桧之群党,启任贤臣,立武臣荐举格,进股肱之大臣,且能容忍不同的政见和批评的声音,在奏对朝臣时格外谦卑,希冀君臣齐心协力、以图振兴国事。朝野上下为之一振,政治上呈一派清明之象。

同年九月,陆游调任枢密院编修官,兼编类圣政所检讨官。枢密院是南宋的军事领导机构，编修官实际上就是担任秘书工作，主要起草、编写政令和整理枢密院军政文件与档案等工作，而所谓的编类圣政所检讨官，则是负责修国史和当今皇帝的圣政记录。

陆游博学多识，读书早逾万卷，六经诸子史传无所不通，所以枢密院大部分调兵遣将、安置民生、政务处理等公文，几乎全是出自他的手笔，无论是口耳相传的旨意，还是操刀草拟的政令，用词庄重典雅，无不妥帖工巧，例证譬喻决不会茫无头绪，引经据典也是信手拈来。孝宗皇帝每每批阅，从字里行间就能辨别出哪一份奏章是出自陆游之手，时常感慨："陆卿学识渊博，看似普通的奏章也被他写得言简意赅，气度恢宏。真乃国之笔也！"

受大宋王朝重文抑武国策的影响，孝宗对文学也很感兴趣，常与周必大在一起探讨文章。一天，孝宗问周必大："周卿，今世诗人，亦有如李太白者乎？"

周必大不加思索，语气肯定地答道："陛下，今之文章，唯陆游一人尔。"

周必大立朝刚正、遇事不阿，从不迎合别人，也无所依附，深受孝宗器重。孝宗时常听周必大提起陆游，现在竟然将其与大唐诗仙李白相提并论，对陆游产生了浓厚的兴趣。他若有所思地点了点头，对周必大说道："我大宋竟有如此大才，有机会官家倒想见识一下。"

周必大见孝宗主动提起想见陆游，趁此时机郑重举荐陆游。谁知孝宗也只是嘴上那么一说，他认为文笔精湛并不代表从政有方，并没有重用陆游的打算，含糊其辞地应付过去。

陆游虽然没有被朝廷重用，但是"小李白"的大名却传遍了整个京师。

不久，权知枢密使史浩和同知同知枢密院事黄祖舜一同向孝宗皇帝举荐了陆游，称赞陆游很有才能，文章写得好，而且还非常熟悉朝廷礼仪和典章制度等。孝宗对陆游的文章并不陌生，见这么多人都不遗余力地推荐陆游，也想见识一下陆游本人了。

陆游想到自己仅是一个八品小吏，能得到孝宗皇帝的亲自召见，有些受宠若惊。召见的前一晚，他思索着君臣相见的场景，当今天子见到他会问些什么，而他又该如何回答……陆游躺在床上辗转反侧，不觉中已是天明。

朝霞铺满了东边的天际，陆游大步朝皇宫走去。南宋政权偏安一隅，临安虽名为行在，却已具备了京师的功能。陆游第一次走进皇宫，只见宫殿修得富丽堂皇，画栋雕甍，覆以铜瓦，廷柱之上镌龙镂凤，翩翩欲飞，镀金大鼎、金缸，各种名贵硕大的瓷器，几乎四处可见，端得光耀夺目。陆游步至内宫后，有一名内侍等在那里，由他专门负责引见。陆游跟随内侍行至文德殿外，又换了一名内侍负责接待。内侍非常恭敬地让陆游在殿外等候，他则迈开小碎步前去通报："启禀陛下，枢密院编修陆游在殿外觐见。"

此时，陆游独自站在殿外，屏声静候，抑制不住内心的激动、心跳个不停，恨不要飞出嗓子眼。

"宣！"

陆游听到了孝宗的声音，心愈发怦怦狂跳，手心冒汗，连腿肚子也不停地抖动起来。

那名内侍高声喊道："传枢密院编修陆游觐见。"

陆游迟疑了一下，正了正衣冠，迈步进入文德殿。

"臣枢密院编修陆游叩见陛下。"陆游第一次面见孝宗皇上，虽然有些心慌意乱，仍遵照礼制，掸了掸衣服，诚惶诚恐地行了三跪九叩大礼，高呼："恭祝吾皇陛下万岁，万岁，万万岁！"

孝宗见到了闻名已久的陆游，心情格外高兴，睨了站在身旁的那名内侍一眼。那内侍目交神会，摆了摆手，左右几名宫人遂俯首曲腰，默不作声的退至殿外。那名内侍垂立在一旁，大殿之内只剩下孝宗与陆游君臣及内侍三人，气氛立刻缓和了许多。孝宗笑着对陆游说道："卿就是枢密院编修陆游？"

陆游见孝宗皇帝对他颇为重视，激动得脸色绯红，声音微微颤抖，又在地上重重叩了三个响头，呼道："启禀陛下，微臣正是陆游，恭祝吾皇陛下安康！"

孝宗说道："陆卿不要如此拘礼，起身说话吧。"

"谢陛下！"陆游这才起身，立于一旁。

孝宗盯着陆游的脸看了好一会儿，才道："陆卿哪年任职枢密院？"

陆游忙答道："回禀陛下，臣于绍兴三十二年九月任职枢密院编修，兼编类圣对政所检讨官。"

孝宗又问道："陆卿，职事辛苦否？"

陆游拱手回道："回禀陛下，此乃臣分内之事，岂有辛苦之说。能为陛下效劳，是微臣的荣幸。"

孝宗目光灼灼地看着陆游，说道："陆卿的诗作街巷传唱，可谓妇孺皆知，世人皆称卿的才华不在李白之下，故有'小李白'之称。"

陆游忙深施一礼，谦逊地说道："陛下，此乃市井传闻，不足凭信。"

孝宗摆手道："诶！陆卿不要自谦，官家虽深居九重，却早闻陆卿之名。

陆卿任职以来，勤奋用功，言论观点切合事理，乃我大宋不可多得的人才！周必大、史浩、黄祖舜等诸位卿家，时常在官家面前称赞陆卿，善辞章，谙典故，才华冠群，品性出众。"

陆游闻听心中自是暗喜不已，他正了正色，复又作揖道："游德薄才疏，承蒙陛下和几位大人谬赞，深感汗颜，愧不敢当！"

孝宗笑道："陆卿不要谦虚了。"接着，孝宗向陆游问了许多关于诗文方面的问题。陆游今日一睹龙颜，倍感荣幸之至，面对孝宗垂询，自当知无不言，言无不尽。孝宗龙颜大悦，想了想问道："陆卿才华横溢，想必也有治国安邦之能，目今北有金国侵扰，不知陆卿可有应对之策。"

陆游见孝宗皇帝主动问及，想起孝宗曾写下"平生雄武心，览镜朱颜在"的诗句，在诗歌中直白地展示了他的雄心抱负。他沉思片刻，启奏道："陛下，今我大宋朝廷，内无权家世臣，外无强潘悍将，所虑之变，唯一金房。房，禽兽也，谲诈反复。虽其族类，有不能测。对金国应从长远计，须谋而后动。"

孝宗来了兴致，忙问道："如何谋而后动？"

陆游不慌不忙地答道："金房无君臣之礼，无骨肉之恩，其乱不起于骨肉相残，则起于权臣专命。伏望陛下与腹心之臣，力图大计，缮修兵备，搜拔人才，明号令、信赏罚，兵锋已交之日，大则扫清燕代，复列圣之仇，次则平定河洛，慰父老之望。"陆游侃侃而谈，详细向孝宗陈述了自己的政治主张、清除积弊、增强国力，以及恢复中原的步骤等策略。

孝宗没有想到陆游的心思竟如此缜密，听得频频点头，他把双手往龙椅上用手一拍，正准备发话时，垂立一旁的那名内侍轻轻干咳了一声。孝宗扭头望向那内侍。内侍向孝宗使了个眼色儿，心知内侍在提醒他，默默点了点头，把要说的话硬生生地给憋了回去。他思忖太上皇高宗虽已禅位，但并未神龙失势，朝中众臣大多还遵从太上皇高宗旨意，而太上皇一向"主和"，自己甫一即位就"主战"，担心父子因此失和，且目前尚无破除太上皇高宗掣肘之策？加上北伐这场硬仗势必旷日持久，不仅需要能征善战的将士，更需强盛的国力作为支撑。想到此处，孝宗也不想在深谈这个问题，竖起大拇指称赞道："陆卿直陈我朝时弊，论乱政之根源，述治国之精要，内治外攘可谓步步为营，环环相扣，实乃为治之要，议论中肯，果然名不虚传，真乃天纵之才！"

陆游见得孝宗如此称赞，心中暗喜，正准备答话。孝宗猛地问道："陆卿郡望何处？是何出身？哪一科进士？"陆游没有想到孝宗会突然问起这事，当下一怔,脸色微变,轻声答道:"回禀陛下,微臣家居山阴,本出楚狂接舆之后,家翁陆宰,任京西路转运副使致仕,游仰赖祖上功德,荫补登仕郎出身,绍兴二十三年两浙转运司锁厅试,荐送微臣为第一名,权相秦桧之孙秦埙适居其次,因此遭到秦氏所嫉,第二年礼部春试主司将微臣复置前列,更为秦桧所嫉,因此将臣黜名,故未曾登科及第。"

"哦,竟有此等故事?"孝宗听了陆游之言,他沉默不语,想了一会儿才道:"记得那年殿试是太上皇亲阅卷宗,钦定张孝祥为状元,曹冠为榜眼,秦埙为探花郎,当年尚有范成大、虞允文中第,同赐及第进士,宴于琼林苑。"

陆游正色道:"回禀陛下,正是那一年科考。"

孝宗微微颔首,一时未言其他,陷入了沉思。他非常欣赏陆游的才华,思忖半晌,方对陆游说道:"那年科考之弊,官家倒也略有耳闻。陆卿乃天纵之才,奈何时运不济,竟因才气过人遭秦氏忌妒而被黜落。"孝宗把手一摆,说道,"旧事不提,如今拨云见日,开雾观天,陆卿岂可没有功名,那不是让天下人笑话官家有眼不识金镶玉?官家赐予陆卿进士出身。"

陆游做梦也想不到会得到这样的恩赐,乍惊之下,心中自是五味杂陈,忙伏地叩首,说道:"谢陛下厚爱,只是臣无尺寸之功,蒙此大恩甚感惶恐不安,敬请陛下收回成命。"

孝宗心情很好,见陆游如此认真,浑身上下透着一股味,什么味呢?他思忖半天才想起来是书生意气的迂腐味道,顿时觉得有些好笑,遂对陆游说道:"官家向来赏罚分明,此事绝非临时起意,全赖周必大、史浩、黄祖舜诸位卿家举荐之功,况且陆卿编修国史圣政得力用心,官家也是要论功赏赐的。"

陆游闻言又道:"回禀陛下,编修国史圣政乃尹穑等一众同僚之劳,游岂敢贪天之功,据为一己之力!陛下,不试而与,此乃天恩,揣分量材,实难忝冒。"

孝宗缓缓而道:"官家心里自是有数,赐陆卿和尹卿二人并进士出身。朕意已决,陆卿就不要再推辞了。"

陆游只得再次伏地叩首谢恩:"臣陆游谢主隆恩,恭祝吾皇陛下万岁万岁万万岁!"

陆游经历三次科考惨败,这已成为他终身的遗憾,现在被孝宗亲赐进士出身,算是弥补了这个缺憾。陆游为今日受到的恩宠感动得涕泪横流,回到府中才平复激动的心情,他静心一想,觉得获此殊荣甚为不妥,自己不过是一个八品小吏,能够有幸一瞻圣颜已是天恩,不经科考却能得到皇帝赐予进士出身，这是多少落第士子做梦都不敢想的事情，天底下还有什么能与此相比拟的了。陆游估量自己的职责和实际能力，实在不好意思滥竽充数，思前想后，决定上书推辞，专门写了一具《辞免赐出身状》。

孝宗皇帝收到了陆游上呈的《辞免赐出身状》后，开心不已，愈发喜爱陆游了，遂下旨不许辞免。陆游见此也只能接受了这个不考而取的"进士"，愈发感激孝宗，为了报答孝宗皇帝的知遇之恩，发誓唯圣上之命是听，如有差遣，赴汤蹈火，也万死不辞。

得到天子召见和恩赐，陆游多年的愁眉得于舒展。陆游认为孝宗为一位开明英主，对孝宗振作朝政寄予厚望。几天后，陆游借入对的机会，当面向孝宗上奏："陛下即位不久，当振肃纲纪，发布政令以告知天下，凡败坏官德官品的一切不良嗜好及玩忽职守的习弊，尽应杜绝弃之。"

孝宗若有所思地问道："何故？"

陆游继续上奏："微臣入仕三年有余，不忍看我大宋王朝沉疴痼疾缠身，若朝中诸多弊端不止，必误国事！《后汉书》曰：吴王好剑客，百姓多创瘢；楚王好细腰，宫中多饿死。孟子曰：上有所好，下必甚焉者矣。朝中奸邪谄媚之徒，必窥陛下所好以投，谋取个人私欲。如果不加以节制，一旦国家危难之际，陛下再下诏令告诫恐已晚之，将帅官吏尚且如此，谁人又会牺牲自己去保我大宋江山社稷。故陛下应专注于国事，不让人窥其私好。"

孝宗听后，点头说道："陆卿言之有理，官家谨记于心，必洁身自好，正身率下，专注于国事，引导国人，共振我大宋河山。"

陆游说道："陛下极圣至明！如此，则风可正，民可淳，国可兴也！"

孝宗称赞道："陆卿忠心可鉴，官家甚是欣慰！"

陆游答道："食君之禄，忠君之事，担君之忧，乃微臣之本分。"

陆游回到家中，仍难掩激动之情，再次上书二府中书省和枢密院，直言"车驾驻跸临安，出于权宜，本非定都，建康、临安皆系驻跸之地，北使朝聘，或就建康，或就临安。如此，则我得以暇时之际建都立国……"建都乃军国大事，朝中众臣为此争论不休，陆游不顾位卑阶低大胆上书。毕竟官微言轻，陆游的政治主张并没有引起孝宗皇帝的重视。

这一年的十二月，孝宗采纳张焘的建议，下诏请百官条具当时弊政和救弊的办法。言路一开，一时向朝进言上奏弊政的官员络绎不绝。这又让陆游看到了希望。

陆游常与一众志同道合的同僚畅谈国家大事，你一言我一语地提出自己要上奏的条陈。这些年的经历，过去发生的和正在发生的，以及将来可能会发生的，像河水一样涌入陆游的脑海，朝廷一桩桩一件件的弊政，陆游将这抑制不住的无限悲愤全都诉诸笔端。陆游知道，文武百官表奏的条陈和当面奏呈的详议可谓车载斗量，如果罗列的条目太多，不仅难以引起孝宗的重视，甚至会让他感到不悦，那么这所写的一切都将会化为虚无，也终将难以实现。于是，他从中选择了七条最为重要的议题写成了《条对状》，在奏章中将自己的书生意气和满腹才华发挥得淋漓尽致。

为报答孝宗的知遇之恩，陆游怀着满腔热血建言献策，根据自己的政治见解以及前朝实行过的一些革弊经验，上了一道又一道札子。可惜这些饱含陆游殷切期望的论政奏折，上疏递进后全都石沉大海。陆游无法揣度孝宗的心思，不觉有些失望。

卷五 隆兴抗战

救　弊

翌年，孝宗改年号为隆兴元年（1163）。

"隆兴"二字是把太祖"建隆"和高宗"绍兴"的年号各取一字，孝宗锐志以图复兴可谓彰明较著。一时万众归心，北伐之声日益高涨，仿佛兵锋所指，中原失地即可传檄而定。

宋金双方在淮河的两岸对峙着。金国国主完颜雍刚即位不久，此人文武兼备，有"小尧舜"之称，他团结女真本部族众和北方契丹部落，加强淮河北部汉人的统治。经过一年的内部整顿，政局趋于稳定，随即在边界屯聚十万大军威胁着南宋朝廷，并提出割让唐（今河南省南阳市唐河县）、邓（今河南省南阳市邓州市）、海（今江苏省连云港市海州区）、泗（今江苏省淮安市盱眙县）、商（今陕西省商洛市商州区）等州郡，如不答应将大兵南下，试图用武力逼迫南宋朝廷让步就范。南宋朝廷也没有坐以待毙，在泗、濠（今安徽省滁州市凤阳县）、庐（今安徽省合肥市）及盱眙（今江苏省淮安市盱眙县）驻扎大军，双方兵力势均力敌，金军一时不敢妄动。从军事形势上来看，南宋险要尽失，整体处于金骑南牧的威胁之中，严峻的外部环境迫使南宋王朝在内外政策上必须有所调整。

面对国家存亡继绝的危局，孝宗皇帝改变了此前与金国一味求和的政策。在战略上，开始从被动防御向主动出击转变，试图通过主动改变被动防守局面，并用军事手段改变绍兴和议定下的地缘政治格局。这时的南宋王朝国力军力看似有所好转，实际上属于守则有余、攻则不足的状态，要发动一场对金国的全面战争根本讨不到什么便宜，只是此时的孝宗皇帝已经下定了北伐的决心，宋金两国边镜硝烟弥漫，大有一触即发之势。

正月，孝宗起用老将张浚，任枢密使、都督江淮东西路军马，封魏国公。张浚积极备战，对金国形成强大的震慑。

为争取外援，南宋朝廷计划与西夏国取得联系，争取西夏国的支持，予以侧翼牵制金军，共同应对金国的威胁挑战。陆游因为文采斐然，在枢密院颇受重视，因此经常为尚书左仆射、同中书平章事兼枢密使陈康伯，尚书右仆射、同宗书门下平章事兼枢密使史浩和枢密使、魏国公张浚等朝中重臣起草一些机要文书。这次与西夏国结盟的文书，当然也非他莫属，中书省和枢密院（当时合称二府）授权陆游起草《代二府与夏国主书》。

正月二十一日，二府政事堂。

陆游受邀到政事堂议事，待他到时，陈康伯等人到了已有一盏茶的工夫了。陈康伯远远看到陆游，立即起身向他迎来。陆游不好意思地抱拳道："让恩相久候了！让列位大人久候了！"陈康伯说道："无妨，我等也刚到不久。"众人纷纷起身冲陆游抱拳，待一同坐下。

陆游问道："恩相今日召游前来，想来是有紧要之事，望乞明示。"

陈康伯朗声说道："今日要请你陆务观出手，起草一份与夏国书。"

陆游哦了一声，说道："游听从恩相差遣，愿闻其详。"

陈康伯神色得意，接着说道，"西夏国北有鞑靼、东有金虏、南有吐蕃、西有契丹，和我大宋一样面临着金虏的威胁，他们急需找到盟友，共同抵御强敌，目今我大宋也有意与其结盟。本相决定给西夏国主修书一封，表达我大宋与西夏国'永为善邻、联手抗金'的意愿，如果西夏国能与我大宋联盟，必可牵制金虏一部分力量。关于修与西夏国书一事，还得辛苦陆编修亲自执笔。"

陈康伯说出心中的计划，众人无不击掌称妙，觉得和西夏国联手抗金的可能性较大。

陆游听罢，默默点头道："恩相钧旨，游安敢有违。"

陈康伯叫人准备好笔墨纸砚。

陆游略作思考，拿起笔正准备写，突然隐隐感到有些不合适，心里忖道："这份文件不同于其他文件，而是一份两国邦交结盟的文书，如此重要的文件以二府的名义予以西夏国，此举似有矮化西夏国之意，明显不符合两国相交礼仪，况且欲图中原的大宋此时更应放下身段，想方设法去团结西夏国。"他心中委决不下，忍不住轻叹了一口气，摇头轻声说道："不妥，不妥！此举甚为不妥！"

陆游的声音虽小，像自言自语，众人却听得真切。

陈康伯在一旁不解地问道："陆编修何出此言？有何不妥？哪里不妥？"

陆游略一沉思，双手抱拳禀道："启禀恩相，承蒙诸位相公错爱至厚，游方敢僭言。"

陈康伯摆了摆手，说道："诶，陆编修无须拘礼，心中有何疑虑，但说无妨。"

陆游谨慎地解释道："启禀恩相，此份文书非同一般，乃是我大宋与西夏国结盟相交的国书。务观以为，应该以官家的名义，代表我大宋朝廷递书西夏国才对。恕游直言，若二府越俎代庖，将置官家的颜面以何地？再说此举似有矮化西夏国之嫌，西夏国主看后又会做何感想？"

陆游说出了心中疑虑，立即遭到了陈康伯的反驳："陆编修此言差矣，虽是两国邦交，但我大宋乃天朝上国，彼为蛮夷小藩，倘若我等以官家之名修书，万一与西夏国结盟不成，岂不有辱我天朝威仪。此事一旦传扬出去，人们不会说他拓跋氏蛮族无礼，只会笑我大宋自贬国格，辱没圣颜，这样倒显得我们这些做臣子的考虑欠周，岂不是辜负了圣恩。"

众臣听罢，顿时觉得陆游多虑了，无不点头附和陈康伯："恩相高见极明。"

既然陈康伯都这样说了，众人无不赞同，陆游也不好再说什么。

陆游拿起笔默然良久，他想起了在北宋时期，也曾联辽抗金，不过辽国天祚帝很快被俘，遂将此事交代出来，使得宋金两国关系更加紧张。这次与西夏国联手抗金又将面临怎样的命运，陆游心里没底，提起笔却不知从何下笔，手里拿着笔发了半天呆。众人看了以为陆游尚在思考当中，个个屏住呼吸，站在一旁静静等待，没有一人说话催促，生怕一说话就会打断陆游的思路。

陆游确也思绪万千，脸色忧郁，他又望了陈康伯一眼。他看到陈康伯一副高高在上的表情，他知道现在说什么都没有用。陆游的眼神黯淡了，心中暗忖，既然领了恩相钧旨，怎敢怠慢，唯有竭尽所能写好这一次结盟文书。陆游在心中喟然叹息一声，纵有千言万语也被他生生咽下。

陈康伯特意交代，要以"大宋"自称，称呼西夏国皇上为"西夏国主殿下"。陆游唯有苦笑，他从远祖的友好邦交起笔，将两国之间的纠葛一笔带过，晓之唇亡齿寒之理，动之邻国相依之情，以娴熟的外交辞令表达了大宋与西夏国"申固欢好，同心协济，义均一家，永为喜邻"的结盟之心。

写完《代二府与夏国主书》，陆游搁下笔，长长地舒了一口气，默默注视着那张"国书"，久久没有言语。陈康伯看过之后甚是满意，笑着点头说道："如此甚好！陆编修写得酣畅淋漓，想那西夏小夷无时无刻不想与我大宋国结为联盟，借我大宋声威助其抵御亡国之辱。"说着，看着陆游道，"不是老夫虚词奉迎，两国邦交如成，你——陆务观首功一件。"

陆游正想着心事，听陈康伯这样说，心中有些羞愧，抱拳说道："恩相如此厚爱，举手之劳，不足挂齿，游只是略尽本分而已。"

陈康伯又将《代二府与夏国主书》从头到尾认真看了一遍，边看边点头，看完喜之不尽，他冲着陆游竖起了大拇指，赞道："陆编修才气纵横，前途不可限量！别人是功名只向马上取，你陆务观却是功名偏从纸上来。"

陆游忙抱拳回道："哪里哪里，恩相谬赞了，能在二府谋得差事，游感激不尽，所谓功名岂敢奢求。"

尽管陆游在这次通书中语气诚恳，反复申明孝宗皇帝对西夏国的推重。《代二府与夏国主书》虽已写毕，陆游的心中仍思绪万千，因国书没有给西夏国应有的平等礼节，他丝毫没有感到一丝轻松，自始至终对这次的结盟都感到担忧。

西夏国同样遭受金国入侵的压力，南宋与西夏国结盟具备一定的战略优势，可以夹击金国，对于联宋抗金的提议，西夏肯定是欢迎的，但是在没有足够把握从结盟中获得实质好处的情况下，西夏国断不会拿亡国灭族作为赌注，来给予南宋朝廷具体的协助，这也注定两国结盟抗金终究是空中楼阁。对南宋朝廷而言，如果无法获得西夏国的支持，抗金形势势必更加艰难。可是这些担忧，陆游又不知该向谁述说，就算说了也不会得到采纳。

果如陆游所料，"国书"寄出后，西夏国一直不见回音。

到了二月，史浩邀陆游到二府政事堂议事。陆游以为上次所写的结盟文书有了回应，忙放下手中事务，急忙去见史浩。

史浩正在笑容满面等候着，一众人见到陆游都面带微笑起身相迎。史浩双手抱拳一拱，笑道："务观，吾等已恭候多时了。"

陆游快步走了上去，抱拳一拱，对史浩说道："恩相意气风发，务观已感到偌大的议事厅春风激荡，想必定有喜事发生。"

史浩捋须笑而不答，这反而更加坚定了陆游的猜测。

待陆游落座后，史浩方告诉陆游最近发生的一件事情。原来，不久前一位名叫李信甫的平民带领北方的群众起义抗金，被孝宗皇帝破例擢升为兵部员外郎。受此启发，史浩向孝宗皇帝建议，以布衣李信甫为榜样，世袭领地，激励各路抗金将士和民间忠君爱国之士共同抗击金国。

李信甫的事情陆游倒是略有耳闻，听史浩这么一说，也觉得此计甚妙。汉高祖刘邦曾许以划地封王，才使得韩信彭越围击项羽，终灭秦而一统天下。陆游喜上眉梢，侃侃说道："现今朝廷如若采用此办法，必激起北方失地遗民的抗金热情，中原士民和据有州郡的豪杰为了获取高官厚禄，定会配合大宋王师北伐杀敌为国立功。"

史浩笑着点头。

陆游兴奋地击掌叫好，忙问道："敢问恩相，官家意欲何为？"

史浩拱手抱拳说道："官家何等贤明，无时无刻不想驱逐金人，一雪侵凌之耻。老夫提此建议，恰巧官家也正有此意，此番请你前来，就是要撰写一篇《蜡弹省札》，彰彼之罪恶，显我之正统，投送到北方失地，号召中原失地遗民揭竿而起，共同御敌，一举收复中原失地！"

陆游不解地问道："蜡弹省札？"

史浩解释道："所谓蜡弹省札，就是以帛写机密事，外用蜡固为蜡丸，藏于衣服中或陷于送信人的股肱皮膜之间，防止在传递过程中泄露丢失。蜡弹所写之事，皆为机密要事。"

陆游见安排他撰写如此重要的文件，也是心潮澎湃，兴奋地说："恩相钧旨，安敢有违？胡虏侵略屠杀之酷，我中原失地百姓水深火热，无时无刻不盼箪食壶浆以迎王师，一旦知道了李信甫的义举，定当纷起效仿，斩木为兵，揭竿为旗，配合王师一起驱逐胡虏。"

史浩与陆游的这一番对话，让众人如同醍醐灌顶，纷纷称赞此举甚妙，仿佛收复北方失地唾手可得。

按规定，撰写《蜡弹省札》这类机要文件当由正五品的中书舍人起草，而此时的陆游仅为正八品，当时等级森严，显然陆游不具备起草这些文件的资格。史浩出于对陆游才华的认可和品行的信任，逾制使用陆游并不是什么徇私之举。陆游当然没有辜负史浩一众的期望，在枢密院多次逾越体制跨级操刀，文笔妥帖工巧、简练明确，得到了同僚的一致认可和称赞。

史浩默默地点了点头，亲自为陆游磨墨，这让陆游在心中生出无限感慨。

众人见史浩亲自为陆游磨墨，也都凑上前来，眼睁睁地盯着陆游。

陆游见所有在场的人都看着他，那一张张急切的脸流露出对他的期待，尽管在众目睽睽之下，他仍然从容镇定。陆游在此任职已有数年，对各类文体规格极其熟稔，他站在几案前，显然已了然于胸，而后濡墨提笔在手，挥毫疾书起来。不一会儿，一道词句赡雅、文义精敏、铿锵慷慨的《蜡弹省札》挥笔而就。

众人见了，无不竖起大拇指称赞陆游。

"朝廷今来惇大信，明大义于天下，依周、汉诸侯及唐藩镇故事，抚定中原，不贪土地，不利租赋。除相度于唐、邓、海、泗一带置关依函谷外，应有据以北州郡归命者，即共所得州郡，裂土封建……"史浩双手捧着陆游挥笔写就的《蜡弹省札》，兴奋地读出声来，当读到"世世袭封，永无穷已"

时,声音不禁提高了一些,朗朗绕梁,掷地有声。

这句话无疑是点睛之笔,闻者无不悚然动容。众人一边用称羡的目光看着陆游,一边心中细细品评其中意味。

史浩猛地往书案上用力击了一掌,然后冲着陆游抱拳道:"好你个陆务观,将官家所想所思尽数收录,文采斐然,气魄宏伟,如水银泻地,一气呵成,真雄文也!这道札子堪比十万雄兵,所到之处必定反响强烈,有了北方人民的支持,何愁我大宋河山不复,届时你——陆务观,功莫大焉!"

陆游听了激情澎湃、踌躇满志,他想到了宗泽,想到了岳飞,想到了千千万万个为恢复河山而牺牲的大宋将士。陆游向屋处望去,仿佛看到北方失地的各路英雄豪杰揭竿而起,抗金义旗一竖,抗金义士振臂一挥,北方遍地烽火,金虏抱头逃窜,丢失故土尽归大宋版图。

《蜡弹省札》被誊抄为数以万计,分水陆两路,投送到金国占领的北方失地。让陆游失望的是,他预想的北方失地遍地燃起抗金烽火的局面并没有出现,各股抗金义军势力各自为战,很快就因金军的围剿而偃旗息鼓,声势愈发微弱。

和 议

孝宗锐意北伐,为防止朝中大臣干预,避开三省与枢密院,向张浚下达了北伐的诏令。

张浚心知此时北伐时机并不成熟,于是向孝宗面奏:"陛下,北伐牵一发而动全身,故应谋划全局,备战万全后方可用兵。"

孝宗急于北伐建不世之功,对张浚说道:"如今我大宋军民万众一心,正是一雪靖康前耻的最佳时机,成,功在卿;败,责在官家身上。卿万勿犹豫。"

张浚见孝宗决心已定,只得遵从圣意。

张浚是陆游父亲陆宰的故交,见张浚得到起用,陆游自然高兴,他深知欲收复中原终将兴北伐之举,然不在今日,切不可操之过急。为此,他专门给张浚写了一封贺启,上书自己的军事见解,建议其早定长远之计,不可轻率出兵,应重整兵力,积蓄力量,稳健而行。

张浚见陆游的建议与他的北伐意图不谋而合,只是身为臣子,又岂能不遵从天子的旨意。

陆游对进讨京东的战略是有异议的,他不仅劝张浚从长计议,而且还专门写了一道《乞分兵取山东札子》上呈朝廷。他分析了当时的各种环境、影响,但为顾全孝宗皇帝的面子，并没有赤裸裸地指出此战略存在的缺陷，而是先肯定了孝宗皇帝的战略宏图，中原百姓深受虏兵苛虐之害，无时无刻不"箪食壶浆以迎王师"，以及"王师若至，可不劳而取"的结果。一番进呈之词铺垫之后，陆游又婉转地指出进讨京东的战略缺陷，指出此战略万一实现不了，将会面临的严重后果。在分析利弊之后，陆游接着提出了"分兵进取山东"的战略，当然也是他写这道札子的本意，用十分之九的兵力固守江淮，遴选十分之一的骁勇善战的精兵强将，轮流更换不断地进攻骚扰敌军，达到出奇制胜的效果，待徐州、郓州（山东省菏泽市郓城县）、宋州（河南省商丘市）、亳州（安徽省亳州市）等地安定，两淮稳固后再逐步移动大军前进。

遗憾的是，陆游的建议根本无人采纳。四月，北伐正式开始。

张浚直接遣大将李显忠出濠州（今安徽省滁州市凤阳县）取灵璧（今安徽省宿州市灵璧县），邵宏渊出泗州（今江苏省淮安市盱眙县）取虹县（今安徽省宿州市泗县）。

李显忠作战果敢，颇有勇谋，曾多次大败金军，连金兵统帅金兀术都说："此人敢勇，宜且避之。"李显忠自濠州出兵，以摧枯拉朽之势迅速攻下了灵璧，而邵宏渊自泗州出兵围攻虹县，却久攻不下。李显忠拿下灵璧后，迅速派兵增援邵宏渊，并派灵璧降卒去虹县招降金军。然后，与邵宏渊合兵一处进取宿州，大败金兵，很快就收复了宿州城。

兵家或胜或败本为平常。此次大败金人，克复宿州，消息传到临安，君臣惊喜异常，也让南宋朝野上下倍受鼓舞，仿佛收复中原指日可待。这次大捷，也令朝中再也无人敢提稳健用兵之策。孝宗闻听前方大捷，高兴地手书张浚："近日边报，中外鼓舞，十年来无此克捷。"

收到宿州大捷的消息，陆游也怀疑是不是自己过于小心了。他立即前往史浩府中，与其共同分享这一喜悦。

史浩对此次北伐的观点与陆游是一致的，两人时常在一起分析战局。隆兴北伐前，史浩也曾出言反对北伐，他进谏孝宗："帝王之兵当出万全，岂可尝试而侥幸，今不审思，将贻后悔。"而后，他又列举出军力、国力等方面的因素辩驳北伐之举。不过，此时的孝宗已经听不进其他人的意见了。

看到史浩脸色沉重，陆游忍耐不住，不解地问："张浚大军获胜的消息，想必恩相早已知晓，不知恩相为何还闷闷不乐？"

史浩并没有因为首战告捷而高兴，反倒忧心忡忡，他叹了一口气，说道："报防奏胜倒是不假，只不过胜败乃兵家常事，一时的胜利又何喜之有。"

陆游闻言，顿时为自己目光短浅而自惭不已，忙说："恩相深谋远虑，务观铭记于心。"

史浩连连摆手，说道："务观有所不知，此次虽然凯歌高奏，我却听到了一些前线的事情，心中隐隐有些不安。"

陆游疑惑地问道："前线又发生了什么事情？竟能让恩相心生不安？"

史浩摇了摇头，说道："老夫也说不上来，只是对这次的胜利感到忧虑。"陆游没有插话，他静静地听着。史浩又道："务观可听说此次大捷，乃招讨使李显忠的功劳，早先他率部收复了灵璧，又驰援副使邵宏渊拿下了虹县。"

陆游目光霍地一亮，答道："这个我也有耳闻。显忠将军乃将门之后，十七岁随父从军抗金，其父及家人两百余口惨遭金军杀害，与金虏有不共戴天之仇，战场自当奋勇杀敌。"

史浩点点头，深以为然，随即又摇头苦笑。

陆游不解地问道："恩相何故又是点头又是摇点，莫非务观又说错了吗？"

史浩说道："非也，只是务观只知其一不知其二。"

陆游"哦"了一声，忙问道："务观愿闻其详。"

史浩皱着眉头说道："李显忠增援邵宏渊本为相助之举，怎料人心难测，李显忠却遭到邵宏渊忌妒。后来，邵宏渊部下的一名士兵因违反军纪被李显忠抓住，李显忠没有告知邵宏渊将这名士卒就地处斩。邵宏渊身为这名士卒的头领，认为李显忠是故意让他难堪，因此心生怨恨。大敌当前，前线将领失和，可谓百弊而无一利，甚至带来毁灭性的灾难。"

将领产生矛盾，肯定会影响军心稳定，陆游听了悚然变色，不安地说道："将领失和乃兵家之大忌。"

史浩见陆游忧心忡忡，又反倒过来安慰陆游："不过，这只是老夫的看法，但愿是老夫多虑了。希望二位将军在前线能尽释前嫌，同仇敌忾，合力抗金。"

陆游当然也希望是史浩多虑了，默默点头，被史浩这一席话说得忐忑不安，有一种不祥的预感在心中滋生，目光顿时黯淡下来。他知道，既然李显忠与邵宏渊的矛盾已经公开了，所谓一山不容二虎，怕是二人很难在和睦相处了。想到这，陆游心中又是一沉，他希望如史浩所说的那样，但愿两人都是多虑了。

战争陷入了胶着状态。

虽然人没在战场，陆游内心焦虑不堪，他祈求战局能有所回转，更期盼张浚大军能像上次一样，一个接一个的大捷，攻克一座又一座城池，收复一块又一块失地。这段时间，陆游辗转反侧无法入眠，一种不祥的预感笼罩在他的心头。他无事之际闷坐室内，不是愁眉不展就是长吁短叹，捧书坐至三更天，方才睡去，时常在睡梦中惊醒。又过去些日子，让陆游担心的消息也如期而至。

那日，陆游正在史浩府中纵论国事。

一小吏神色慌张地跑来，见陆游坐在屋内，他站在屋外朝里张望。史浩一眼就看到了他，打了个手势，示意他进来。小吏进来后，贴在史浩身旁耳语。

史浩凝神细听，脸色变得越来越沉重，身体竟然不自觉地哆嗦起来。待那小吏说完，史浩的嘴巴张得老大，半天没有合上。过了半晌，史浩才无力地冲小吏挥了挥手。那小吏偷偷瞄了陆游一眼，算是打了招呼，而后轻步离去。

陆游见史浩目光呆滞，一言不发，眼中似乎有泪水闪动，心中顿感不妙，一下就想到了边关军情。陆游急声问道："恩相为何如此神情？敢问可是前方有变？"

史浩这才醒过神来，他面带怒意，悲愤地说道："边报我军……符离（今安徽省宿州市符离镇）大败！"由于过于愤怒，史浩浑身抖个不停，他的手放在茶杯上，茶杯也跟着手一起抖动，杯中之水差点儿洒了出来。

史浩的声音不大，犹如五雷击顶，每一个字都震得陆游的脑袋嗡嗡直响，如果不是坐在椅子上，几乎要一头栽倒在地。陆游万万没有想到，北伐之战竟然如此短暂就以失败而告终，身体和史浩一样，气得跟着抖动起来。他盯着史浩，心中陡起疑云，不可置信地问道："这怎么可能？宿州大捷才报奏几日，转眼间由胜转败，败得何故如此之快？"

史浩悲声回道："金军组织十万大军反攻宿州，李显忠全力抵抗，并命邵宏渊率部合力夹击，邵宏渊所部兵力近在咫尺，竟以天气太热为由，坐视李显忠被困而按兵不动。前方二将不协，独剩李显忠率军竭力抵抗，被困宿州势如累卵，岌岌可危，以致军心动摇，人无斗志，一时之间竟有统制官七人、统领官十二人带头逃跑。李显忠见孤立无援，只好连夜逃走，金人乘胜追击，宋军进据符离，再次与金军交战，我大宋军士如狼遇虎，如鼠遇猫，一触即溃，士卒死伤甚众，器甲资粮殆尽。真是一言成谶，果然被老夫不幸说中，前线诸将失和不协、观望不进，才导致大宋王师符离惨败。"

陆游愈听愈惊，早已神色大变。

史浩说完，神色凝重地望着陆游。

陆游怒火填膺，再也忍耐不住，右手握拳猛地往茶几上一砸，大骂："孝当竭力，忠则尽命。李显忠世受国恩，当马革裹尸，以身许国，竟然率部逃遁。如此贪生怕死，真是辜负了朝廷的厚恩！"由于用力过猛，茶盖竟震得掀翻出来，在茶几上转着圈儿，险些从茶几上滚落下来。

史浩苦笑道："李显忠弃城而逃固然可恼，那邵宏渊更加可恨，为泄私愤竟见困不援，才酿成如此祸端。"

陆游听了，更是义愤填膺，霍地站起身来，接着骂道："养兵千日，用兵一时。邵宏渊不与敌血战，以身殉国，有何面目见人，愧为人子！枉为人臣！想今日之大宋，武官个个惜命，文官人人贪财，焉有不败之理！我大宋江山社稷危矣！"陆游内心悲愤无比，身体微微颤抖着。他知道经此一役，朝廷恐怕十年内再也无法对金国进行反攻了。陆游故作平静地问道："符离之败，官家可知？又将如何处置？"

史浩凄然地望着陆游，叹了一口气，用一种急促地声调说道："宋军前线大败，将士伤亡过半，这种消息岂可隐瞒，张浚早已报知官家，要引咎辞职，官家自是不允，声称战有胜败，岂有常胜将军乎？吾与卿相约北伐，今败，其责在官家身上，卿无咎也。随后，官家下了罪己诏。"

陆游吁出一口气，说道："罪责本不在魏国公。下罪己诏，官家此举甚慰人心！现在呢？是否整军再战？"

史浩无奈地说道："面对这种局面，朝野上下一片慌乱，人心不定，朝中主和者居多，主战者寥寥，是战是和仍在争吵当中，官家也是束手无策。"

陆游猛地站起，神情坚毅地说："一时的胜败，何足道哉，何不整备军马再战，鹿死谁手，尚未得知。"

"太上皇一直主张议和，主和派占据朝堂，朝廷内部派系斗争加剧，加上朝野上下一片议和之声，更遑论再战。"史浩叹了一口气，说道，"就算张浚等人意图再战，势必阻力甚大，恐怕经此一役，想必官家已无再战之信心。"

陆游悲伤地摇了摇头，扶着椅子颓然坐下，先是一阵苦笑，接着又是一声长叹："唉！奈何！奈何！"说完，忍了好久的两行浊泪终究还是夺眶而出，顺着陆游的脸颊滚落下来。

史浩慨然吟道："石头虎踞，骄虏何能渡？曾是六朝雄胜处，瑞绕碧江云路。当时霸国多贤，风流只解遗鞭。便好扬舲北伐，举头即见长安。"这首《清平乐》正是史浩当年游石头城时所作，而今从他的口中吟出，已没有了豪壮之情，有的只是悲观失落。

陆游茫然地向门外望去，朦胧中，阳光下有无数的微尘在风中飘舞，似有无数鬼怪张牙舞爪向他扑来。他知道一切都完了，朝廷主和派必定占据优势，此次北伐失败，主战派又将面对怎样的血雨腥风。他在心中发出了绝望的呐喊。

此时，陆游和史浩默坐无语，二人都陷入了沉思。陆游看了史浩一眼。史浩脸色铁青，胸脯不停地起伏，陆游从来没有见过他如此生气过，一时无话可说，半晌才怏怏与史浩辞别。

宿州战事失利后，主和派找到了攻击张浚的借口，此时朝廷已决意弃地求和。隆兴二年（1164）四月，张浚被罢相，以少师、保信军节度使出判福州。八月二十二日，忧郁自责的张浚在赴任途中去世。

这年岁末，宋金达成"隆兴和议"。

出 都

北伐前夕，孝宗皇帝下诏编修太上皇帝圣政，陆游调任圣政所。

陆游为报答孝宗的知遇之恩，勤勉地为朝廷出力献策，往往是凭着一腔热血，全然没有官场应有的圆滑世故。在圣政所没待多久，就因为其文人的秉性惹怒孝宗而被贬出京城。

这次出都还得从曾觌与龙大渊说起。

曾觌与龙大渊是孝宗没有立为太子之前的门客，善于察言观色，深谙讨好主子之道。孝宗即位之后，破格任命为龙大渊为枢密院副都承旨，曾觌为带御器械兼干办皇城司。二人怙宠依势、狐假虎威，身无尺寸之功，竟成为朝中枢臣，又非贤良俊才，何以治理国家大事，当然也遭到了朝中众臣的强烈反对，纷纷上疏孝宗，要求罢免二人。面对众臣弹劾自己的宠臣，无异于当面打脸，气得孝宗下手诏痛斥，认为言官议论群起，鼓动生事，若是太上皇当政时岂敢如此。由于遭到众朝臣的极力反对，孝宗也没有办法，只得以潜邸旧人的身份改任龙大渊、曾觌为知阁门事，并于宫阙之下供职，实为明降暗升。曾觌与龙大渊仗着有孝宗的宠信，更加飞扬跋扈，时常无所顾忌地出入宫廷。

孝宗在一次内宴中，史浩与曾觌伴驾侍宴。饮酒中，有一个宫女拿了一幅手帕，来请曾觌在手帕上面题一首诗。曾觌虽无理政之才，但才华富赡，作诗填词多为应制之作，其中也不乏上乘之作，其中《阮郎归》一词最为著名："柳阴庭馆占风光，呢喃清昼长。碧波新涨小池塘，双双蹴水忙。萍散漫，絮飘扬，轻盈体态狂。为怜流去落红香，衔将归画梁。"该词本为一首歌咏春燕之词，通篇不着一个"燕"字，却将燕子的形象生动刻画出来，这首《阮郎归》也被人谱成曲子传唱，流传甚广。这个宫女知道曾觌才华，于是向其索取诗文。

作诗题词本为文人墨客常做的风雅之事，曾觌想到都没想，随手接过手帕，正准备题写诗词时，他突然想到前不久果子局主官被人告发与德寿宫中一内人有瓜葛而被治罪的事情，于是将手帕还给了宫女。宫女不知何故，接下手帕，问为何不题上诗。曾觌睃着眼，说道："鄙人不敢！"宫女更不解了，问道："大人因何不敢？"曾觌很慎重地说道："你难道没有听说近期德寿宫发生的事情吗？我们还是避避嫌为妙。"宫女听了，一下就明白了原委，顿时大惊失色，赶紧拿着手帕离开了。

一日，陆游去拜访史浩。两人谈起了朝中之事，无意中聊起了龙大渊、曾觌。闲谈之际，史浩忽然想起了曾觌行走后宫与宫女接触这件事，随口就把宫女请曾觌题写诗文之事告诉了陆游。

陆游一向看不惯龙大渊、曾觌二人招权纳贿、结党营私的行为，曾屡次上书弹劾二人，听到史浩说起此事，一股无名之火在胸中燃烧，双眼瞪得溜圆，竟控制不住地拍案而起，大声骂道："曾觌冒天下之大不韪，当着官家的面竟然跟宫女勾勾搭搭，如此胡作非为，成为体统？这样轻浮浅薄之人又怎能为人臣子！"

史浩听了陆游的话，默默点了点头。

陆游接着说道："曾觌、龙大渊结党营私、广收贿赂、恃宠干政，所作所为路人皆知，唯独陛下蒙在鼓里，还赞扬他们二人贤明。眼见着他们权势日盛，朝中贤臣深感忧虑。"

史浩也对龙大渊、曾觌的行为大为不满，却又束手无策，无奈地说道："此二人朋比为奸，仗着官家宠信，愈发飞扬跋扈，朝中众臣无不惧怕，虽有忠义之臣多次上书弹劾，奈何官家将其视作股肱心腹，对龙曾百般溺宠，次次包庇于二人，对众臣弹劾全都置之不理。"

陆游不懂官场世故，不解地问："曾觌、龙大渊之流胸无点墨，腹无良策，这等不学无术之徒，何以在宫廷行走，官家到底宠幸他们什么？"

"宠幸什么？"史浩气哼哼地说，"无他耳，无非卑躬屈膝，俯首贴耳，极尽谄媚阿谀之能事，深得官家信任。"

陆游低头一叹，面对奸宄当道扼腕不平，他遏制不住心头的愤怒，大骂二贼误国殃民。

骂归骂，但陆游深知自己拿这二人毫无办法，他看了史浩一眼，无可奈何地又叹了一口气，眉头紧皱，陷入了沉思中。

陆游和参知政事张焘关系很好。

一日，陆游专程前往张府拜访张焘，气愤之际将曾觌与宫女公然勾搭之事告诉了他。张焘讶异地说："竟然有此等故事，如此，极不妥也。"

陆游说道："官家当效越王勾践，卧薪尝胆，不忘靖康之耻，发愤图强，用贤任能，驱逐龙曾之流，何愁河山不复。"

张焘点头赞道："务观言之有理，如今龙曾二人深得官家恩宠，众朝臣屡次上奏弹劾无果，老夫已曾上奏弹劾，官家答应惩戒龙曾也不过虚张声势而已。"

陆游说道："曾觌和龙大渊二贼利用职权，朝中招揽大权，培植党羽，花言巧语惑乱朝政，非我大宋之福。如今公然与宫嫔嬉笑勾搭，张公今日如不进谏，待到二人势力坐大后，恐后患无穷，很难将他们除掉了。"

张焘听了陆游的话，深以为然。曾觌、龙大渊虽为孝宗旧时门客，目今已有君臣之别，此等作为确实有损龙颜，如若群臣仿效，岂不泯灭君臣纲纪，此风不刹甚至会危及江山社稷。此时，张焘心中已拿定了主意。

陆游说着心情愈发激动，接着道："官家实不该招人在宫中燕狎，祸患常积于忽微，智勇多困于所溺。如此作为，愧为人主，这与秦二世胡亥、汉灵帝刘宏何异……"

陆游的话让张焘不由得倒吸了一口冷气，顿时吓得大惊失色，如若这番话被人告发那可是诛九族的大罪，他立即制止道："务观休要口不择言！官家何等贤明，只是一时不察，被奸佞蒙蔽圣听而已。"

陆游赶忙捂住了嘴，这时他才意识到自己说错了话。

张焘没有想到陆游竟然如此大胆，他见四下无人，遂放下心来，安慰陆游道："务观放心，老夫定当力谏官家亲贤臣远小人，不将二贼除名勒停，誓不罢休。"

翌日，张焘觐见孝宗皇帝，君臣相谈甚欢。张焘见时机已到，即对孝宗奏道："陛下初登大位，不宜和臣下如此燕狎！也有失圣上龙颜，当以江山社稷为重。"趁此机会，张焘更是动之以情，晓之以理，委婉地劝说孝宗。

张焘乃朝中老臣，在孝宗面前说话还是很有分量的。孝宗听了张焘的一番话顿感惭愧不已，不过心中也甚感不悦，觉得自己不过是和亲信之人喝酒解闷而已，竟被传为"燕狎之举"。孝宗对张焘如何获知此事感到非常吃惊，遂问道："张卿从哪里听到这个消息？"

张焘不敢隐瞒，只得据实回答："臣得之陆游，游得之史浩。"

陆游多次上奏弹劾孝宗的心腹亲信，虽说是一腔热血为朝廷出力献策，毕竟逆耳忠言，孝宗早就看陆游不顺眼了。孝宗听闻又是陆游在背后搬弄是非，而且还唆使张焘前来当面诘问，公然令自己难堪，这无疑是对天子威严的挑衅，脸顿时沉了下来，勃然大怒道："陆游！又是陆游！官家见他颇有些才华，有心栽培于他，他却处处与官家作对。一个小小的编修，不知天尊地卑尊王之法，竟敢如此僭越，动辄妄议军机，鼓动是非，离间君臣关系，此等反复小人，早就应当离开临安了。"

张焘心知触了龙鳞，见孝宗并没有降罪曾觌、龙大渊的意思，反而拒谏饰非，把全部责任都怪在了陆游身上，心知刚才的劝谏没有奏效，即使再规谏下去也不会有用，只好不痛不痒地说了一些劝孝宗专于政事的谏言，而后默默告退。

不几日，张焘以年老体衰请辞告老还乡。张焘原本以为孝宗不会获准。孰料，孝宗只是踌躇片刻，竟没有挽留，很爽快地答应了张焘的请辞。原来张焘性情耿直，甚至在朝堂之上也让孝宗难堪，心中早就无法容忍这个谏言老臣了，此次当面诘问"燕狎之举"更令孝宗恼怒不已，虽然表面上没有怪罪，其实内心恼怒不已，既然你主动提出辞呈，正好遂了你的心意，以后眼不见心不烦，岂不更好！

张焘离京时，陆游等人前去为他饯行。陆游不解地问道："张老何故请辞？"

张焘气呼呼地说道："老夫屡次上疏弹劾曾觌、龙大渊未果，这已成为一个心病。此次进谏无果，已做好了退隐归野的打算，没想到官家竟然如此执迷不悟，坚持重用此等奸佞小人，老夫又岂能与龙曾之流同列朝班？不如以衰疾乞骸离去，免得朝堂相争，贻笑世人。"

陆游悒怏不已，认为张焘此次进谏因他而起，才导致当面诘问孝宗而触怒了圣颜。陆游上前一步，紧紧握住张焘的手，愧疚地说道："都怪务观多言，误了张老。"

张焘满不在乎地朗声笑道："非也非也，务观万勿自责。此二人言行为世人所不齿，纵使务观不语，老夫亦要上奏弹劾。身在其位，知而不言，不忠也。"

陆游心中甚是惋惜，安慰道："张老乃我大宋股肱重臣，立下赫赫功勋，官家若真有励精图治之志，要不了多久定会召回张老委以重任。"

张焘脸色严肃，遂抱拳说道："君使臣以礼，臣事君以忠。如若官家有召，为臣惟命岂敢辞乎！肝胆涂地，必报君恩。"接着，张焘叹息一声，"只可惜老夫垂垂老矣，难堪大用？既有今日准辞，又怎会有再召一说？"言毕连连摇头，接着又是一声长长地叹息。

陆游心中自然明了，也不再安慰了，问道："张老此去，果返乡乎？"

张焘答曰："正是。先人尚有遗稿满箧，年代久远，大部分字迹模糊，极难辨认，唯我尚可识辨。老夫若死，书稿不能传焉。老夫此去，正好可以遵照先人遗愿，辨析抄录，整理遗稿，以传后世，则幸甚矣。务观，此去是不是一件可喜可贺之事？你该为老夫感到高兴才是！"

"张老心胸如此广阔，务观受教了。"陆游嘴上如是说，但是听到张焘说到自己将不久于人世，就算此言有些夸大，想到以后与张焘可能永无相见之日，心中自是伤感不已，接着道，"张老体康身健，不输年少儿郎，盼早日刻印遗稿。此次归乡，愿张老珍重，可惜务观不能常伴左右聆听教诲。"陆游想到自己入仕以来，本以为会受到孝宗皇帝的看重，可以施展平生抱负，现实总是与期望相去甚远，现如今连张焘这样的重臣也落得如此下场，他已不在奢求什么了，神情顿时黯然下来，头也跟着垂了下来。

张焘见陆游如此感伤，反倒安慰起他来："天涯路远，终有重逢之时。务观休要愁怀，你还在朝中，定要与曾龙之流抗争到底！"陆游心知自己人微言轻，点头无语，双手紧紧地握住张焘的手。

张焘与众人一一话别。

待张焘走远后，众皆叹息。陆游怏怏而归。

隆兴二年（1164）二月，孝宗下旨将陆游贬出了京城，外任镇江府（今江苏省镇江市）通判。所谓"伴君如伴虎"，陆游深感京官难当，如今调离临安何尝不是一件好事，于是收拾行囊，欣然赴任。

镇江知府为方滋。方滋，字务德，桐庐人（今浙江省杭州市桐庐县），任职期间，正值金人犯淮之际，数十万淮民渡江。方滋日夜奔走，开旧港为难民泊舟，做好难民的安抚工作，发放救济物质，令"饥者皆得食"，政声甚佳。陆游到任后，二人相处甚欢。

这年八月，镇江知府方滋邀陆游、张孝祥、毛开、查籥、张仲钦、王景文等人，一起游览北固山。北固山三面环水，与金山、焦山成掎角之势，山岭逶迤突兀，宛如一条巨龙雄踞在江滨之上。一千四百年前，梁武帝萧衍曾登临北固山，为北固山题下"天下第一江山"，故有"天下第一江山"之美誉。

江山如此秀丽,一众兴致大增,一边游览景物,一边侃侃而谈。谈笑间,众人到了甘露寺,并登上了多景楼。多景楼是看"广陵潮"的最佳位置,与长江边上的黄鹤楼、洞庭湖畔的岳阳楼齐名,为万里长江三大名楼,更是历代文人雅士聚会赋诗之所。众人遥望江水滚滚东流,淮南草木历历可数,无不触景生情,对中原失守感叹忧伤。

陆游见江对面的草木摇摇晃晃,隐约间像藏有我大宋众将士,正奋力与金兵厮杀,侧耳细听似有擂鼓之声远远传来,令他精神为之恍惚。他镇了镇神,问道:"诸位兄长可曾看到烽火连天之景,听到鼓角悲鸣之声?"

查籥屏息凝神,目光向河对岸投去,可是他什么也没有看见,更没有听见任何声响。他扭过头来,笑着对陆游说道:"务观兄,我看到的是孙尚香正在梳妆打扮,听到的却是她出嫁时的哀声呜咽。"查籥说罢,众人呵呵大笑。

毛开指着滚滚江水,笑道:"务观兄看到的战火国事,元章兄看到的是佳人愁容,而我毛平仲看到的却是淼淼江水。"

方滋也跟着笑了,把手往前一指,划了个半圆,说道:"诸位看到的其实是同一片风景,却有不同的解读,此皆因心境而起,在我看来,都是没有错的。我给各位讲讲这里的典故吧,此地此景自然离不开甘露寺刘备招亲。话说刘备刘皇叔得到荆州以后,周瑜献计让孙权以小妹孙尚香为饵,以联姻为名把刘备诓过来,实则借此囚禁刘备为质以讨回荆州,幸有军师诸葛先生识破了周郎的计谋,刘备依军师之计不仅保住了荆州,还娶到了年轻貌美的孙尚香。这就是'周郎妙计安天下,赔了夫人又折兵'的由来。"方滋略作停顿,接着说道,"孙尚香出嫁时,曾在这座多景楼上梳妆打扮,因此多景楼亦被称为梳妆楼。是故,查元章在此地看到佳人的身影和愁容;刘备后来携孙尚香离开,是选择水路出发,所以,毛平仲看到的是淼淼江水。"

众人听了方滋的一番解释,会心一笑,纷纷称赞分析的恰如其分。

方滋望了一眼陆游,缓缓说道,"传说刘备被扣期间,心中甚是恼怒,见甘露寺殿庭有一块石头,拔剑砍之,这块巨石竟被他劈为两半。恰巧孙权从此经过,目睹了这一幕,遂问'玄德公为何如此痛恨此石',刘备灵机一动,以'问天买卦,如破曹兴汉,砍断此石'答之,于是孙刘在此石旁联盟,携手抗曹,共谋大业,这就是这块'恨石'的来历。这块石头早已不知去向,寺中僧人找了一块石头来充数,游客不知,凡来此处游览无不围着石头摩挲叹息不已。这一块石头也成了孙刘联盟的见证,陆务观心忧天下,看到的当然是战火硝烟,听到的是战鼓号角。"

方滋的一番话,说得众人心悦诚服,无不佩服方滋的史学修为,也对陆游心忧国事钦佩不已。

"惭愧得很!"陆游抱拳道:"'周郎妙计安天下,赔了夫人又折兵'这个故事在民间广为流传,然史料记载,刘备根本没有到东吴成亲,而是孙权派人把孙尚香送到了荆州与刘备成婚。而且,早在借荆州以前,刘备已经与孙尚香完成了这场政治联姻。"

毛开微微点点,说道:"虽说历史并非我们以为的那样,我倒是非常佩服这些说书之人,没有影儿的事却被他们说得惟妙惟肖、精彩动人,老幼妇孺都愿意听,谁人还去管它是真是假。是故,史书难传。"

张孝祥说道:"平仲兄此言差矣!故事传于市井,终究难登大雅之堂,史书虽然难传,却必定流传千古。"张孝祥用手指了指脚下,又道:"这多景楼不光有故事,更有历史,西晋大将羊祜曾登临此楼,此事倒是不虚。"

众人正在谈古论今,甘露寺一名管事的寺僧走了过来,央求各位留下墨宝,以助声名。众人不约而同地望向陆游。

对于陆游来说,眼前山水景色如此秀丽,他放心不下的仍然是恢复北方疆土,一种难于言说的复杂感受涌至心头,也不再推辞,遂提笔写下了《水调歌头·多景楼》:

> 江左占形胜,最数古徐州。连山如画,佳处缥缈著危楼。
> 鼓角临风悲壮,烽火连空明灭,往事忆孙刘。
> 千里曜戈甲,万灶宿貔貅。
>
> 露沾草,风落木,岁方秋。使君宏放,谈笑洗尽古今愁。
> 不见襄阳登览,磨灭游人无数,遗恨黯难收。
> 叔子独千载,名与汉江流。

陆游在《水调歌头·多景楼》一词里,借古讽今,由史及人,表达了对于收复故土的期盼,希望方滋及诸位俊才能像羊祜一样,为渡江北伐抗金做好准备,建不朽功勋,留声名千载。陆游满腔报国热忱,令众人无不动容。

方滋读罢,竖起了大拇指,赞道:"务观这首词气魄宏大,开阖自如,意境深沉,此等豪放佳词必为后世铭记。"众人跟着称赞陆游写的可谓潜气内转,百折千回,跌宕起伏,耐人寻味。

张孝祥又将陆游的词读了一遍,说道:"务观兄借羊祜自励,期建不世之功,读来真乃震耳发聩,我辈理当共勉。"

毛开此时诗兴大发,他也写了一首《水调歌头·次韵陆务观陪太守方务德登多景楼》:

襟带大江左,平望见三州。凿空遗迹,千古奇胜米公楼。
太守中朝耆旧,别乘当今豪逸,人物眇应刘。
此地一尊酒,歌吹拥貔貅。

楚山晓,淮月夜,海门秋。登临无尽,须信诗眼不供愁。
恨我相望千里,空想一时高唱,零落几人收。
妙赏频回首,谁复继风流。

方滋见毛开和了一首,朗声诵读了一遍,连连称赞:"毛平仲其词悠淡清蔚,通过景致的意境,却能感受到内心的澎湃之情。"

过了几日,张孝祥将陆游的这首《水调歌头·多景楼》用颜体书写,请匠人刻于崖石。下一次游览北固山,众人看到了刻于崖石的词赋,感慨地说道:"多景楼从此又多一景矣!"

同年闰十一月,韩元吉到镇江省亲。刚好正逢雪后初晴,陆游约了何侑、张玉仲等诗友,陪同韩元吉踏雪登焦山。焦山位于镇江东北面,因东汉隐士焦光隐居在此而得名,是长江中唯一的一座四面环水的岛屿,犹如中流砥柱。焦山史迹甚多,尤其是碑林中的《瘗鹤铭》,被称为"碑中之王",有"南有镇江《瘗鹤铭》,北有洛阳《石门铭》"的说法。据传东晋王羲之到焦山游览,随身带着两只仙鹤,不料在此不幸夭折。王羲之将鹤葬于焦山后山,遂在山岩上挥笔写下了《瘗鹤铭》以示悼念。因其书法绝妙,当即被镌刻在岩石上。可惜的是,因岩石崩裂致其坠入江中,由于受江水冲击侵蚀,加上被人凿取,待从江中捞起时仅存下八十六个字,其中有九个字体不全。

陆游一行前往观看《瘗鹤铭》,他挥毫写下了《踏雪观瘗鹤铭》:"陆务观、何德器、张玉仲、韩无咎,隆兴甲申闰月廿九日,踏雪观瘗鹤铭,置酒上方,烽火未息,望风樯战舰在烟霭间,慨然尽醉,薄晚泛舟,自甘露寺以归。明年二月壬午,圜禅师刻之石,务观书。"

焦山僧人也是"识货"之人，陆游所写的这篇铭文虽不足百字，却让他们如获至宝，将这篇铭文刻在摩崖石壁上。

乾道元年（1165）元月，韩元吉以考功郎征调任其他地方任职。三月，方滋改任两浙转运副使。好友一个个地离开，让陆游不舍而神伤。孰料，当年七月，任镇江府通判仅一年时间的陆游，也调任为隆兴府（今江西省南昌市）通判。

陆游到任不久，平地又起风波，主和派用一桩陈年旧账进言弹劾陆游。原来，隆兴二年（1164）三月，张浚奉诏到镇江巡视江淮兵马，就下榻于镇江府。陆游作为通判镇江军事州，经常陪张浚巡视江淮军事布防，研究谋划抗金策略。正是因为这一时期的相陪，陆游被构陷"结交谏官，鼓唱是非，力说张浚用兵"。

面对这种莫须有的罪名，令陆游辩无可辩、申诉无门，只能寄希望于孝宗能够圣明烛照，洞察纠错。

见众臣又在参奏陆游，已经转向主和的孝宗早已容不下力主北伐的陆游了。孝宗想起了当年张焘当面诘问之事，觉得此事是陆游在背后撺掇的结果，如今又妄议国家军机，岂可任由他一个小小的通判如此恣意妄为，恼怒之际直接罢黜了陆游的官职。

面对莫名罢官，陆游万般无奈，根本没有解释和反驳的机会，唯有苦笑以对。思绪万千之际，他写下了《卜算子·咏梅》，以表心迹：

驿外断桥边，寂寞开无主。
已是黄昏独自愁，更著风和雨。

无意苦争春，一任群芳妒。
零落成泥碾作尘，只有香如故。

陆游刚刚入仕，却经历太多事情，知道宦途之中奸弊丛生，也增长了不少见识，心想被罢免未必不是一件好事。于是，他打点行装，回到了山阴老家。

卷六 万里入蜀

逆　流

乾道五年（1169）十二月，四川宣抚使王炎给赋闲四年的陆游来了一封信，辟请其为府中幕僚，这让他感动得流涕交顾。

王炎是朝廷比较倚重的一位重臣，早年以父荫入仕，以直率敢言著称，深得孝宗赏识，被亲赐进士出身，从两浙转运副使升至参知政事兼同知国用事、知枢密院事，仅历时三年，由此也可以看出孝宗皇帝对王炎的重视程度。四川路幅员辽阔，宣抚使司事务繁多，除了军事职能外，还承担地方行政职能，王炎任职四川宣抚使时，孝宗曾面谕他在军中物色得力人才，可以随时保奏。到任后，他对几位将领进行了调整，西北一带的军财人全都掌控在他的手里，考虑到"帷幄制胜，汉中为便"，将四川宣抚使司治所从益昌（今四川广元市利州区），移至对金斗争的前沿南郑（今陕西省汉中市南郑区），此举既是为了适应战备形势的需要，也彰显了其积极进取以图中原失地的决心，朝野上下的主战人士都对他寄予了非常大的期望。

在山阴生活的这四年，可谓平淡无奇，对于陆游来说过得如同囚徒一般，甚至对仕途已不再抱有期待。王炎的这封邀请函无异于雪中送炭，让陆游觉得只要熬过了这个寒冬，就会迎来春暖花开的季节。陆游当即回信表示感谢，恨不得立即到王炎的幕府任职。孰料，十二月六日，陆游又收到了朝廷的告身，任命陆游为左奉议郎差通判夔州（今重庆市奉节县）军州事。面对两个"突然而至"的差使，令陆游犯了难，权衡再三，最终还是选择了朝廷的征召，决定赴任夔州。

王氏闻知陆游决定赴任夔州，却迟迟不见启程，遂劝道："官人既然决定了，万勿踌躇不定，当行即可，切勿误延了行程。"

陆游点头称是，可让他感到为难的是，夔州路途遥远，他刚生了一场大病，加上正逢寒冬，病弱之躯不堪长途跋涉。其实，还有一个令陆游羞于启齿的原因，他竟然没有赴任的盘缠。此时，陆游已有五个孩子（长子虞、次子龙、三子修、四子坦、五子约），不忍留下一大家子亲眷独自赴任，如若携家带口前往，需要一大笔差旅费用，这恰恰是他这个贫困家庭无法承担的。所谓皇命难违，为了能够顺利到任，无奈之下陆游只得向亲朋好友借支凑钱，经过半年的筹措，才将赴任的路费凑齐，而这时天气暖和了，身体也完全康复了。

翌年，闰五月十八日晚，陆游带着家人离开山阴，踏上了前往夔州的旅途。

六月二十八日，陆游途经镇江，到金山寺游览。非常巧的是，他在这里遇到了好友范成大。二人暌违八载，不胜驰念，没有想到会在此地相遇，不免唏嘘一番。久别重逢自然欣喜非常，他们早已没有游玩的兴致了，只有他乡遇故知的喜悦。随即，范成大在玉鉴堂宴请陆游。二人一边饮酒，一边回忆往事，感慨世事变幻难测。

聊完了过往，又聊起了旅途中的见闻。陆游对范成大讲道："二十五日，我在神庙中遇到了一名义军战士。"

范成大"哦"了一声，一下来了兴趣，目光盯着陆游，静静地等待下文。

陆游继续说道："当时，他迎面而来，从外表来看就知乃是一个英武慷慨之士，应该上过北方战场，于是我走上前搭话。至能兄，你猜如何？"

范成大问道："如何？"

"果然被我猜中，此人名唤王秀，正是一名北方义军战士。我见他眉头不展，面带愁容，心中必有忧虑不决之事，便问他为何愁眉不展，可有忧心之事？王秀告诉我，绍兴三十一年完颜亮南侵时，他曾在河朔参加北方抗金义军，并攻下了大名府，与宋军遥相呼应，以待王师。王秀南归后，因为'归正人'的身份一直未能得到朝廷的任用，因为无法报效国家收复河山而感到忧闷不乐，说到伤心之处他竟控制不住抽抽噎噎地哭泣起来。王秀并非惺惺作态，满腹委屈无处言说才会如此。"说到这里，陆游顿时没有了精神，头也无力地垂了下来，轻轻发出一声哀伤的叹息。

陆游不说话了，范成大一时也不知该如何劝慰，空气仿佛凝固了，死一般的沉寂。

范成大也为王秀的遭遇感到不平，不觉凄然心酸，眼泪差点儿涌出来。过了半晌，他才拍案而起，用急促而颤抖的声调感慨道："归正人！这个称谓让人听了甚是不爽。怎么会这样？我大宋怎么可以这样对待抗金义士？"

陆游蓦然抬起了无神的眼睛，定了定神，苦笑一声说道："王秀与务观萍水相逢，一个知天命的汉子竟然当着一个陌生人的面失声痛哭，可见其内心是多么沮丧，多么绝望，而我只能无力地拍拍他的肩膀，却不知道该说什么话去安慰。"

范成大激动起来："爱国志士远道而来，本是投奔朝廷，报效国家，朝廷却如此薄待抗金义士，岂不使天下人心寒？此举必将失去民心，将来又如何号召天下爱国将士归心，共抗胡虏，复我河山。"

陆游愤然说道："符离之败我朝损伤其实并不大，主要是将领失和、军士畏敌如虎所致，听说隆兴和议还是在太上皇赵构和主和派大臣的劝说下才与金国签订的，与绍兴和议相比，我朝不再对金称臣而称侄国，岁贡改称岁币，岁币等进呈之物略有宽减，如此一来，朝野上下几乎全都避战求和，朝中几无人胆敢主张抗金，主战的归正人更是受到怀疑、排挤、打击。"

范成大本欲言又止，与陆游对视一眼，两人不约而同地发出了一声哀叹。两人异地偶遇本是一件高兴的事，谁知谈到了国事，却触及伤心之处，说着说着竟然再也说不下去了。

范成大默坐不语，想到自己即将出使金国，这无异于羊入虎口，不由得又是一声叹息。恰巧这时，陆游也发出了一声长长的叹息。二人不禁四目相对，似有千言万语想要倾诉，却又觉得不知从何说起。过了半晌，陆游才问道："只顾言他，竟忘记问至能兄，今欲何往？"

范成大环顾四周，压低声音说道："不瞒务观兄，至能此次乃奉皇命出使金国。"

陆游心中一惊，脸色也随之一变，忙问道："出使金国？何事？"

范成大苦笑一声，慢慢说道："此事说来话长，自从签订隆兴和议后，官家心中有两件事情一直无法释怀。"

陆游说道："愿闻其详。"

范成大正色道："其一，祖宗陵寝所在巩洛（今河南省巩义市与洛阳市）之地，现已被金国占领，官家以孝治国而闻名华夏，皇陵置金虏手中，这令官家夜不能寐；其二，和议循降榻受书旧例，金使至帝殿，我大宋天子须起御座，上前三步亲接诏书，上常悔之。"

陆游气愤地说道："胡虏欺人太甚！一个小小的使者递交国书，竟然要让我堂堂大宋皇帝屈尊起迎，这真是奇耻大辱。"

范成大说道："右仆射兼枢密使虞允文向官家建议，遣我大宋使者至金国，商议更改受书礼仪，并索求北宋诸帝陵寝之地。"

陆游往酒桌上猛击一拳，说道："此举甚好！早当如此。"

范成大接着说道："胡虏，乃禽兽也，世人皆知此次出使必凶多吉少，满朝文武竟无一人敢领命前往。右相虞允文遂向官家推荐李焘和范某为使者，退朝后右相将此事告知李焘，李焘吓得连连向右相求辞，声称'要让金国接受我们的要求无异缘木求鱼与虎谋皮，如果让我去，必以死相争，丞相不是给我谋了一个差事，而是要取吾之性命也，焘无法胜任，还望另请高明'，右相见李焘力辞，只得作罢。"

陆游不解地问道："李焘忌惮此行，至能兄何不托故推脱？"

范成大双手抱拳，向上一举，慨然说道："君命焉敢辞也，吾深知无故遣泛使，近于求衅，不戮则执，臣已立后，为不还计，抱必死之心，只乞不辱使命。"

陆游惊异地打量着范成大，遂抱拳赞道："荆国公有云'夫材之用，国之栋梁也，得之则安以荣，失之则亡以辱'。至能兄豪气干云，不顾安危，独挑重任，真乃我大宋之栋梁也！"

玉鉴堂一叙后，范成大急于奔赴金国，二人心中纵有万分不舍，怎奈皇命在身，不得不依依惜别。

此时的陆游内心还抑制不住愤怒，他想到了当今的朝廷还是主和派当政，泱泱大宋苟且偷安，签下了城下之盟，朝廷上下文恬武嬉不以国事为意，眼见国事蜩螗、民族垂危，整个朝廷竟无一经天纬地之能臣、力挽狂澜之武将，就连出使金国也只能派范成大一个文人前往。现今范成大将出使金国，而自己也将去巴蜀之地赴任，都是生死未知之途。想到此处，陆游不胜唏嘘，仰起头来，又是一声叹息。

陆游乘船溯长江西上，沿路风光无限。

船过三山矶后，船甲板上一阵骚动，有人疾呼："那是什么？鱼！好大的鱼！"

陆游顺着那人手指的方向望去，果然看见江中有十数条"怪鱼"出没，像是在水中追逐嬉戏，前面的一条扎进水中，后面的一条也跟着扎进水里，场面非常壮观。还一个红色的类似大蜈蚣的东西，正仰着头逆水而上，浪花激起有三尺多高。他盯着水中之怪物，觉得似曾见过，却有想不起在哪里见过。这时，船上的人又是一阵骚动，人们何曾见过如此奇观，既感到一阵阵紧张，又感到一阵阵兴奋，还有人发出了惊呼声。

陆游想船家常年在这江水之上讨生活，应该知道这些为何物，于是满眼疑惑向船家打听。

船家脸上露出得意的笑容，大声告诉陆游："那是江猪，老夫干船工这么多年，在这江中倒是时常看到，不过，这么多的江猪同时出现也是第一次见到。"

陆游知道船家所谓的"江猪"即是江豚，他往江上一指，问道："那江猪后面是个什么东西？像一只大蜈蚣，真是怪呀。"

那船家早就看到那东西了，被陆游一问也是一愣，想了半天也没有想出叫什么来，只好笑着摇头道："老夫也是第一次见这种东西，也不知到底是何物。"

陆游见船家都不知晓，心中甚是遗憾。他在儿时曾读过的《山海经》一书，上面记有各类禽兽昆虫麟凤，在脑中细细想了一番，竟想不出书中到底有没有此物。

船家笑着对陆游说道："大官人有所不知，这大江可是一个大宝库，里面不知藏有多少活着的宝贝，有的会偶尔露出水面，有的一直潜游在水中。"

果然，一路之上，陆游看到了许多闻所未闻的动物，若非亲眼所见，绝不相信这大江之中竟有如此多珍禽异兽，着实让他惊叹不已。

经过一段时间的舟车劳顿，陆游于八月十八日到达黄州（今湖北省黄冈市）。陆游舟泊临皋亭，专程去看了苏轼初到黄州的寓所。

听闻陆游到此，当地的官吏将陆游接到了州府。陆游进了府衙，才发现黄州府虽为一州的最高行政机构，却十分简陋，议事厅仅可容纳数人。虽说黄州府的环境不尽如人意，陆游心中却对黄州府众官僚甚是敬重，而且府中之人待他甚是热情，本是首次见面却似相识已久。

陆游与众人相谈甚欢，陆游将沿途奇闻一一述说，座中人无不惊讶得面面相觑。

吃罢饭后，众人又聊了一会儿方散。陆游回到黄州府衙安排的房间闲坐，房间虽小，不过收拾的倒也干净利落。他躺在床上辗转反侧，突然想起苏轼学士的《临皋闲题》"临皋亭下八十数步，便是大江。"想着时间尚早，一时无法入睡，陆游决定去临皋亭看看。

外面月朗风清，陆游很快到了临皋亭，屏气凝神观瞻一番后，又信步往前走去，果如东坡学士所言，江水"烟波渺然，气象疏豁"，江水在月光下滔滔流淌。陆游想到东坡先生虽是贬谪到此地，却摆脱了仕途的束缚，没有了名利的羁绊，过着"身耕妻蚕"的生活，这种恬淡悠闲的生活状态又何尝不是一种解脱和幸福呢。陆游仿佛看到了东坡先生正在前方临皋亭中安然地读书创作，一会儿又看见东坡学士挽袖卷起裤腿在耙地，一会儿又浮现出学士一家人围坐在一起吃大麦饭，看着东坡学士艰难咀嚼着，他大叫一声："学生陆务观拜见东坡先生！"双手作揖，待抬起头来，却发现眼前只剩下那浩渺的江水。

此时，月白风清，水天共碧，陆游心中甚是欢喜。陆游本想在临皋亭留宿，无奈夜里起风，江面风大浪急，船家不敢将船只在此停靠，将船移至竹园步。

到了黄州，当然得到东坡学士生活过的地方走上一走。十九日一早，突然下着小雨，陆游兴致不减，独自一人前往当年苏轼躬耕的东坡，诚心实意去拜谒坡公。自黄州东门出发，没走多远即到东坡。当年苏轼贬谪黄州后，因俸禄不多，全家老小二十余口，生活相当窘迫。黄州知州将以前一处营地拨予苏轼。营地为遍地瓦砾的荒废之地，苏轼历经种种艰辛将其开垦为田，自耕自种自收，勉强维持一家生计。因此地在黄州城东，故名"东坡"，苏轼也因此自号"东坡居士"，此地也因苏东坡的名号而天下闻名。

陆游驻足观看，东起一垄颇高，至东坡，此地势平旷开阔。前面有一处亭子名曰居士亭，亭下面南有一堂，颇为雄伟，四壁皆画雪景，故名雪堂。堂中有苏公像，乌帽紫裘，横持竹杖，面容清瘦，眉目之间有一股清奇之气。堂东有一棵大柳树，相传为东坡居士所种。正南有桥，名曰小桥，以"莫忘小桥流水"之句得名，其下并无深渠水涧，只有遇上大雨时才会有涓涓细流淌出。原来这里并没有桥，只是用一块石头盖在上面，后来才修了一座木桥，盖了一所小屋子，看起来有一种很破败的感觉。东有一井，名曰暗井，取自苏轼《东坡八首（并叙）》中的"家童烧枯草，走报暗井出，一饱未敢期，瓢饮已可必"。既然是东坡居士饮用过的水井，陆游当然也要品尝一番，他取饮泉水，发现井水虽不甘甜可口，却冰澈寒冷。与雪堂相对的是一座四望亭，陆游站在高山上，正好可以纵观山河风景。陆游心想，有如此僻静之处，东坡居士在此以终天年甚好，可惜后来一贬再贬，不禁为之惋惜不已。陆游依稀记得书中曾提及，在坡的西边有一片竹林，是姓古人家的产业，号南坡，到了那里才发现，竹林已被砍伐所剩无几，当然这一片地也不属于这个姓古的人家了。陆游又在心里感慨一番。

陆游又到了城外五里地的安国寺，此处也曾作为苏东坡的寓所。因兵火战乱，已经看不到苏东坡在此居住过的遗迹了，只有围绕安国寺的茂密森林传来阵阵鸟鸣，似犹有当时的气象。

陆游把苏公遗迹全都游历一番，至二十日早，方不舍离开黄州。

一路舟行不止。十月十三日，陆游乘坐的船行至归州（今湖北省宜昌市秭归县）新滩。

此处两岸风景与下流不同，悬崖峭壁，直耸入天，江水流势甚急，船将水流劈开，浪花沿着船体向两旁飞溅，足有五六尺之高，甚是骇人。陆游背着双手,站在甲板上,双眼凝视前方。

这时,船家走过来请陆游坐进船舱。陆游望着船家,不解地问道:"此处风景甚佳,何故要进入舱内?"

船家解释道:"此处风急浪大,行船不稳,大官人还是进入舱内坐下为宜。"

陆游并没有行船不稳之感,心里不太情愿但也只得服从安排,折身往舱内走去。正要走进船舱时,只听到脚底发出咕咚一声巨响,船猛地一摇晃,然后停住不动了。陆游猝不及防,身子控制不住,先是向后一仰,接着又是向前一个趔趄,如果不是双手紧紧抓住了船舱的横梁,定会仰面摔倒在甲板上。

船家在甲板之上踉跄了好几步,双足叉开站立,稳住了身子,大声惊呼:"糟糕!"

陆游看到船家脸色大变,顿时也紧张起来,惊悸不安地问道:"船家,发生了什么事?莫非是船触底了?"

"回大官人,确实是船触礁了。"船家皱紧眉头,自疚道:"真是担心什么来什么,船还是碰到了水下的暗礁。"

陆游这时才明白船家为何要他回舱内就座的原因,问道:"此处怎会触礁,如此急深江水,何来礁石?"

船家回道:"大官人有所不知,只因大江两边山石崩落,导致这河床之上暗礁遍布,不少船只经过此处,稍有不慎就会触碰船底,船覆人亡的事情也时有发生。"船家望了一眼陆游,补充道:"这里原本暗礁甚多,那些熟谙水情的船老大从此经过也是胆战心惊,刚才我还在担心此事,才让大官人回舱内休息,孰料还是触了暗礁。"

陆游见事已至此,也只得默默点头,又问道:"既然大江有如此险情,何不报告官府,差人清理这大江下面的石头?"

船家叹了一口气,无奈地答道:"怎么没有报告官府,只是作用甚微。官府也曾雇请蛙人潜入水中,疏凿江水中的礁石,才使得滩害有所减弱,由于这大江水深面广,根本无法将水中暗石完全清除,谁也不知道到底有多少锐石藏在这大江之中。"

陆游又问:"你们常年行走此江,对水下环境理应有所了解,当然明了哪里有无暗石,何不绕道而行。"

船家不好意思地搔了搔头,叹了一口气说道:"不瞒大官人,我们对这里当然是最熟悉不过的了,行经此处大多是轻舟通过,基本上无危及行船之虞。只不过为了多赚取些许船资,本次行船多装载了一些陶器,导致船体吃水太深,本以为不会撞上暗礁,唉!不巧还是没能躲过这水下的锐石。"

刹那间,陆游一下就明白了,心中暗忖,真是人为财死,鸟为食亡。为了多赚几两银子就敢冒着生命危险跑船。现在船下的情况不明,为了不影响船家正常施救,陆游也不便说什么,心却如同这大江之水不停地翻腾着,身上的每一根神经都绷紧了。

看来他们经常遇到这种情况,早有船工将身上衣物脱得赤条条状,飞身一跃,钻进了这江水中。船底果然被水中一块竖起的锐石刺穿了,船被死死地定在水中,牢不可动。虽说此时的船体不沉不翻,毕竟一家大小的性命都悬在这船上,陆游无法预测接下来将会面临怎样的危险,他一边强迫自己平复心情,一边吩咐船家赶快修理。

所幸船体受损情况并不严重,几名船工合力在水下作业,将巨石下面的砂石挖空后,巨石失去了支撑,轰然倒下。经过一番抢修,船底受损木板被换下,又将船舱里的积水清理干净,船又可以行驶了,待安全驶离此处,船也没有异常,陆游悬着的一颗心才算放了下来。

船继续向西而行,只见两山对立,高耸入云,越向西行,江面愈发狭窄,水流湍险可畏。陆游忍不住吟起了杜甫的《登高》,他知道,马上就要进入巴蜀地界了。

入 蜀

十月二十三日,陆游的船抵达了四川巫山境界(今重庆市巫山县)。

过巫山凝真观时,陆游下船来,专程拜谒了妙用真人祠。妙用真人就是巫山神女。前往妙用真人祠的路七拐八弯,望着前方以为无路可走了,走到近处,路又沿山体向前延伸开去。

待到了妙用真人祠,发现它正对着巫山,峰峦高耸直入高天,山脚则插入江水中。巫山十二峰只能看到八九个山峰,神女峰则最为纤细峻峭,确实像神女的化身,时近隆冬,层林尽染,色彩斑斓,像神女穿着五彩的衣衫,个个栩栩如生、神态各异。

陆游看了心里有一种说不出的愉悦,大声赞道:"巫山神女,果然名不虚传!"

真人祠主持祭祀的人见陆游气度不凡,主动上前答礼,说道:"每年八月十五月明之夜,还有优美的乐声和猿猴的叫声在峰顶上回响,天明后声音渐渐消失。"并指引陆游沿途游览,边走边讲解途中风物。

庙后面的半山腰上有个平坦的石坛，为大禹授书台。祭祀之人又向陆游述说了一遍"夏禹见神女，授符书于此"的传说。陆游早就听说过，再次听了这一传说，仿佛看见石坛升起缕缕云霞，神女将符书授予大禹。陆游登上石坛，放眼望云，顿觉豁然开朗，奇花异草遍地都是，站在石坛这上看这巫山十二峰，仿佛屏障一般。这天天气晴朗，四周没有云烟，唯有神女峰上方飘浮着几片白云，像凤凰仙鹤在那里跳舞。陆游从来没有见这么奇异的现象，感到十分诧异。

祭祀见陆游看得入神，得意地告诉陆游："真人祠以前栖有数百只乌鸦，当远方有船只将至，数百只乌鸦一起飞迎于数里之外，当船只离开这里时，乌鸦又会群起送出数里之外，至船只远去方飞返回来。"

陆游大感匪夷所思，暗忖道："天下之大，当真无奇不有。"遂想起在唐代夔州刺史李贻诗中读到过"群乌幸胙余"，遗憾的是他并没有看到这样的现象。陆游愣怔了一下，忍不住问道："此等奇事，吾倒是略有耳闻，只是连日行舟，直至此处并未见到半只乌鸦，烦问真人，此是何原因？难不成这群乌鸦尚送客未归？"

那祭祀喟然一叹，轻声说道："大官人有所不知，到乾道元年，这送客迎舟的乌鸦忽然就不来了，现在一只也找不到了，也不知道是何原因。"

陆游听了祭祀的解释，惋惜地说道："惜哉，如此奇观竟然无缘目睹，真是可惜。"陆游对乌鸦为何突然不来百思不得其解，一想到自己竟然无缘见到，心中不免有些伤感。

从大溪口出发，往瞿塘峡进发。两岸峭壁对峙耸立，向上直插云霄，平直得像削成的一样，江水从陡峭的群山之间日夜向东奔流。

陆游路过圣姥泉，听闻此泉水一听到人声就汩汩流水，遂带一家人前去看此怪象。原来对姥泉上有一块巨石，石头上裂开了一道隙缝，人站在一旁冲着石缝大声叫喊，便会有泉水自石缝中涌出，多次叫喊就多次流出。陆游的几个孩子轮流试了，见泉水果然应声而出，高兴得尖叫不已。陆游兴致颇高，亲自上前试了几次，泉水随着他的喊声汩汩而出，这让他感到惊诧不已，捋着胡须连声呼道："可怪也，可怪也。"陆子约也模仿陆游的样子，用手摸着下巴，连声说道："可怪也，可怪也。"逗得众人大笑不止。

一路游山乐水，甚是快活。因陆游早已声满天下，沿途官员不仅按礼制接待，对陆游更是礼遇有加，唯恐不周。

陆游租船而行，除了官场应酬、拜访故旧外，或是沿岸购买生活之资，大部分时间是在船上食宿，路上花费时间最多当属上岸游览名胜古迹，有时要停留数天尽情游览。

陆游在颠簸中继续上路，一路虽有波折，好在有惊无险，除狮子矶、黄牛峡、扇子峡外，余路总体皆算顺畅。

乾道六年（1170）十月二十七日，陆游一家经过一番长途跋涉、舟车劳顿，终于平安抵达夔州。

夔州知府兼本路安抚使为王伯庠，字伯礼，其父王次翁为秦桧死党成员。王次翁年少时勤奋好学，经常在深夜捧一本书借隔壁的灯光读书，颇有匡衡凿壁借光的风范，在参加礼部举行的别头试中，他考取了第一名，因博学多才而名扬四方，遗憾的是后来竟然依附秦桧，合谋罢免了韩世忠、张俊、岳飞三将兵权，王次翁不以为耻，事后反而得意告诉其子伯庠："吾与秦相谋之久矣。"王伯庠虽为其子，做人却一点儿也不似其父，在做侍御史时直言敢谏、抨击弹劾他人，没有丝毫顾忌，是一个非常正直的人。王伯庠还承袭了其父王次翁的博学优点，至老死卷不离手，著述丰富。

听闻陆游到了，王伯庠立即率府中大小官吏前往府前迎接。陆游与王伯庠是初次相见，却一见如故，心知这个知府是个可以亲近之人。

陆游抱拳道："卑职本该前往府中参拜府尊大人，岂敢劳烦府尊……"

王伯庠冲陆游摆了摆手，说道："你陆游可是名满天下，我等理当恭迎大驾。"

陆游忙又抱拳道："卑职初来乍到，尚无尺寸之功，却受到府尊大人如此礼待，令陆游不胜惶恐。"

王伯庠摆了摆手道："官场习俗就不要讲了，我已在府中置好宴席为你接风洗尘，我等一边吃酒一边畅聊，如何？"

陆游本来是一个散漫之人，最怕的就是官场的那些繁文缛节，见王伯庠如此随和，心中自是一喜，忙应道："如此甚好！如此甚好！"

王伯庠为陆游一一介绍前来迎接的同僚。众人见王伯庠对陆游如此礼敬甚恭，自然不敢怠慢，个个对陆游毕恭毕敬。陆游与众人一一抱拳寒暄。待介绍完毕，王伯庠携着陆游的手一同走进府衙后院。

府中张灯结彩，大摆筵席，大家依次就座。王伯庠见大家已按席坐好，便从主座上站起来，举起酒杯说道："诸位同僚，此宴专为奉议郎陆游接风洗尘。现在，我再向诸位隆重介绍一下，这位便是誉满天下的陆游陆务观，他的诗作一出即在整个京城传唱，就连当今天子也称赞不已，并亲赐进士出身，'小李白'的大名绝非浪得虚名。"

陆游赶紧起身，双手抱拳道："府尊大人过誉了，如此谬赞，实不敢当。游至浊至愚，不过一书虫耳！"

"诶！陆通判不必自谦，"王伯庠右手掌向上，在面前划了半圈，说道："这些都是跟随我多年的兄弟，大可畅所欲言。"

陆游点了点头。

王伯庠又道："如今有了陆通判的加入，真乃我等众同僚之福，夔州元元黎民之幸！"

陆游说道："承蒙府尊大人抬爱，游荣幸之至！承蒙诸位如此厚爱，游先干为敬。"说完将杯中之酒一饮而尽。

众人见陆游如此豪爽，也将杯中之酒饮尽。王伯庠问起了陆游沿途情况，陆游便向众人谈及途中见闻，众人听了，无不拍手称奇。王伯庠说道："陆通判一路虽奔波劳累，但途中所见可是我等见所未见闻所未闻之事，听君一席话，胜读十年书。"

陆游不好意思地说道："游不过是痴走几段路程而已。"

王伯庠说道："陆通判，如此美景佳闻，我等众人听了不足于乐，当让天下人知晓方可。"

陆游笑道："不瞒府尊大人，游打算将旅途所见，均排日记录，整理成册，书名就叫《入蜀记》如何？"

王伯庠朗声说道："入蜀记！甚好甚好！"

席间相谈甚欢，众人觥筹交错到了半夜，方大醉而归。

陆游任职夔州后，公务非常烦琐，连正常的休息都已成为一种奢望。好在王伯庠为人正直，遇事不急不怒，而且擅长处理棘手公事，经常安排属下帮陆游处理一些琐事。

王伯庠也喜欢吟诗填词，二人闲时经常骑马郊游，时有唱酬之作。通过一段时间的接触，陆游发现他的学识修为不在自己之下，赞其有"拾遗之高风，醉墨淋漓，放肆纵横"。

虽说王伯庠比陆游年长近二十个春秋，由于志趣相投，相互欣赏，二人成了忘年至交。

陆游在年少时曾有游历巴蜀的想法，如今在夔州任职，自然免不了四处游览一番。

一日风和日丽，陆游携家人一同出游。

行走至一山脚，五子陆子约整个人都觳觫了，惊呼道："鬼！鬼！山上有个鬼！"然后猛地扑向陆游，并将头用力扎进陆游怀中。

陆游抚摸着子约的头，安慰道："文清莫要害怕，朗朗清天，哪有什么鬼！"陆子约反而把陆游抱得更紧了。

三子陆子修显然也看到了陆子约所说的鬼，顿时吓得魂不附体，跟着惊呼道："妖怪！双头妖怪。"

陆游有些生气了，大声斥责道："秀哥！文清年幼无知，你已束发加冠，岂可如此口出妄语，我看你真是白日见鬼了。"

这时，四子陆子坦往前方一指，对陆游说道："三胞兄没有说谎，父翁请看，那里确有一个双头妖怪。"

陆游顺着陆子坦手指的方向望去。只见前方半山腰上，有一个农人正在低头劳作，并无异常之处。正在诧异之际，那农人站直了身子，脖子处果然多出一个"脑袋"来，只是那"脑袋"光溜溜的，隔的有点儿远，看不清有没有长有五官。

陆游的头"嗡"地一下，心猛地颤了一下，差一点儿跳出了嗓子眼。他早闻夔州十之八九会患有这种奇怪的疾病，此次来夔州任职心里也早有准备，甚至在经过瓜洲时，他还写了一首《晚泊》，对赴夔州抱有"万死一生"态度，可眼前的这一幕仍让他感到胆战心惊。

陆游蹲下身子，对陆子约道："文清不要害怕，那不是鬼，也不是什么妖怪，而是当地的一名农人。"

陆子约把食指含在口中，心中依然恐惧，又偷偷瞄了一眼，嗫嚅说道："父翁，那农人为何为长两个脑袋呢？"

陆游说道："为父来此之前，曾写过一首诗，再吟给尔等听听，你们就知道了。"

陆子约学着陆游的口气，说道："父翁吟来。"

众人听了陆子约的话先是一怔，接着哈哈大笑起来。

陆游看着陆子约小大人的样子，也暗暗发笑，他抚摸着陆子约的头站起身来，望着前方的那一个怪人，字正腔圆地吟起那首《将赴官夔府书怀》："民风杂莫徭，封域近无诏。凄凉黄魔宫，峭绝白帝庙。又尝闻此邦，野陋可嘲诮。通衢舞竹枝，谯门对山烧。浮生一梦耳，何者可庆吊？但愁瘿累累，把镜羞自照。"吟到此处，陆游望着五个儿子，强装平静地问道："吾儿可知何为瘿累累？恩哥，你说说看。"

次子陆子龙答道："父翁，瘿就是瘿袋，瘿累累就是说长瘿袋者众多。"

陆子约不解地问道："父翁，何为瘿袋？"

"恩哥说得不错，那人长的就是瘿袋。"陆游指着农人说，"文清问何为瘿袋，你们可曾知道何为瘿袋？瘿袋又是因何而生？彭儿，你说说看。"

长子陆子虞当然知道，他故意笑而不语。陆子龙抢着答道："瘿袋就是脖子上长了一个像葫芦一样的囊状瘤子，也叫大脖子，是一种病。"

陆游捋了捋胡须，表情严肃地说道："恩哥说得不错，巴蜀地处偏远地带，地理环境极其恶劣，特别是水质不佳，长期在这里生活，导致有很多人会得这种大脖子病，究其原因，不过是食盐过少所致，加之这里缺医少药，一旦患上此等怪病根本无法治愈。"

陆子约摇了摇陆游的身子，问道："父翁，那他们为何不多食一些盐？"

陆游神情愈加凝重，叹了一口气道："目今盐茶实行专卖专营，量少而价高，这里地薄民贫，普通百姓如何食得起盐。"

陆子约噘着嘴巴，又道："那父翁就让他们多采些盐，命盐商降低售价，他们不就吃得起了。"

陆游见陆子约小小年纪能有如此想法，甚是欣慰，他重重地点了点头，说道："夔州乃蜀之东门，虽号大府，而荒绝瘴疠，户口寡少，不敌中州一下郡。为父来到此地，想来倒是可以有一番作为。"

王氏看到此景不禁一阵难过，心里七上八下的，不由得会拿夔州与山阴作比，巨大的落差让她充满了怨念，忍不住地埋怨道："夔州生态如此恶劣，官人一向体弱多病，早前就因水土不服而生病，如果孩子们不幸染上这样的怪病，岂不瘆人，早知这样还不如去王宣抚那里……"

陆游听到王氏在一旁叨咕，生气地瞪了她一眼，正色道："夫人休出此言！来夔州只为上报效朝廷，下安抚庶民，岂是为贪图安逸享受而来？夫人以后万勿再言此等丧气之语。"

王氏神色黯然，她的眼圈不禁有些发红，憋了好久，眼泪还是无声地流了出来，带着哭腔道："官人所言甚是，只是心中想起了山阴。"

陆游见状，也不好再说什么，只好安慰道："既来之，则安之。夫人且放宽心，现今权且寄居于此，天可怜见，一家必可安全返回故里。"

王氏不再言语，但是王氏的话却让陆游陷入了沉思当中。王氏所说的那次生病让陆游记忆犹新，以前他听说过三峡一带炎热，没想到冬天也会如此凛冽，寒风把他的脸都吹干裂了，手也冻僵了，他只好把手藏在袖子里，仍感觉浑身冷入骨髓了，一连好几天都哆嗦地坐在炉火烤火取暖，烤热了前胸后背却依然发凉。

这段时间，陆游常陪同同僚四处走访，对夔州的自然环境、经济状况，大体上还是比较了解的。夔州大部分地区处于蒙昧野蛮、尚鬼信巫阶段，民风粗犷强悍，有的地方甚至处在原始状态。加上夔州山多地陡，当地百姓很少有土地耕种，采取焚烧地中草木作为肥料，趁着下雨时种地，完全是一种靠天吃饭的耕作方式，平日里过着男人上山打猎、女人上山砍柴的生活，有许多女人终生未嫁。如今来此任职到底是福是祸？陆游心中全然无数，一家人长期生活在富庶的江南水乡，在此生活的确是一个不小的考验，而王氏所说的话也是自己心中所想，他何尝不担忧几个孩子，只是现今已无从选择了。

陆游故作镇静，淡然一笑，说道："夔州自然条件虽然落后，但是人文底蕴却非常深厚，这里有一大批鼎鼎有名的文人墨客，陈子昂、王维、李白、杜甫、白居易、苏东坡、苏辙、黄庭坚、王十朋等，他们都曾在此留下了名篇佳作，尤其是杜甫，在夔州写诗达到四百余首，占其作品的近三分之一。我们有闲暇可去瞻仰人文古迹，岂不快哉！"

陆子约仰起头望着陆游，问道："父翁，什么是岂不快哉？"

陆子约的话逗得众人乐不可支。陆子龙笑道："我们一家人生活在一起，一起出门游玩，这就叫岂不快哉。"

陆子虞说道："五弟虽小，却出语惊人，往往能给我们一家带来无限的快乐。"

陆游与王氏听了几个孩子的对话，相视而笑。心系国事的陆游因志向一直无法施展，心中异常苦闷，时常惆怅独处，但是只要和几个孩子在一起，心情就舒缓许多，特别是陆子约天真的话语常会给陆游带来意想不到的快乐。

陆子坦央求道："父翁，能否带我们去看看杜甫走过的地方。"

陆游问道："行哥为何偏偏挑中了杜甫？"

陆子坦答道："我想看看，杜甫四百多首诗中所描述下的夔州是什么样子？"

陆游爽快地答应道："好，以后一定会带尔等遍游夔州，看一看众先贤笔下的夔州到底有何不同。"

后来，陆游常带着家人四处游走，特别是杜甫在夔州留下的遗迹让陆游十分痴迷。陆游有"小李白"之称，但是这些年的遭遇与杜甫的人生历程极其相似，仿佛到了杜甫曾经到过的地方，就可以与之进行心灵交流，这样他既能找到些许安慰，也使得他以更加豁达的心态来对待"野陋可嘲诮"的夔州。

客 居

乾道七年（1171）四月，夔州举行科举考试。

陆游作为通判，按例要做州考监试官。科举考试分设考试官和监试官，考试官由考中进士并做官的人来担任，要全身心地参与出题和阅卷工作，为国家选拔人才，不能兼管其他事务。当时朝廷对监试官要求不高，基本上随便什么人都可以充当，不能干预考试工作，他们的地位如何可想而知。陆游倒不害怕监试的事情繁杂，而是不屑于做这样无为的监试官。

陆游面露难色地找到王伯庠："伯礼兄，监试官一职，务观恐不能胜任。"

王伯庠盯着陆游，惊讶地问道："哦？监试一职甚是轻松，何来不能胜任一说，务观此为何故？想来必有缘故。"

陆游只好撒谎道："务观久居江南，初到夔州有些水土不服，身体抱恙多日，一连服下好几剂汤药而不愈，巩病体不堪重任，坏了科举大事。"

陆游身体虚弱倒是不假，但是监试官一职并不繁重，王伯庠便劝道："科考事务不多，务观何不趁此次科考，不拘一格地发现人才，为朝廷推贤荐能。"

陆游凄然一笑，只好说出了心里话："推贤荐能？正如伯礼兄所说，监试一职甚是轻松，连批阅试卷、圈定等级都不能参与，为朝廷推贤荐能又从何谈起？"

王伯庠猛地醒悟过来，连忙道："这样说来，倒是伯礼忽略了。"此时，王伯庠已然知晓陆游心里的想法，他在厅内来回踱步，良久方道："务观，不如你我一起去找考试官，就以身体抱恙为由推脱。"

陆游和王伯庠一同找到礼部派驻的考试官。王伯庠婉转地向其陈述了陆游身体不适，请求辞任监试官。

考试官知道陆游不愿担任监试官，身体抱恙只是借口，脸上已露不悦之色，乜着眼睛打量起陆游，断然道："如今的夔州，何人有你陆通判的声名，监试官一职非通判不可。"

陆游赔笑道："大人有所不知，陆某吟诗赋词尚可，若论开科取士，恐怕学识浅薄，如因陆某眼拙，遗漏了真才实学之士，岂不是辜负各位大人的期望。"

考试官有些不耐烦了，一脸庄重严肃，冷冷说道："陆通判只需做好自己的本分就行了，开科取士具体事务，就不劳通判费心了。"

陆游一怔，脸色微微有变。

考试官见陆游面有难色，问道："难不成是嫌职轻位贱，辱没了你陆通判的才能？"

陆游刚要回话，那考试官抬起手制止，威胁道："让陆通判任监试官一职，确实辱没了才华，不过，这可是朝廷委任的差使，通判岂可因公废私，一旦传扬开去，上面怪罪下来，再给通判定上一个躲避公事的罪名，想必对通判大人的声名和以后的仕途也是不利的。"

王伯庠眉头越皱越紧，一声不吭，他很无奈地看了陆游一眼。

陆游知道，如果因此事被人参上一本，必然会牵连到王伯庠，顿时忐忑不安，急得额头渗出一层密密的汗珠。他看了王伯庠了一眼，王伯庠也是一副无可奈何的表情，只得抱拳作上一揖道："既然如此，那陆某只能勉强为之，如若有不懂之处，还请各位大人多多指教。"

陆游快快而归。王伯庠见未能帮陆游推脱这一虚事，不好意思地说道："务观，伯礼人微言轻，未能说动这些考试官，实在抱歉……"

陆游见他如此，笑道："伯礼兄万无自责，如此也好，那我就做好一个无为的监试官吧。"

陆游心中纵有不满，也只能违愿出任监试官一职。他与一众考官并不认识，本来对此事十分抗拒，更担心参与其中，会被这些京城派来的官员责备越权干预公事、冒犯律令，从考试命题到最后揭榜，从未发表任何意见。

虽然对科考之事不曾过问，陆游却在这次考试中发现有几篇好文章。其中，一名叫王樵的文章写得相当不错，不知道何故却被剔除在科榜之外，依照陆游的秉性，他很想站出来跟考试官理论一番。经过反复考虑后，陆游还是放弃了这个念头，他觉得即使去与考试官争论，但这些庸人为了掩饰他们的错误，绝对不会改变主意，反而会遭到考试官的责难而生出其他事端。

陆游为自己的无能为力而感到气愤，他忍住内心的悲伤，回到家中独自一人面壁叹息。他不知自己何时才能不受命运的裹挟，有尊严地活着。陆游专门给王樵写了一封信，一方面为王樵的遭遇鸣不平，一方面为自己没有帮其"出头"表示愧疚，还以自己当年科考往事来宽慰王樵。

一系列的遭遇，让陆游内心愈发迷茫，也对整个官场看得更加透彻，自己手中没有权力，为了那份养家糊口的微薄薪酬，也只能仰人鼻息。陆游似乎甘愿做一名闲官，其中的心酸与无奈，也只有自己知晓。

王伯庠在任上颇有政绩，受到上司的赏识。陆游到任的当年底，王伯庠收到了调任升职的敕令，移任永嘉（今浙江省温州市永嘉县），职务上虽没有明显变化，但是一个是巴蜀蛮荒之地，一个是江南富庶之乡，二者差别不可相提并论。

朝廷的告身寄至夔州府时，王伯庠将要调任的消息自然不告而走。陆游心生不舍，于是相约去郊外欣赏梅花。此时，梅花已快要开过了，仅剩少许尚在绽放的梅花，它们如星光点点，点亮了陆游和王伯庠心情，二人在梅树下一边散步，一边谈论各自写下的诗作。

谈笑间，陆游突然发现前方有一棵枯瘦的梅树，树上的梅花明显要比其他梅树要迟开几日，其他梅树的花朵已凋谢无几了，它却正逢花期，满树梅花，正在枝头绽放的好不热闹。

陆游走过去后，站在这一树梅花下，跟王伯庠开玩笑地说："伯礼兄不日即要回京就职，夔州只剩下白发苍苍的陆务观，趁现在这一树梅花还没有谢完，你是不是该请我吃一顿大餐呢？一边赏梅一边饮酒，岂不快哉！"

王伯庠听了大笑："吾正有此意。"

两人就近找了一处酒肆，买来佳酿小食，在梅花下支起一张小桌，二人一边饮着酒，一边观赏着梅花。陆游放眼望云，周边的梅树尽剩枝条，叶子还没生发，寒风吹过，地上的枯叶滚动，发出窸窸窣窣的声响，一些花瓣随风飘落，落在了滚动的枯叶之上，枝条上的梅花蜷缩着瑟瑟发抖，更显得此时离情别绪无限悠长。

陆游自饮一杯酒，起身问道："伯礼兄，不知《云安集》进展如何？"

王伯庠也跟着起身，答道："拙作已近完稿，待愚兄择一闲暇进行校核，完毕后还要烦请务观作序。"

陆游笑着应允："伯礼兄吩咐焉有不从之理，能为兄之大作作序，实乃务观的荣幸。"

王伯庠一听陆游这句话，心中自是大喜，他没有想到陆游竟然这么爽快，与陆游击掌道："好，咱们一言为定！"

陆游也跟着说道："一言为定！只是兄这一去，务观好不孤单，心中已有思归之意。"

王伯庠神色庄重，目视陆游，说道："务观，乃天纵大才也！万不可自弃，来日还要辅君治国，大展宏图。"

陆游见王伯庠情真意切，只是他对仕途生涯已没有了信心，苦笑道："何来宏图？只求一日有三餐得食，心已足矣！"

王伯庠沉吟道："君可知，山重水复疑无路，柳暗花明又一村。"

陆游见王伯庠用自己的诗句解自己心中之惑，觉得甚是亲切，与王伯庠对视而笑。

当晚不醉不归，好不快活。

世上没有不散的宴席，也没有永不分开的朋友。纵使陆游心中再不舍，也不得不与王伯庠忍痛分离。

乾道七年（1171）八月，王伯庠移牧永嘉任职。王伯庠离开夔州时，陆游一路送，一路酒，一路诗，直至目送至很远才不舍地返回。

王伯庠的离去，让陆游的心里空落落的。这时，陆游才发现身边竟然很难再找到一个知心之人，不免生出一种莫名的寂寞。

王伯庠离任夔州后，陆游在夔州郁郁不得志，对仕途更加感到茫然，不知该何去何从，而这也由不得他做主，心情甚是压抑，想找一个人说说知心话都难。他知道，跟那些同僚讲也是徒劳，更不可对家人诉述，还不如闷在自己心里。

或许是受此影响，陆游再次病倒了，这一次生病竟让他整整卧床四十多天。

为了让陆游的身体早点好起来，王氏请了当地的诸多名医，用了许多治疗办法仍不见效果。束手无策的陆游只得听从同僚的建议，请了当地有名的土郎中，用了不少民间偏方，诸如麻黄、羌活、地龙、白芷、鳖甲、麦冬等中药吃了有几十斤，仍不见效。

这日，陆游正襟危坐在火炉跟前，火盆里的黑炭正熊熊燃烧，整个房间暖和如春。陆游从头到脚裹得严严实实的，就连额头和双耳也藏在衣帽之中，一张脸被火烤得通红，前面已被炭火烤得发烫，他仍然觉得浑身发冷。为了御寒，王氏将房门紧紧关闭，光线只能通过纸窗透进来，陆游坐在那里一动不动，像一具雕像。这种日子已经过了好久，陆游早就习以为常了，即使在这种昏暗的光线下照样可以看书。

陆游正准备打开一本书，王氏推门进来了，这时一阵冷风直往他的骨髓里钻。王氏随即用身体将门顶着，关上。她双手端着满满地一碗药，刚递给陆游就催促他趁热喝下。

陆游颤抖着端起药，久久注视着这一大碗药，竟一时无法饮下。他看了一眼王氏，王氏正盯着他看，只好轻咳一声，咬牙将一碗药咽下一半，剩下的再也喝不下去了，吐了吐舌头，将碗递给王氏，感叹道："苦胜黄连，无法下咽！如此厉害的恶疾，难不成真要亡故于此地。"

王氏听了，顿时就红了眼圈。陆游见了，遂笑着安慰王氏："夫人不必担心，逆胡未灭，还不至于在此被这怪病击倒。"说罢，从王氏手里夺过药碗，咬牙坚持将那剩下的半碗药水给吞了下去。

王氏泪眼模糊地转过身来，她一把擦掉眼泪，突然想起了什么，犹豫了一会儿才说："官人，我刚跟一本地老妪学了灼艾疗法，不知可否在官人身上试上一试。"

陆游不想扫王氏的兴，坦然笑道："如今这个情形，还有什么不可试的，权当'死马当作活马医'了。"

王氏见陆游同意用灼艾疗法来治病，她却踌躇了半晌，毕竟这个疗法她从未操作过，到底有没有疗效，会不会对陆游的身体起到反向作用，这一切都从无知晓。

陆游用鼓励的目光看着王氏。王氏点了点头，转身出去了。

到了中午时分，王氏拖着一大捆青艾回来了。

陆游见青艾叶片碧绿，叶子的背面却是白色的。陆游笑着问王氏："这就是艾草？如此鲜活的青艾，夫人如何将其燃烧？"

王氏笑着说："柴房尚有一些干的，用干艾草烧湿艾草，其烟更烈，蒸熏效果更佳。"

王氏将屋中东西清理了一番，中间留一块空地，又从柴房抱来一些干的艾草，放在屋子中间，又将刚从外面割来的艾草堆在上面，然后紧闭窗户，将其点燃后离开房间，又将门关得紧紧的。

干枯的艾草一点即燃，上面新鲜的艾草先是被烧焦，紧接着发出噼噼啪啪的声响，一股刺鼻的味道向陆游袭来。当新鲜的艾草烧起来后，立即腾起股股浓烟，房间门窗紧闭致浓烟无法散出，陆游被呛得直流眼泪，并发出一阵阵激烈地咳嗽声。陆游的脸庞被火光映得通红，额上豆大的汗珠已渗了出来，不一会儿就出了一身汗，此时仍觉浑身上下发冷，筛糠似的抖动。

听到陆游的咳嗽声，王氏怕出意外，忙开门进来。陆游见王氏要进来忙挥手让其出去，自己留在房间里好好蒸熏一番。

经这一番艾薰，陆游被熏得胸闷不已，脸色潮红，倒显得有了一些气色。

经过几次治疗，陆游的病情似有所缓解。随着天气转凉，陆游的病情又加重了。后来，也不知什么原因，病体慢慢有了一点儿好转，他也不知道是哪一个治疗方子还是哪一味草药起了作用。

到了重阳节这天，正是文人雅士推杯换盏、赏菊吟诗的高光时刻。陆游却身裹大氅，待在屋内读书，虽说精神恢复如初，仍觉身子依然孱弱。

闻听陆游的身体康复，早有友人登门邀请他外出赏菊、喝酒。面对前来邀请的好友，陆游看了一眼王氏，又想到了众医的叮嘱，脑中立马闪现出医生再三交代不可出门、不可吹风、不可饮酒、不可……。陆游无可奈何地冲众友摊开双手，忍痛将众人的盛情——拒绝。

陆游何尝不想出门游玩，四十多天闭门在家，听到外面的喧闹之声，他的心早就飞到外面去了，他知道自己的病略有好转，并未痊愈，如果这时出门游玩，即使头戴纱帽也禁不起外面的风吹，如果因此再犯上恶疾，不仅自己遭罪，而且要害得家人照顾也跟着遭罪。陆游不能外出，只得在屋内打拳活动筋骨，到底是大病初愈之人，一套拳尚未打完已是气喘吁吁，虚汗淋漓，腹中觉得很饿，可面对食物却又没有食欲下咽。

这几场病虽然没有要了陆游的命，却把他折腾得够呛，面如草纸，体似枯柴，仿佛一下子老了十几岁。

一天，王氏帮陆游梳理头发，失声惊呼道："官人，你新添了许多白发。"

陆游把脸凑近镜子，不禁吃了一惊。镜子里的自己，脸色苍白全无半点儿血色，两鬓斑白，就连头顶上也出现了许多白发。他差点儿认不出自己，心里不由得一阵酸楚，长叹一声道："没想到恶疾如此凶猛！才几日竟生出如此之多的白发。"陆游惨然苦笑道，"白发催年老，还得辛苦夫人将这些白发拔下吧，不然无法出门见人了。"

王氏俯视着陆游的头发，手轻轻悬在陆游的头上边，顿感无从下手，犹疑半响才道："官人，这么多的白发，如何拔得了？"

陆游听了一怔，尴尬地一笑，冲王氏摆摆手说道："罢了，罢了，不拔也罢，那我就当一个白首翁吧！"说罢纵声大笑，接着又是一阵激烈的咳嗽声。

王夫人看着苍老瘦弱的陆游，目光幽幽的，瞬时红了眼眶，终归没有忍住，眼泪扑簌簌地滚落下来。

岁月如梭，时光荏苒，转眼到了乾道八年（1172），陆游到任夔州已有三个年头。除去任职途中的时间，实际上陆游在夔州通判任上，只有短短的一年零四个月。

陆游见任职将满，内心其实十分矛盾，任职期间他倍感身心俱疲，到卸任之际却又心生不舍。本来他远赴夔州任通判一职也是为一家生计而来，如今朝廷尚未重新安排新的职务，至于要等到什么时候完全不能意料。如果没有新职也意味着没有了俸禄。卸任后他将何去何从？由于家里人口多，负担重，再加上陆游时常生病，那一点微薄的薪酬仅能维持一家人的生活开支，手中并无余钱，而今朝廷新的敕牒和告身迟迟不下，一旦任职到期就会断掉俸禄，没有了这份微薄的俸禄，一家大小吃饭都将成为问题，就连回山阴老家也没有路费。

陆游必须要为这一大家子找一条出路。作为一个清高的文人，陆游为了养活一家老小，不得不为五斗米折腰，于是放下颜面、低三下四地给时任左丞相兼枢密使的虞允文投谒求援，说自己年近半百，因为贫穷才到夔州谋个通判一职，就连赴任也东凑西借才能够来到这里，这个职务的薪资仅够糊口，眼下任期将满，也没有攒点儿余钱，连回到山阴老家都不能，如今没有了俸禄，一家人的生活将难以为继，儿子三十、女儿也二十了，都到了谈婚论嫁的年龄，因为家贫无法筹措彩礼嫁妆而不敢提及……如果我不是穷人，则天下没有穷人，望恩相考虑到我殚心竭虑忠君报国的份儿上，可怜可怜给个一官半职活命。

陆游将信的内容念给妻子王氏听。王氏一边默默点头，一边暗自垂泪，而此时的陆游也红了眼眶，如果不是生活所迫何至于如此。

然而，陆游寄出的信一直没有得到虞允文的回复。眼见着任期一天天逼近，陆游却束手无策，终日只能长吁短叹。

王氏见这样干等下去终归不是一个办法，于是对陆游说道："那个王宣抚对你不错，以前不是还要你去他那里做官吗？官人何不投书求他相助。"

当年，四川宣抚使王炎曾邀请陆游入其幕府做幕僚，陆游权衡再三，最后还是选择了朝廷任命的夔州通判，当时陆游给王炎写了一封《谢王宣抚启》的感谢信。时至今日，陆游仍然记得谢启的内容，全文虽是答谢之辞，但毕竟拒绝了人家的盛情。陆游不是没有想过给王炎投书，可是一想到以前拒绝了王炎，现如今再去信求职，顿觉脸红脖烧。看着王氏渴望的眼神，陆游知道已经没有其他的选择了。换着以前，他断然不会行此厚颜之事，而如今除了厚着脸皮给王炎写信求援外，实在找不出其他法子可行。

王氏安慰道："官人放心，当年王宣抚颇为欣赏你的才华，你二人见解一致，想来必能谋得一职差事。"

陆游抬起头望着天空，怅然说道："此一时彼一时，看看吧！"

陆游最终还是选择听从王氏的建议，给王炎写了一封情真意切的求职信。这封信能不能打动王炎，陆游心中也没有底，让他焦虑不安的是，眼见着家中的粮食已不多了，真不知以后的日子该如何过下去，每每想到这里就是一阵长吁短叹。

王氏没有埋怨陆游，而是想方设法度过这一段难熬的日子，每天的餐桌上总是摆满了各式各样的菜肴，做工精细，看了令人眼馋。陆游对王氏能变着花样做出一餐可口的饭菜感到欣慰，每次吃饭都要连声称赞王氏的厨艺，王氏听了心里暖烘烘的。王氏日夜为这个家操劳，陆游看在眼里记在心里，由于心中装有唐琬，他与王氏始终以礼相待，相敬如宾。

稀粥煮野苋菜、稀粥伴野蚕豆、红薯稀饭、红薯圆子、糠饼、木瓜面饼、野菜汤、苦蕨菜，都是一些家常的粗粮和田间地头常见的野菜，这些都是王氏带着几个孩子在外面寻觅得来，再经过王氏之手就变成了可口的菜肴，就这样对付着一日三餐。这样的一日三餐，大人还能应付，时间长了，孩子们就心生怨言。

一日，年幼的陆子坦看见稀得可以照出人影的野菜汤，说道："又是野菜汤，阿娘做的饭菜倒是可口，只是这菜汤食过之后，尿来得太过频繁，一泡尿撒过后便觉这腹中空无一物了。"

陆子修瞪了他一眼，大人似的教训道："叫你少动，就是不听，你越动不是饿得越快！"

陆子坦听了，摇头说道："三胞兄，我不动也要撒尿呀。"

陆子修大声说道："憋着！"

陆子坦调皮地冲陆子修吐了几下舌头，不敢言语了，把头扎下，呼呼噜噜地喝碗里的野菜汤。

陆游心中一阵酸楚，与王氏对视一眼，二人无声地苦笑。王氏心中难受，一股酸水涌上喉咙跟，她强自压下，眼泪却溢了出来，她生怕被陆游和孩子们看见，漫不经心地别过脸去，偷偷把泪水拭掉。陆游低下头喝起了野菜汤，此时肚子竟然发出一声肠鸣，他连忙用喝汤之声压住这肠鸣声，当抬起头时，全家人正看着他，一家人不约而同地笑出声来。

几个孩子正是长身体的年龄，虽说王氏想方设法让一家大小能混个肚儿圆，但是饭菜没有油水，几个孩子长得瘦不拉叽的，脸色蜡黄，不知道的还以为这几个娃儿生了病。

此时的陆游确无其他办法了，幸而离家不远处有一些荒地，他带领一家人将这些荒地开垦出来，再种上一些农作物，才得于勉强度日。

日子虽然艰难，仍一天一天地过去了。

卷七 壮岁从戎

从 戎

天无绝人之路。很快，陆游就收到了一个好消息。

收到陆游的来信，王炎简直不敢相信，作为一名朝廷命官，陆游的生活怎么会沦落到如此窘迫的境地，于是邀请陆游为宣抚使司幕宾，任职为左承议郎权四川宣抚使司干办公事兼检法官。

收到王炎的信函，陆游自是感激涕零。因为王炎连续两次在陆游为难之际，伸出了援助之手，这一份恩情让他感觉一辈子都难以回报，为此他立即去函答谢。

四川宣抚使司辖川陕两地，称得上南宋半壁江山，特别是秦岭和大巴山山麓纵横四五百里，是抗击胡虏南下的天然屏障，投身军旅、恢复河山一直是陆游的梦想，只是他没有想到会在年届五旬之际投笔从戎。此次出任新职不同以往，拖家带口前往军中有诸多不便，而且赴任途中也会花费更多路资，陆游决定独自前往南郑。此去可谓生死未卜，妻子王氏担忧地红了眼圈，陆游一时竟不知该如何安慰。

正值暮冬，王氏担心陆游抗不住北方的寒冷，坐在昏黄的油灯下为陆游缝制棉衣。几个儿子非常懂事，知道父亲即将远征，在附近山中采撷桂皮老姜等温热驱寒药材，用文火烘干烤香，装进药笼中，让父亲以备不时之需。

看着王氏和儿女，陆游心生不舍，特别觉得亏欠王氏太多，挥笔写下《离家示妻子》一诗：

明日当北征，竟夕起复眠。
悲虫号我傍，青灯照我前。
妇忧衣裳薄，纫线重敷绵。
儿为检药笼，桂姜手炮煎。

乾道八年（1172）元宵节尚未过，陆游就与家人忍痛分别，这么急着赴任只是为早日拿些俸禄。

前几日下过一场大雪，积雪尚未完全化透，道路泥泞不堪，特别是山径小道上湿滑难行。陆游胯下之马低垂着头，在泥泞中踉踉跄跄地前行，不时会滑一下，随时都有可能连人带马滑倒在泥泞中。马匹艰难地行走着，身上竟起了一层密密的汗水，陆游只得勒住缰绳，让马停下来歇息。

路途之中，景物一片凄凉。陆游想起入蜀时一家老小同行，而今一人一马走官道穿山径，不觉心中伤感。有时错过了宿头，只得独自夜行，只觉得黑夜里鬼影幢幢，那匹瘦马出于恐惧，走得不甚自在，警觉地喷着响鼻，每当起风时，或是从林中突然飞起一只鸟，窜出一只野兔，也会让它惊得向后一退，止步不肯向前。陆游听闻山林中常有虎豹出没，骑在马上也是心神不安，左手紧握剑柄，随时准备应付突发情况。一路上饥食渴饮，夜住晓行，迷路了向砍柴的樵夫问路，遇有险途只得徒步牵马而行，时常夜宿于庙宇廊下，饱受旅途困顿之苦。

三月十七日，陆游抵达南郑，正式开始了"铁衣卧枕戈，睡觉身满霜"的军旅生涯。

王炎见了陆游欢喜得不得了，顾不得官场礼节，竟然主动上前向陆游行礼，感慨地说道："好一个陆务观！总算把你给盼来了。"

陆游面露愧色，深深作了一揖，说道："帅司大人，路上耽搁许多时日，万勿责怪。"

王炎笑着说道："务观这是哪里话，我们是盼星望月，岂敢有责怪之意。"

陆游说道："承蒙帅司大人厚爱，游感激不尽。"

王炎说道："务观见外了，一口一个帅司大人，听了甚是生分，公明痴长务观十个春秋，还是叫我公明兄吧。"

陆游连连摆手道："帅司大人，这可万万使不得！"

王炎正色道："什么使得使不得，听为兄的就是，在这里不要讲究那些俗礼，务观就叫我公明兄吧。"

陆游也不再坚持，只得抱拳说道："既然如此，恭敬不如从命。公明兄！"

"哈哈哈，"王炎纵声大笑，"如此甚好！如此甚好！"而后指着向后的章森、阎苍舒等人问陆游，"务观可曾认识这几位？"

陆游看了他们一眼，尴尬地摇了摇头，说道："恕务观眼拙，没有这个荣幸认识诸位，相烦公明兄引见。"

王炎指着众人，一一介绍。

"范仲芑，字西叔，出自蜀地名门华阳范氏，隆兴元年进士，时人形容'白玉比粹温'。其弟范仲艺,乾道五年郑侨榜进士,人夸'俊气百马奔',兄弟二人皆名士也!"

"这位是张縯,字季长,隆兴元年进士,出身仕宦之家,乃蜀地名士。"

"周颉,字元吉,绍兴十五年进士;阎苍舒,字惠夫,绍兴中王十朋榜进士第二名;章森,字德茂;刘三戒,字戒之……"

陆游听完介绍,施礼赞道:"真是强将手下无弱兵!幕府可谓人才济济,诸位兄台的大名,游早有耳闻,一日有幸得见,果然名不虚传。"

众人抱拳还礼道:"陆游之名响彻环宇,所作律诗遍及市井。今日得见尊颜,真是闻名不如见面,见面胜似闻名。"

"哪里哪里,诸位兄长谬赞吧,令务观汗颜。"

一番寒暄之后,王炎挽着陆游,众人簇拥着将其迎进府中。宣抚府的大堂有一面屏风,上面正是唐代画家边鸾的《折枝梨花图》,当时就把陆游给看呆了。边鸾以画花鸟折枝而闻名画坛,一生创作甚丰,他的真迹大多收藏于宫中,在民间难得一见。陆游欣赏半天,才不舍地跟随王炎等人进入厅内。

接风宴上,王炎要陆游坐在上席,陆游力辞道:"公明兄,务观初来乍到,安敢居占上席?"

陆游谦让再三,结果被王炎强行按在身边坐下,说道:"务观大名,四海之内,可谓妇孺皆知,今日初到,算作远来之客,我等理当作陪。"

陆游见此,只得作罢。

王炎举起手中的酒杯,望着陆游说道:"公明早闻务观之名,可谓神交日久,今日虽是初见,却一见如故。务观乃性情中人,诸位不必拘礼,今日开怀畅饮,不醉不归!"

陆游与众人相视而笑,遂举杯道:"不醉不归!"

众人一边饮酒,一边寒暄,好不热闹。

王炎举箸为陆游夹了一块野兔肉,问道:"务观,夔州与南郑路途并不算远,怎么今日方至,我等可是望眼欲穿呀。"

众人跟着附和道:"我等盼星望月久矣。"

陆游放下手中的筷子,答道:"公明兄有所不知,初春时节下了一场雪,冰雪致道路泥泞不堪,有些路段结冰,行走十分困难,故此今日才至。"

众人听了无不为陆游捏了一把汗。

"更让人忧虑的是,这一路山高林密,听沿途猎户说常有大虫出没。雪地上还有大虫留下的足印,足有手掌大。"陆游伸开手掌比画了一下,接着说道:"跨下之马闻到大虫留下的气息,吓得裹足不前,不停嘶鸣。"

众人无不大惊失色,忙问:"务观兄可曾撞上大虫?"

陆游摆手笑道:"承蒙诸位关心!如若遇上安有今日之聚,想必务观已成了那大虫腹中之物了。"听了陆游的话,众人会心一笑。陆游接着解释道,"为避虎患,途经紧要处会绕行一大截路程,一路上虽是胆战心惊,所幸并没有遇上大虫。"

"哦,原来如此。"众人悬着的一颗心才放了下来。

王炎笑道:"务观虽未遇上大虫,但也算历经风险,我等得为务观平安而来,当浮一大白。"众人一起附和,又满饮了一大杯。饮完杯中之酒,王炎接着说道:"虽说遇雪避虎,但两地之距也要不了数月之久,见务观迟迟未来,公明好生顾虑,一怕务观不舍家眷,无意献身边陲;二怕务观无意与公明共图恢复大业,如上次一样推辞。"

陆游羞愧万分,忙抱拳解释道:"务观无时无刻不感激公明兄的提携之恩,上次恰逢朝廷诏用,只得听命于朝廷,只恨自己不能与公明兄共谋抗金大业。今日再次得承知遇,特来拜投。"

王炎连忙摆手道:"玩笑耳,万勿当真,只是务观姗姗来迟,令我等相见恨晚。"

陆游笑着说道:"务观乃附庸风雅之辈,沿途若有人文遗迹必前往拜谒,遇有名人故交定要讨扰几杯,因此才耽搁了一些时日。"

王炎笑道:"原来如此,我等还在为务观担心,你可倒好,竟置我等不管不顾,自顾饮酒作乐去了。"

陆游忙举杯向众人赔罪。陆游与众人虽是初次见面,却甚为投缘,他们一边吃酒,一边聊诗词。这时,王炎提议道:"'小李白'到此,岂可光吃酒不赋诗!"众人也跟着要陆游现场赋诗。陆游初来乍到,也不想扫了大家的兴,便想到了屏风上边鸾的《折枝梨花图》,于是写下《梨花》诗:

开向春残不恨迟,绿杨窣地最相宜。
征西幕府煎茶地,一幅边鸾画折枝。

写完众人又是称赞一番。

陆游向王炎敬酒之际,王炎面露难色,犹豫半天方说道:"务观初到敝府,本不该在接风洗尘时提及政务之事,只是见到务观,按捺不住心中喜悦,有些话藏在心里甚是难受，如鲠在喉不吐不快。"

陆游不明就里，望着王炎问道："公明兄，倘若有用得到务观之处必竭尽所能，定不负所托。"

王炎将杯中之酒一饮而尽，说道："痛快！"

陆游也跟着饮完杯中之酒，说道："公明兄尽管吩咐，务观洗耳恭听。"

王炎说道："务观素有恢复河山之愿，与吾等之志契合。吾等身为人臣，深受皇恩，饱食君禄，脑当思匡君扶国之策，胸要存澄清天下之志，方为大英雄！大丈夫！"

陆游闻之，心中为之一动，抱拳道："兴邦安国，臣之本分，虽粉身碎骨，莫报君恩。公明兄有何事，敬请吩咐，务观必尽力而为！"

王炎双目炯炯，扫了众人一圈，抱拳说道："吾等早有向朝廷进言之心，奈何腹中无点墨，笔下难生花。今日幕府喜得务观，拟驱逐金人、收复中原的战略计划就拜托你了。"

众人见陆游甫一上任，就被委以如此重任，无不称羡，嘴里称道："此举关乎大宋兴衰安危，我等才疏学浅，不堪重任，非陆务观不可。"

陆游知道王炎乃直率之人，由于对南郑的实际情况和具体军事部署并不了解，只得直言告之："承蒙公明兄和诸位兄台高看，有此机会，当然是求之不得，焉有推脱之理，只是撰写平戎之策责重山岳，务观初来乍到，对此地人文地理尚未了解透彻，容我实地勘访后，再献呈详备计划如何？"

府中有些幕僚只会夸夸其谈，一进幕府就急不可耐地向王炎呈上了战略计划书，可取之处乏善可陈，王炎不甚满意，以至于此事搁置许久，一直没有向朝廷上呈平戎之策。见陆游并没有像其他人一样急于表现自己，反倒让王炎对陆游这种务实的做法更为欣赏。

王炎说道："务观大才雄略，想必早就成竹在胸。战略计划若与实际结合，那是再恰当不过了。务观歇息几日，待养足精神，勘察地形再做计较。"

陆游一口应允："请公明兄放心，务观定竭尽全力而为之。"

王炎点点头，说道："言罢公事，说一下务观私事，下榻之所及生活所需，公明早已吩咐停当，若有遗漏或是其他需要，尽管开口示知，公明即当送上，万勿客气为幸。"

陆游抱拳感谢。

撰写驱虏计划当然得结合战场实际，对现在所处的战略环境以及整个南宋的政治环境有详备的了解和把握。每一个计划都得结合天时地利人和，方可保障这个计划能够得到顺利实施。南郑在地理形势上处于咽喉地位，地势险要。兴元自兵乱以来，城中已长出了荆棘，无论官民皆住茅屋，连州府的钱财都没有一个合适的地方可以存放，只能暂时收藏于寺庙僧舍。经多年休养生息，整顿修葺，人口才逐渐繁衍到以前的状况。

陆游在众人的陪同下，经常到骆谷口、仙人原、定军山等前方据点和战略要塞，实地勘探南郑地形地貌，他想到了张浚"中兴当自关陕始"，以前对张浚当年的设想理解不深，到了南郑才明白张浚用心良苦，要想恢复中原必须根据国情军力来决定，他向王炎陈述进取之《平戎策》："要收复中原必须先取长安，取长安必须先取陇右；积蓄粮食、训练士兵，有力量就进攻，没力量就固守。南郑地理位置险要，进可攻，退可守，自大散关居高而下，不用三日即可直抵咸阳。"

"务观兄不仅胸有大志，而且腹有良策，宏才大略，令人钦佩不已，平戎之策忠恳实在，全说到公明的心里去了。"王炎看了陆游的战略方针讲解得十分透彻，向其深鞠一躬，感慨赞道："世人只知君之诗名誉满天下，殊不知还是一个忧国忧民的战略家，公明佩服之至！"

陆游连忙鞠躬还礼，自谦道："公明兄过誉了，务观自知才识浅薄，勉从其命，不足之处望不吝批评斧正。"

王炎对陆游所撰的《平戎策》非常满意，他神色庄重地说道："不过，恢复大计乃非常之举，非一时一刻之功，得从长计议，现今当务之急是让治下百姓安居乐业。这份《平戎策》吾将速呈至朝廷，待官家裁决后，我等即可挥兵攻入长安，驱逐胡虏，一统河山。"

陆游听了这话，不禁悚然动容，自信说道："金人不过沐猴而冠的蛮夷，窃据中原，戕害黎民，失地遗民无不人心向宋，只要我大宋君臣一心，矢志北伐，定可驱除胡虏，一雪前耻。"陆游心下暗忖，长安近在咫尺，而那里的人民仍生活在水深火热之中，心中既自责不能早日解救万民于水火，又对不日即可收复长安而欣喜。

王炎对陆游十分器重，诸事皆请陆游帮忙出谋划策。

陆游多次深入到金国占领的北方故土去刺探军情，沦陷区的宋民不堪沦为金奴，殷切地期盼王师的解救。陆游经常看到一些宋民不顾自身安危到王炎府衙传递情报，甚至还把洛阳的竹笋和黄河的鲂鱼送给前线的将士，这些让陆游感慨万分。这种行为给了陆游很大的鼓励，他向王炎请求严加练兵，囤积粮草，时刻做好与大金一战的准备。

陆游整天在王炎面前提及北伐，王炎北伐收复失地的决心越来越坚定，尽管心中也急，但没有得到圣谕之前所有举动慎之又慎。在陆游等人的协助下，王炎积极招揽人才，大力组建地方武装，加紧积粟练兵，既可抵御金兵入侵，又为日后北伐囤积兵力。北伐准备工作正在有序进行，条件逐步趋于成熟，只要一声令下，就可将沦陷的河山收归大宋版图。

刺　虎

一场雪后，秦岭大地银装素裹，广袤无际。白雪发出耀眼的光芒，刺得人睁不开眼睛。陆游和两名军校顶着风雪巡察归来，环顾四野，颇显荒凉，阒无人迹，雪地里连人畜的足印也没有留下，不远处的村庄竟然连一声犬吠鸡鸣也听不到，耳旁只传来如诉如泣的风声。此时已近黄昏，残阳西坠，暮云如雪，远处交接在一起，分不清哪是云哪是雪，整个大地都笼罩在苍茫的暮色之中。正是做晚饭的时间，让陆游感到奇怪的是，这村子竟无炊烟升起。陆游心里想，可能是天气太冷的缘故，人们躲在被窝里避寒，忘记做饭了。

他们骑着马，沿着废弃的官道并辔急驶。马有些累了，便在路边停下，三匹马摇头晃脑抖落在头上的积雪，而后把嘴扎在雪地上不停地嗅来嗅去，啃食着隐藏在白雪下面的野草。突然，从上空传来一阵乌鸦的叫声，那声间凄厉又刺耳，撕破这份祥和的沉寂。陆游心里一紧，心中涌起一丝不祥的预感，他抬起头来，只见成片的乌鸦从头顶飞过。陆游脸色微变，就在这时，一个妇人的悲号从不远处传来，声音已经瘖哑，他问道："你们可听到有人哭号？"

两名军校静听片刻，对视了一眼，答道："陆干办，四周寂静无声，哪里有什么哭号。"

陆游屏息倾听，听得那哭声隐隐约约、时断时续，不仔细真听不出来。一名军校也听到了哭声，大声说道："陆干办，果然有人在哭。"他循声望去，抬手指向远处一个小村落，说道，"你看，哭声似从那里传来的。"

陆游顺着手指的方向一看，果见不远处有一个小小的村落。他心里诧异，对二人说道："前去看看。"说完，抖动缰绳，双腿将胯下马一夹，驱马急驶而去。

这个村子离山脚不远，较为破败，约有二三十户人家。那悲号声正从中间一户传出，篱笆院墙里围着一群人在窃窃私语，一个中年妇女手中捧着几片沾着血迹的破布大哭不止，有几个妇女正在一旁劝慰。三个年幼的孩子跟着哭泣，他们的脸上是一副惊恐不安和茫然不知所措的神情。

那女人撕心裂肺的哭声，让人听了心里无比难受。陆游翻身下马，将缰绳交给一名军校，三步并作两步走上前去。

一名老农户披着一件大氅，正站在一旁观看。陆游上前揖了一拱，径直问道："这位老丈，可是这村庄之人，不知如何称呼？"

老农户上下打量陆游，见他布衣青衿，手持宝剑，身子虽不强壮，但眉宇间自带着一股英气。他又看了陆游身边的两个随从，身姿挺拔，举止稳重，虽是一副猎户打扮，看着却不似猎户。原来陆游时常深入金兵占领区，为防止与金兵发生正面冲突而影响侦察敌情，故常以商人、猎户装扮来掩饰身份。老农户并未抱拳还礼，向陆游弯腰低头作了一揖，答道："我原本是此地的猎户，说起来惭愧得紧，家翁识不了几个大字，便请算命先生为我起了一个霸气的名字，名唤杨擒龙，因在家排行老大，大号倒是无人喊起，村里人都叫我杨老大。"

陆游听得此人竟起名杨擒龙，心中暗想，这个名字倒是霸气，只是一个猎户起名擒龙确有不妥，只好顺着村人的叫法，说道："杨老大，借问一句，这位小娘子为何哭泣？"

杨老大叹了一口气，低声说道："这位大官人有所不知，这个小娘子是村中猎户刘大的浑家，前几日下了一场大雪，刘大本想趁着下雪上山打几只野物，谁知他出门几日不见回返。待众猎户结伴上山寻找时，才发现刘大遇上了大虫，早已尸骨无存，仅剩下几片被大虫撕碎的血衣。唉！真是太惨了！"

陆游先是一愣，脑中立马涌现出老虎吃人的场面，心不禁一阵阵发怵。

杨老大摇着头，又是一声叹息："太惨了，留下这孤儿寡母，以后的日子怎么过哟。"

陆游双眉紧蹙，问道："这地方常有大虫作恶？"

杨老大苦笑道："在这秦岭山中也不知藏有多少只大虫，到了晚上就会下山作恶，饿极了就连白天也会结队下山，伤害人畜无数，弄得人心惶惶，这个村子已搬走了一半庄户人家。所谓靠山吃山，我们这个村子有不少人家是猎户出身，见大虫作恶就组织上山猎杀过几只大虫，后来大虫学精了，躲进了这深山之中。有一只吊睛大虫，非常狡猾，时常夜晚下山，也不知吃了多少牛羊，也不知伤了多少人。这只大虫让附近村庄平添了许多孤儿寡妇，但是他们却又无能为力。从这里过往的客商，要数十人结伴才敢翻越这几座大山，到了日落时分则要等来日正午才敢通行。"

陆游听了忙问："难道地方官府也没有办法？"

一个年轻人被陆游这一句给触动了隐痛，在一旁跺脚搭腔道："嗐！府衙倒是发了檄文，组织猎户多次围猎，反倒伤了几个猎户，我也是因为参加围捕才被恶虎所伤。"

陆游看到这个年青猎户身材高大，好像少了半张脸，看起来甚是狰狞，心里咯噔一下，听其所言便知此脸定是被那恶虎所伤。他镇了镇心神，凛然说道："小哥为乡邻作了贡献，无愧于天地，乃真正的男儿！"

杨老大冷冷笑道："什么狗屁男儿！他如今这个鬼样子，连个婆姨也讨不到……"

年轻猎户打断了杨老大的话，说道："你扯这些有什么用？你不是也照样被恶虎所伤。"

"这位大官人不要笑话，此乃是犬子杨缚虎，也是这村里的猎户。"杨老大叹了一口气，对陆游说道："老夫年迈体衰，已封箭多年，只因不忍大虫危害乡邻，一年前我父子二人参加了官府组织的围捕，不幸爷儿俩同时遭到大虫所伤。"杨老大指着杨缚虎说道，"他现在是没有了'脸'，我现在只剩下半条命。"杨老大指了指自己的胳膊，咧嘴一笑。

陆游这时才发现杨老大的大氅里面有一支袖子空荡荡的，原来这支胳膊被虎所噬，难怪刚才没有抱拳施礼。陆游对杨氏父子心生敬意，一想到父子二人皆被恶虎所伤，心中顿时泛起一阵莫名的忧伤。

杨缚虎解释道："只因我遭到大虫袭击，家翁为了救我，才被大虫咬掉了整支胳膊。"

"犬子遇难，作为家翁岂可袖手旁观，只怪自己没有本事，反遭大虫所伤。"杨老大又是一声叹息，接着说道："府衙组织过几次围捕不见有用，反倒折伤了好几个猎户，猎户哪里还敢围捕大虫，上山也不过是拿着钢叉、弓弩、铜盆、烟花爆竹等物，不过虚张声势，将其驱走而已。唉！这几日天气寒冷，大虫在山中难觅食物，不时会下山扑食牲畜，家中牲畜被吃对于我们庄户人家已是不幸之事，只是不知哪一天会如这牲畜一般葬身虎口。大虫一日不除，百姓日夜不安，尚未天黑就早早地紧闭门窗，并用石头顶住，无不过得胆战心惊。"杨老大说完，无奈地摇头叹息。

陆游想到这一家之主被老虎吞噬，剩下妇孺今后该怎么生活？他沉默不语，眉头紧蹙。

雪下得愈发大了，大片的雪花打着旋儿飘落下来，地上的雪又厚了一些。那妇人兀自大哭不止，一副生无可恋的表情，无助的哭声伴着团团雪花，在空寂的山村更显得凄厉悲惨，众邻舍哪里劝得住，一时竟搀扶不起。

陆游思忖半响，将身上所带的银两全部塞给了杨老大："杨老大，这点散碎银子麻烦交给那孤儿寡母。"

杨老大接住银两，惊异得不知说什么好："谢谢大官人！我代刘大浑家谢谢大官人！"边说边弯腰鞠躬。

陆游带着两名军校悄然离开。回到府中后，那妇人号啕大哭的身影以及三个孩子无助的样子总会在眼前晃动。虽为老虎所为，但陆游却感到非常自责，虎患一日不绝，山脚下的农户将永不得安身，他决定为民除害。

陆游打虎的消息不胫而走。当地军民并不当真，毕竟打虎可不是闹着玩儿的，前几次组织的围捕都无功而返，何况陆游不过是一介书生而已，别说打虎，见到了老虎不吓得尿裤子才怪！

陆游亲自从府中军士中挑选了三十名眼尖手快的精干士兵，组成一只打虎队，并请地方有名的猎户传授识虎踪辨虎迹打虎技，感觉条件成熟了方组织进山围剿。

每次组织大家进山剿虎时，将士们无不摩拳擦掌，誓要为民除害。陆游每次上山，人们无为他们捏上一把汗，心里都祈求他们能平安归来；有的百姓还摆起了香案，求上苍赐福平安。

一连几日巡山，那老虎像是得了信，在山林中凭空消失了一般。打虎队伍每次进山都是敲锣打鼓驱赶，当然无法寻找到那只老虎的踪迹，甚至就连虎的足迹、粪便等也看不到了。一次次怏怏而返，人们对打虎的劲头已不似以前那么足了。

打虎静悄悄地进行着，只是人们对此并不抱多大的期待，就连巡山的军士也懈怠了。

虎患一日不绝，陆游是寝食难安，旦夕不乐，若无公务必带人巡山不止。

这一日，陆游像往日一样，戎装佩剑，率队沿着山路往山林深处巡去。这条山路他不知走过多少回了，连虎的影子也没有瞅见过。陆游茫然地环顾四周，林子静悄悄的，除了茫茫林海外连一只野兔也没有。走了一段时间的山路，陆游紧绷的心也懈了，手中的缰绳也松了，马蹄声也慢了下来。身后三十名军士手搠长矛、腰悬刀剑，紧随其后缓缓前行。

突然，一阵疾风迎面袭来，从林中深处扑棱棱飞起几只鸟，陆游不禁打了一个寒噤。陆游以为是大队人马进山惊扰到了林中之鸟，并不在意，只是胯下良驹耸起双耳，唭唭打着响鼻，马蹄哒哒直往后退去。陆游勒住缰绳，任凭怎么鞭打马始终不肯向前，马身反倒簌簌抖动起来，似乎前方有猛兽潜伏。只见四野茫茫，马蹄声断，除了马儿的喘息声和军士们的怦怦心跳，连个鬼影儿都没有。陆游吆喝道："驾！"胯下之马仍不肯向前，他只得狠狠地抽了一鞭，马才猛地往前走去，后面的马也跟着缓缓前行。在众人感到虚惊一场时，马又停止不前了。

这时，陆游腰中佩剑"铮铮"作鸣，委实古怪得很。陆游曾听人说过，但凡好的兵器遇有险情会自鸣示警，加上刚才一股莫名疾风，古言云：云生从龙，风生从虎。想到此处，不由得心中警惕起来，翻身下马，做好迎战准备。

一个脸有伤疤的军校对陆游说道："陆干办，以我多年的经验，此处必有大虫。"此人正是杨缚虎，被陆游招入军中当了一名小校，每次巡山皆由他带路先行。他递给陆游一把长矛，陆游接住后在手中掂了掂，分量刚好，看了看身后的三十名军士，不觉胆气又壮了几分。此时他无暇细思，仿佛已闻到了恶虎的气息，而且感到离他越来越近，于是挥手示意众军士做好准备。

众军士闻令，滚鞍下马，这时他们已经拽不住缰绳了，一匹匹战马拼命挣脱，四散开去。众人已顾不上这些马了，刷的一声，刀剑出鞘，弓弩上弦，个个握紧手中利器细察周遭，整个山林中弥漫着一股瘆人的气氛。言犹未毕，自不远处传来一声"嗷呜"，这巨啸似晴天霹雳，整座山被震得如同地震一般。那虎啸声震裂了山崖，远处有石头从山上滚落下来，近处树枝激烈颤动，山中隐藏的小兽纷纷现身拼命逃窜。众人顿时怔住了，手足无措地四处搜寻虎踪。

陆游陡然想起刘大浑家凄惨的样子，立马浑身汗毛倒竖，眼前直勾勾地盯着前方。陆游虽然出生于书香世家，却矢志恢复河山，自幼拜过师学过艺，刀剑弓马娴熟，胆量竟比同行军校要壮。只见一只吊睛白额大虫忽地从林中窜了出来，它像人一样直立，随即又是一声咆哮。这只猛虎个头大得吓人，体重没有一千，也有八百，众人看到如此巨大的老虎，无不毛骨悚然，霎时面呈惊诧之色，早已没有了七魂八魄，身上汩汩直冒冷汗。

虽说是巡山打虎，可真遇到老虎又让众人异常紧张，同行的三十名军士被这只吊睛大虎吓得连大气都不敢喘一下，双腿如铅，谁敢向前？何谈打虎？真是上天无路入地无门，无不暗叫吾命休矣，只能祈求上天保佑。

杨缚虎也乱了方寸，他并没有挺身上前保护陆游，反倒躲在陆游的身后，指着老虎说道："大虫，干办小……""心"字尚未出口，那只猛虎旋即向陆游扑来。

陆游此时已经无处可躲，心中暗叫一声"不好"，双手紧紧握住长矛。说时迟，那时快，在生死关头陆游丝毫没有惧意，只见他将长矛一抖，划出一个小小的圆圈，枪头宛如游龙般向老虎刺去，这一连串的运作行云流水一般。老虎扑来劲头正足，两力相对，只听"噗"一声，老虎正好扑向了陆游手中的长矛，他趁势将长矛往老虎身上用力刺去，一下刺穿了老虎的咽喉。老虎疼得发出低吼，这一吼叫凄厉无比，两边的树抖个不停。只见老虎两只前爪疯狂地拍向陆游，陆游见虎爪与他尚有一定的距离，所以并不畏惧，反而使尽平生力气，双手紧紧握住长矛，将老虎死死地钉住原地不动。只一戈，那老虎便动弹不得，鲜血喷涌而出，顺着长矛前面的红缨往下直淌。此时的老虎站立半空，无力可借，加之失血过多，早已毫无反抗之力，徒劳挣扎一会儿，只听"轰隆"一声闷响，便应声倒地，嘴里吐着血水泡沫。事情过于突然，加上老虎的速度太快，根本没有给陆游太多的准备时间，他连身上的貂裘大衣都来不及脱掉，被老虎的血溅得满身都是。

众军士吓得目瞪口呆，惊恐尚未完全消尽，连大气儿都不敢出。待反应过来时，一场惊心动魄的人虎相搏已经结束了，那只老虎早已气绝而亡，身子软沓沓地躺在地上。众人你看看我，我看看你，谁也不敢向前。

一朝被蛇咬，十年怕井绳。猎户出身的杨缚虎似乎并不相信老虎已被刺死，他的呼吸有些急促，半响方平静下来。杨缚虎壮着胆子，小心翼翼地走上前去，轻轻踢了老虎一脚。见那老虎一动不动，他又用脚猛踢几下，老虎仍然纹丝不动。确定老虎已死，杨缚虎这才长长地呼出了一口气，回过头来望着陆游，用颤抖的声音说道："陆干办，大虫死了。"而后，他竖起大拇指大声称赞陆游："陆干办乃神人也！陆干办打死了大虫！陆干办打死了大虫！"

此时，同行将士无不长长呼出一口气，众星捧月地将陆游簇拥在中间，举起手中兵器高呼："陆干办了不起！陆干办神人也！陆干办打死了大虫！陆干办是打虎英雄！"

喊声响彻山谷，传出去很远还能隐约听见回声。

老虎虽被杀死，但陆游惊魂未定，心仍在突突狂跳不停，身子也控制不住地微微抖动，原指望众人合力一起痛杀老虎，不曾想仅凭一己之力就刺死了老虎，想想既不敢相信还有些后怕。

众人找回坐骑，将老虎捆好，放在一匹马上，一路欢声笑语而归。

待进城时，几名军士轮流抬虎，经过集市时百姓将他们围得水泄不通，还有人燃放起了爆竹。

当晚，王炎幕府人人均分食虎肉，喝虎骨汤，兴高采烈地说起陆游打虎时的场景。

王炎的目光在烛光下闪烁，一边喝着虎骨汤，一边称赞陆游："世人皆知你陆务观文冠天下，但没有想到竟有如此好的身手，仅凭一己之力竟打死一只猛虎，当真得刮目相看！"众同僚也跟着纷纷夸赞起了陆游。

"陆干办可谓文武全才，文章可抵千军万马，武功能擒虎屠龙。"

"凭借秃矛一支，斩杀千斤恶虎，陆干办为百姓除去一害，功莫大焉。"

"陆干办是这山下庄户人家的大救星！"

王炎举杯道："来，我们敬打虎英雄一杯。"

陆游欠了一下身子，举杯说道："同敬！"

等饮下这一大杯酒，王炎看着陆游，又道："陆务观作为打虎功臣，改日请匠人将这一张虎皮做成一件褥子。"

陆游推辞道："公明兄，万万不可，这只老虎虽是务观所击杀，但没有兄之鼓励和众军士在身旁为我壮胆助威，务观断然没有勇气面对这只恶虎。这张虎皮原本就打算献给兄长，此乃务观微意，万望笑纳。"

众人也跟关附和道："帅司大人，这张虎皮还是您收下吧。"

王炎摆手道："诶！君子不夺人之美，老虎乃务观所杀，这张虎皮理应归务观所得，诸位休要多言，务观也不要再推辞了。"

陆游连连摆手拒绝。众人也在一旁劝说。

王炎见陆游一直坚持，只得笑道："也罢，那这张虎皮我收下了。"

众人听了这才放心。

王炎看着陆游问道："这张虎皮现已归我王炎所有，是不是可以任由我来处置？"

陆游不解，与众人一起点头称是。

王炎又道："那好！陆务观，虎皮现回赠予你，请万勿推辞。"

陆游和众人都没有想到王炎会来这一出，皆知王炎的心意。陆游知道推辞不过，站起身来，身子一躬，抱拳轻声说道："务观却之不恭，受之有愧。"

王炎笑道："务观奋戈毙虎已成美谈，而今虎皮归务观所有，才名实相符。"

陆游心里虽然高兴，觉得比起上前线杀敌，打虎不过是一件非常平常的事情，王炎等人越是称赞，他越为自己不能上前线杀敌感到汗颜，在心里感慨一腔热血何时才能有用武之地。

当晚，陆游大醉而归。

陆游得到了一张虎皮和一根虎骨。后来，他请了匠人将虎皮做成了过冬的褥子，又将虎骨雕成了一个枕头。每每想到"食其肉寝其皮"，令陆游兴奋不已。

陆游每晚入睡前都会仔细抚摸虎骨枕头，这次打虎经历激发了他的战斗豪情，增强了他的必胜信念。

一次喝醉酒后，陆游写了《醉歌》一首：

百骑河滩猎盛秋，至今血渍短貂裘。
但知老卧江湖上，犹枕当年虎髑髅。

梦　断

王炎的部下吴挺是抗金名将吴璘之子，官为都统制，其为人颇为骄横恣肆，用很多的钱交结士卒，在军中有一定的威信，但是在执行纪律方面非常严肃苛刻，多次因为部下犯下微小的过失而遭到严惩，甚至丢掉性命。由于在军事上要依靠吴挺，连宣抚使王炎也拿他毫无办法。

吴挺这人虽为武将，却喜好附庸风雅，很乐意结交当地的文人雅士，经常在家中设宴举办一些咏诗作对活动。

一日风和日丽，后花园里的百花竞开，吴挺兴致很高，在后花园云山亭大摆酒筵，宴请当地知名的文人雅士和一帮文人幕客。吴挺邀请了陆游，殷勤迎接至云山亭中。

吴挺作为主人，当然坐了首席，其他人纷纷照例依身份入席坐定。随着吴挺一声吩咐，早有仆佣手捧美酒佳肴依次献奉上桌。众人在歌舞乐声中举杯畅饮，随着美酒和歌舞助兴，座中人也随之放松，气氛愈发活跃起来。

吴挺早就听说过陆游的大名，早就心生相交之意，席间待陆游甚是殷勤，频频举杯敬酒，只是陆游态度不冷不热。陆游觉得吴挺醉心于吃喝玩乐，没有把心事用在军政事务，加上独断专行，对他有种强烈的反感，平素极少往来，根本无甚交情可言，只是在面上待他还算客气，若不是看王炎依宠于他，早就当面指责他的不是了。陆游与众人无话可说，一个人闷着喝酒，当然也喝得心不在焉。

一阵歌舞之后，众人也酒到酣处，吴挺从主座上站立起来，手举一大觥酒，抑扬顿挫地说道："承蒙诸位赏脸赴宴，吴某不胜欢欣。只是这良辰美景，又有这美酒佳肴,我等岂可辜负,何不赋诗助兴。"

众人一听,纷纷站立起来,附和吴挺的意思。

吴挺吩咐仆人备好笔墨纸砚,想让众人吟诗作赋。众人见惯此场景,悄然各自思索起来。

几乎每次相聚都要作诗填词,众人照例抱拳相互谦让一番,无人肯第一个提笔。

吴挺向身边的高子长拱了拱手道:"高参议,今日就由你开始吧。"

高子长不再推脱,笑着说道:"我先来当然甚好,但是这次和诗要用次韵。"

次韵是诗词写作的一种方式,要求作者按照原诗的韵和用韵的次序来和诗,是和诗中限制最严格的一种。吴挺装作一副很懂的样子冲着高子长竖起了大拇指,笑道:"高参议此举甚妙!倒是可以考一考大家的诗艺如何。"

高子长挥毫题了一首,接着众人一一按照惯例依次作诗。众人所作的诗倒是与原韵、次序相和,不过全是一些迎合了吴挺的诗文。吴挺高兴自不待言,只是内心稍觉遗憾,这些诗作毫无新意可言,好似鹦鹉学舌,全都是赞美之辞,仿佛是把前些时日所作的诗又拿来吟诵了一番,令其顿觉这些诗作甚是寡淡无味。尚未轮到陆游和诗,吴挺已有些等不及了,他对陆游说道:"务观兄大才,我等可是久闻你的大名,仲烈虽是一介武夫,也爱舞文弄墨、附庸风雅,如此良机,务观兄岂可不题诗一首。"

吴挺仰慕陆游的名望和才情,平日里也常跟陆游大套近乎,希望能与其结交,今日更是尽到了地主之谊,对陆游执礼甚恭,令众人好生羡慕,满脸期待地看着陆游。此时众人都围在书案前面,欣赏着新鲜出炉的诗作,唯有陆游一人静坐在餐桌那里,似乎在思考什么。吴挺转过身,睨了一眼陆游,见他一脸的漫不经心,甚至没有正眼看自己一眼,多少有些心情不畅,如若换着他人早就换来一顿痛骂。吴挺忍住没有发脾气,走到陆游跟前,朗声说道:"仲烈自知粗俗不堪,能与务观兄有缘相识,实属天恩,不知务观兄能否肯赏脸赐诗一首,与诸君一乐?"

陆游见吴挺已把话说到了这个份上了,也不好推脱,如果再端架子就显得有些过分了,转念一想,不如借此机会敲打一下吴挺。陆游站起身来,冲吴挺及众人抱拳道:"吴统制有命,陆某岂敢不从,那就放肆献丑了。"

吴挺见陆游肯献上墨宝,赶忙为陆游递上毛笔甚是殷勤。陆游接过毛笔,看着高子长说道:"那陆某就按照大卿兄的诗,题上一首吧!"

吴挺在一旁击掌说道:"如此甚好!"说罢摆手示意仆人在一旁候着,

他亲自为陆游铺开纸张，并站立一旁为其磨墨。

陆游略作思考，濡墨挥毫写下诗文《次韵子长题吴太尉云山亭》：

参谋健笔落纵横，太尉清樽赏快晴。
文雅风流虽可爱，关中遗虏要人平。

陆游直抒胸臆，写罢将笔往桌上一扔，大笑道："见笑见笑！让诸位大人见笑了！"说完，独自回到座位坐下，全然不顾礼节，一人坐在那里，抓起一壶酒为自己斟了一满杯酒，自顾自地品起酒来，饮毕大呼道："好酒！好酒！"

陆游写此诗有暗讽吴挺附庸风雅，不以破敌为志的意思。在场的众人都是博学之士，对陆游之意岂会不知，当即色变，惊得面面相觑，各自默不出声，心中暗暗为陆游捏着一把汗，唯恐吴挺恼羞成怒。这几年凡忤逆吴挺之意的不是一顿皮肉之苦，就是小命难保，虽说陆游身份不同，吴挺不能因为一首诗把陆游怎么样，但是一府文官武将闹将起来也是极为难堪的，气氛顿时变得紧张起来。吴挺没有发话，众人更不敢声张。四周静悄悄的，没有一丝声响，仿佛周边的空气也是凝固的。此时的云山亭一片死寂，只有微风吹过时，不远处的花在风中摇曳，发出哗哗声响。

此时没有一个人说话，生怕一开口就会卷入到与自己本无关联的是非之中。众人将头重重低下，也不敢动箸饮酒，不时会偷偷瞄一眼吴挺，担心陆游的安危有之，冷眼旁观者有之。吴挺沉默不语，更令人感到一种无形的压迫，有人额头上已吓得沁出了一层密密的汗珠。

吴挺一直默不作声地看着陆游，他万万没有想到陆游会当着众人的面写出这样一首诗来，当然知道陆游的诗外余音，他从来没有被人如此嘲讽戏耍过，心中暗骂陆游不过是个迂腐的臭文人罢了，也太拿自己当回事了。吴挺窝着一肚子火，板着一张肥嘟嘟的脸在方桌前发怔，恨不得一把把这张桌子掀翻在地。半响才听他发出尴尬的笑声，大声诵道："文雅风流虽可爱，关中遗虏要人平。"吴挺走到陆游面前，恭恭敬敬地深鞠一躬，而后竖起大拇指，对众人大赞道："好诗！端得是好诗！务观兄果然高才！令仲烈佩服。"

众人见吴挺称赞陆游，疑惑地对望一眼，面露尴尬之色，不知该不该跟着称赞，只得勉强挤出笑容。吴挺看见众人的神情，又是一阵大笑，说道："众人皆不发言，难不成是务观兄所写的诗不称诸位的意？"众人忙抱拳答道："岂敢岂敢。"

陆游望着吴挺,正色道:"绍兴三十二年,令尊吴璘六十有三,身患重疾,率军攻取德顺(今甘肃省平凉市静宁县),入城,市不改肆,父老拥马迎拜,几不得行。当时,将军冒矢石,冲锋陷阵,将士皆奋死冲杀,以一当十,大败金军,复取环州(今甘肃省庆阳市环县)。皇家曾亲下诏书谓曰一月三捷,目今大宋君臣及元元庶士无不冀望吴都统能继承先父遗志,复我大宋北方故土。"陆游讲起了吴璘吴挺父子的战事,娓娓道来,用其父与之相比,用其行激其志,句句鞭辟入里,劝说吴挺日后心系军务。

吴挺已是微醺,整张脸早已通红,被陆游这一席话给弄得顿时酒醒了三分,如果不是喝酒上脸的缘故,此时早已气得脸色雪白了。不过,陆游所言不虚,当年吴璘一个月内接连在瓦亭(今宁夏回族自治区固原市隆德县东北)、德顺、巩州(今甘肃省定西市陇西县)三次战役中大捷,兵锋所到之处敌军望风而逃,惊呼"吴家军"为"天兵"。吴挺听得出陆游有嘲讽他辜负圣恩、愧对先祖的意思,心里一万个不痛快,他深知陆游此人不好对付,也没有必要与之计较,略一踌躇,便招呼大家坐下。待众人坐定,他站起来举起酒杯,解嘲地哈哈一笑,指着陆游说道:"务观兄时刻不忘恢复河山,令仲烈钦佩不已,兄之嘱托都记下了,今后必夙兴夜寐,靡有朝矣。今日我们只赏花饮酒,不谈政事,来,浮一大白!"

高子长忙陪笑着打圆场,尽力周旋。高子长是陆游表叔的女婿,算起来两人还有亲戚关系,自然也比他人要亲近一些,同在王炎幕府共事,平时常有诗作酬答。众人尴尬地坐下,面面相觑,也不知该说什么好,举着酒杯讪讪而笑。

陆游自酌一杯,又准备自饮,吴挺却主动举过杯来,与之碰杯,各自饮了。

这时,有人命讴者舞伎继续歌舞,须臾歌声起,佳人舞。众人纷纷上前敬酒于吴挺,一时觥筹交错,酒杯发出清脆的碰撞声,气氛顿时融洽了许多。这酒陆游吃得并不快活,心想吴挺真能把心事用在军事政务上,也不枉费他这一番心思。

酒宴还没散,陆游打了个饱嗝,起身说道:"今日酒吃得畅快,不觉多贪了几杯,酒吃多了,吴统制、诸位慢慢享用,陆某先行告退。"说完,跟跟跄跄地往外走去。

吴挺好像压根都没有计较陆游刚才的无礼之举,反倒上前搀扶陆游,一直将他送到了大门口,方抱拳告别。吴挺伫立在大门前,待陆游走远了才折回府中。

吴挺嘴上倒是痛快地答应，转过身却把陆游的期盼抛之脑后，依旧我行我素，根本不理军务，整天饮酒作乐如故。只是此次聚会之后，吴挺再也没有叫陆游参加府中的宴饮了。

陆游见吴挺心思不在军务上，郑重向王炎建议："吴挺军中骄恣专擅日久，士卒多有怨言，且结党营私，如不加于节制，必成大患，趁其翼翅尚未丰足，褫夺其军权方为上策，而后启用吴拱代替吴挺掌管兵权。"

对陆游提出替代之法，令王炎惊异不已。吴拱乃吴玠之子，吴玠是吴璘的哥哥，原为都统制，执掌这一方兵权，因病去世后，才由其弟吴璘接掌兵权，再后来吴璘身故，又由其子吴挺接管本区兵马。吴挺独掌兵权已久，渐现坐大之势。陆游的意思很明显，让吴拱代替吴挺掌管兵权，也算兵权回归，想必吴挺也不便反对自己的堂兄。王炎瞪大了眼睛盯着陆游，问道："务观今日何出此言？"

陆游道："吴挺所作所为，公明兄岂能不知！就是对公明兄也时常出言不逊。"

吴挺之举，王炎何尝不知，沉吟半晌，方道："外传多为不实之语，务观休信蜚言，我与吴挺同为宣抚司文武主官，当和睦相济，共图大举，方可策功立名。"

陆游说道："非是务观搬弄是非，挑起二人衅隙龃龉，吴挺整日宴饮，无心军机，如若不将其换下，日后必添祸事。"

王炎摇头道："务观可知，临敌易将，固兵家之所忌也。"

陆游答道："事当审其是非，当易而不易，亦非也。秦以白起更换王龁而胜赵，以王翦更换李信而灭楚，魏公子无忌更换晋鄙而败秦，将岂不可易乎！"

王炎踌躇良久，解释道："务观所言甚是，只是吴拱性情胆怯、缺智少谋，也不善带兵，并非合适将才人选。如若任其为都统制，怕是遇到金兵必大败。相较之下，吴挺军事娴熟，虽性情暴劣，但在军中颇有威信，号令军士莫敢不从。"

"吴挺整日宴饮，防务松懈，况两军对垒讲究排兵布阵，仅靠匹夫之勇，又怎能保证他不会失败呢？"陆游并不认可王炎的说法，反驳道，"况且现在他势力益盛，愈发目中无人，如果兵权在他手中太久，日后立有战功将会更加飞扬跋扈，恐怕连兄也无法驾驭，望公明兄万毋轻视，免贻后悔！官家曾面谕公明兄有保奏之权，当务之急，就是将其革职，由其堂兄代为掌管，想必他也不好反对，也不会有军中哗变之虞。"

王炎说道："务观深谋远虑令人佩服，只是官家十分欣赏吴挺，换将之举未免失当，倘若没有一个合理说辞，贸然换下怕是无法向官家交代。"王炎用眼睛扫了陆游一眼，接着道："吴氏一门三世帅蜀，对朝廷忠心耿耿，所率川蜀抗金部队有吴家军之誉，特别是吴家重斧死士，一把大斧杀得金国骑兵闻风丧胆，吴家在此深耕日久，深受军民爱戴。而且，吴挺是官家从千百人中选者，天子待以殊礼，岁时问劳不绝，被遇尤深厚，虽然难于驾驭，但颇有将才，目前军情紧急，临阵换将乃兵家之大忌，望务观兄此后休起此念，一言一行皆三思而行，此话传将出去必致我幕府将佐不睦，与自相戕害无异，岂不是动摇我川蜀军心。"

陆游见王炎已把话说到了这个份上，便不再强求了，轻声说道："务观言尽已此，任凭公明兄裁酌。"

王炎神色严肃，也没有发声，仿佛正在思索陆游刚才的建议。

尽管王炎没有听从陆游的意见，但是在任期间还是蛮有作为。王炎到任即将宣抚使治所移至抗金一线汉中，向世人表明了他抗金的态度。王炎在用人方面不拘一格，广泛延揽人才，还组建了一支特殊的战斗部队，名为义胜军。这支部队不同其他部队，而是招纳契丹、女真和已经契丹化、女真化的汉人组成，因为他们作战剽悍，也了解当地地理环境、金国军情，常主动出击，屡经战斗，颇有功绩。

正当抗金事业顺利进展的时候，朝廷知道了王炎的所作所为，不仅否决了他上呈的《平戎策》，并把下诏将王炎召回临安，由虞允文接替经略川陕。

乾道八年（1172）十月十三日，陆游因军务从阆中返回兴元（今陕西省汉中市）的途中，一阵急促的马蹄声迎面而来，一名驿卒已飞马奔至眼前。驿卒确认是陆游后，将一封书信交予陆游，并催促他赶紧返回幕府。

得知王炎调动的消息，陆游有点意外，浑然不知到底出了什么事，隐约感到不安。此时临阵易帅，会不会令边事发生转变呢？如果真是如此，北伐计划将会全盘打乱。陆游想到这些年为收复中原所做的努力，换回的是年复一年的按兵不动，自己空生华发却壮志难酬。归途中，陆游写下了《归次汉中境上》一诗：

云栈屏山阅月游，马蹄初喜蹋梁州。

地连秦雍川原壮，水下荆杨日夜流。
遗虏屡屡宁远略？孤臣耿耿独私忧。
良时恐作他年恨，大散关头又一秋。

　　王炎离开南郑（今陕西省汉中市）时，府中一众前往送行。陆游与王炎一时相对无语，内心倍感惆怅和忧伤。待要分开时，王炎语重心长地对陆游说道："务观乃天纵之才，不过愚兄有几句话也要嘱咐于你。"
　　陆游说道："公明兄吩咐就是，务观洗耳恭听。"
　　王炎说道："务观性格过于耿直，人生在世，有时不得不随俗而行，不说是溜须拍马吧，至少要学会逢场作戏、应酬寒暄这样的官场法则，不然仕宦之路荆棘丛生，寸步难行。"
　　陆游点头应道："公明兄言之有理，务观谨记于心。"说完，内心一片惆怅。望着王炎远去的背影，陆游思绪万千，凄然长叹一声："唉！命运捉弄人啊！即使再努力，也无济于事。"说罢，一种难以言说的悲伤涌上心头。
　　其他前来送行的幕僚看着陆游，不知道他是在感慨王炎的命运，还是感慨自己的命运。
　　天威难测！陆游并不知道王炎何故被朝廷召回，凭借多年的官宦经历，他感到事态的严重性，大抵是宣抚使司欲行恢复惹出的事端。让陆游意想不到的是，王炎刚调离不久，幕府随即遭到遣散，十四五个幕宾一个不留，留给他们的只有相互之间的叹息。
　　陆游的抗金军旅生涯仅仅维持了八个月时间，就到此结束了。陆游的心里愈发凄苦，北伐计划毁于一旦，他空有一腔热血，却无捐躯之地。

卷八 燕饮颓放

阅 兵

不久，陆游调任成都府路安抚司参议官兼四川制置司参议官。

赴任途中细雨连绵，陆游骑驴入川，与上次跨下骑良驹意气风发去南郑赴任截然不同。陆游自任职南郑后，以为自己可以在战场上建功立业，实现自己恢复河山的人生理想，可万万没有想到，他的军人生涯竟然如此短暂。此次调回后方成都，意味着他再也不可能回到战场了。

参议官是一个空衔，正如陆游所说的那样"冷官无一事，日日得闲游"，他心中仍有在战场上建功立业的强烈愿望，不停地在心里自问，为什么偏要我离开南郑前线南来成都呢，是为了逛重阳节的药市，看元宵节的灯山吗？于是他写下了《汉宫春·初自南郑来成都作》：

羽箭雕弓，忆呼鹰古垒，截虎平川。
吹笳暮归野帐，雪压青毡。淋漓醉墨，看龙蛇飞落蛮笺。
人误许、诗情将略，一时才气超然。

何事又作南来，看重阳药市，元夕灯山？
花时万人乐处，欹帽垂鞭。闻歌感旧，尚时时流涕尊前。
君记取、封侯事在。功名不信由天。

陆游心中有太多的愤怒和不满需要发泄，于是他把大部分时间都消耗在酒肆和歌院之中，给人一种狂放不羁、自我放逐的感觉。

随后，陆游又走马灯般先后到蜀州（今四川省成都市崇州市）、嘉州（今四川省乐山市）、荣州（今四川省自贡市）等地任职。在荣州府任通判期间，陆游刚翻修好住房，还没有来得及入住，又奉调到其他地方了。

随着不停地调动，陆游对巴蜀各地也有了更深的了解，也冲淡了羁旅行役之苦，他逐渐爱上了这块天府之地，萌生出在此终老的念头。由于对南宋政权心灰意冷，陆游就连酒都懒得碰了，只在到了心中郁结无法释怀时，才会大醉一场。有一次，他又喝了一场大酒，酒醉到失控的程度，而酒醒之后仍然想着北伐的国事，但是此刻心情却不知道找谁述说，陪伴他的只有床头那一把孤剑还在隐隐作声。

这种无处话凄凉的生活，直到范成大来了才有了转机。

淳熙二年（1175）六月，范成大任四川制置使。

十三年前，陆游与范成大就已结识，当时他们都是编类圣政所检讨官，因为文学两人一见如故，成为知交。后陆游被贬谪出朝，两人才被迫分开，这次二人相聚，令陆游和范成大喜出望外。

陆游紧紧握住范成大的手，感慨地说道："至能兄，自金山寺一别已有五年矣。"

范成大激动地说道："镇江短暂相聚，腹有千言尚未尽述。分别后，小弟更是无时无刻不思念务观兄。"

两人寒暄一阵后，陆游问道："至能兄出使金国情况如何？"

范成大说道："说来话长。抵达金国中都（今北京市）后，即向金国皇帝金世宗呈进国书，并呈上事前写好的奏疏，要求更改受书礼仪，并归还我大宋皇陵。金世宗当然不肯接受，金国群臣用笏板击打至能，太子完颜允恭更是恼羞成怒，当场要斩杀于我。"

陆游闻听大惊失色，怒道："所谓'两军交战，不斩来使'，金人果禽兽也，不按外交礼节行事。后来呢？至能兄未曾受辱？"

范成大淡淡一笑道："大殿之上，当然不会如此莽撞，多人上前劝阻方才作罢。金人见吾面对威权未曾折腰，更是不畏生死，这倒令金国上下肃然起敬，就连金世宗也连连称赞我辞令得体、不辱君命。"

陆游这才放下心来，仿佛范成大说的不是陈年往事，而刚刚发生的事情，高兴地说道："如此幸甚！如此幸甚！"

范成大接着道："从金人殿上回到会同馆后，发现有一名专门盯守的金国小吏，吾便打赏了他一锭银子，这名小吏偷偷对我说：'不光金太子欲斩使者，还有不少大臣主张把你扣留在金国。'当时我也不知能否安全返回临安，于是作了一首《会同馆》以明吾志。"说着，范成大便吟起了此诗"万里孤臣致命秋，此身何止一沤浮。提携汉节同生死，休问羝羊解乳不。"

陆游听了范成大的讲述，惊得目瞪口呆，半天才回过神来，说道："至能兄真豪杰也！身陷虎穴，胸有奇兵，折冲樽俎之功必彪炳史册，生死谈笑间，尚能坦然吟诗作赋，务观真是佩服得五体投地！"

范成大又说道:"自返回后,金国复书不愿更改受书之礼,也不想再起战端,最终许我大宋奉迁陵寝,并归还宋钦宗梓宫。"

陆游冲范成大抱拳说道:"好!至能兄出使金国,效仿诸葛孔明舌战群儒,朝堂之上言词慷慨激昂,令金国君臣刮目相看,使我大宋气节得于保全。朝廷嘉奖之隆,赏赐之厚,一定让群臣羡慕不已,想必今后更能得到官家的赏识重用。"

范成大不好意思地摆手道:"哪里哪里。"

陆游接着道:"至能兄只身一人舌战金国君臣,务观现在想来仍觉热血沸腾,为兄之大义击节叫好。"

范成大笑了笑,抱拳说道:"食君之禄,忠君之事,幸不辱使命,无辜负圣恩。让务观兄见笑了。"

陆游也拱拳说道:"岂敢岂敢,至能兄过谦了。"

久别重逢,免不了借酒互诉衷肠,兴之所至,两人吟诗作赋,直抒胸臆。

酒宴结束后,范成大递给陆游一本书。陆游接过来一看,上写"揽辔录"三字。范成大笑道:"务观兄休笑,此乃吾出使金国见闻,还请务观兄指正。"

陆游抱拳道:"岂敢岂敢,务观好生拜读。"

当晚,陆游睡意全无,他已被《揽辔录》深深吸引。范成大在《揽辔录》中,详尽记录了中原失地的山川、河流、道路、桥梁、驿站、物产、城池等,看到昔日的汴梁城街巷长满杂草,一门一楼已改为虏名;大相国寺残垣断壁,倾檐缺吻,无复旧观……这些都让陆游心伤,特别是看到老百姓见到了出使金国的范成大,第一句问的就是宋朝军队还会回来吗?一下就让陆游想起了范成大的诗作《州桥》:州桥南北是天街,父老看年等驾回,忍泪失声询使者,几时真有六军来?整本书文采斐然,确为范成大的用心之作,让陆游心生敬佩,当晚即写下诗作《夜读范至能言中原父老见使者多挥涕感》:

公卿有党排宗泽,帷幄无人用岳飞。
遗老不应知此恨,亦逢汉节解沾衣。

范成大非常欣赏陆游,邀请陆游到他的帅府任参议官。范成大与陆游均为忧心国事之人,决定积蓄力量,伺机北伐。

自隆兴失败后,北伐已成了不可触碰的话题。范成大为人老成持重,担心引起朝廷方面注意,以防备黎州(今四川省雅安市汉源县)等地边民为由训练士卒，两人积极整顿军务，谋划收复大业，只待朝廷一声令下，就可号令将士奔赴抗金一线。

　　这年秋天，范成大举行了成都军队检阅。
　　陆游挨着范成大站着，再一次戎装上阵，腰悬三尺宝剑，整个人意气风发，眉宇间透出一股坚韧不拔的气息。
　　前几日刚下过一场秋雨，天高云淡，太阳从云层里钻出来，将大地映照得鲜亮无比，就连空气也比平日要清新许多。但见远处青山如黛、山势峻峭，近处将士们精神抖擞，马蹄声、刀戈声和喊出的号令声此起彼伏，交织不断，能传到雪岭、蓬婆山以外，声音威震秦川平原和渭水河畔；军旗迎风招展，而将士们在校场上纵情驰骋，马蹄踏在雨后的土地上经尘不染。
　　范成大威风凛凛地站在观礼台上，待祭祀之礼完毕后，高声宣布："阅兵开始！"
　　这一幕让陆游想起了一年前，他也像范成大一样在蜀州主持过一次大阅兵，不过那次他是在蜀州通判的名义组织的阅兵，并写下《蜀州大阅》一诗，抨击当今朝廷养兵不用、苟且偷安。时隔一年，成都军队举行大阅兵，两次阅兵的规模不可同日而语，陆游激动不已，又让他仿佛回到了南郑前线，自己曾经横戈跃马，翻越秦岭，渡过渭水，穿插于三秦大地，并与三秦父老许下了王师北伐的诺言，一切恍如昨日。
　　陆游想起近段时间自己的宝剑常在夜间铿然有声，似欲出鞘，现在看着阅兵场上号角声声、战鼓隆隆、旌旗猎猎，将士们训练有素，士气高扬，煞是壮观。在这一刹那，陆游觉得自己胸中的忧郁已荡然无存，也更加坚定了他驱逐金兵、收复失地的信心。想到此处，不禁心头一热，他对范成大说道："至能兄有将帅之才，若是我朝上下一心，厉兵秣马，何愁河山不能收复，何愁我大宋不兴盛壮大！"
　　范成大神色变得庄重起来，转脸对陆游说道："我一直在想，我华夏男儿如此威武，岂可任由金人肆虐，一时一战的失利何足道哉，只要大旗一竖，即可招兵数万，稍加训练就是一支虎狼之师。"
　　陆游忧心忡忡地说道："今日朝中众臣胸无大志，稍有失利，就动摇恢复之心，首鼠两端才让蕞尔小国欺吾天朝上国，实在痛哉！"
　　范成大安慰道："务观兄不必忧心，官家只是一时被奸佞蒙蔽，待一朝省悟，岂不奋发图强，复我河山！"

"如若君上欲做战死之帝,不做那偏安之主,我大宋万民谁人又愿做这亡国之奴,哪怕血染沙场也无怨无悔!如若真心欲图恢复我华夏河山,依务观之见,官家当御驾亲征,必大长我朝之士气,区区疥癣之疾何愁不除。"

范成大觉得陆游说得十分有理,不禁点头与陆游对视一笑。而后,两人看着参加阅兵的队伍不再说话,多年的交情对彼此的心思再明白不过了。

这一次的阅兵对陆游触动很大。看着宋军逐渐振作,特别是作为一方大吏的范成大和他有着相同的想法,他顿时热血澎湃起来,手紧紧地握住剑柄,好似一松开,宝剑就会弹出剑鞘,上阵杀敌。现在这一切正在慢慢向他走来,他相信不久的将来,他又会像在南郑一样,脱去了一身书生装扮,身着军装,腰佩箭囊,手持宝剑,奔赴在抗金第一线,和这些军士一样冲锋陷阵,在战场上杀敌报国,博取功名。收复中原、华夏同庆的场面不断在脑海里浮现,陆游情不自禁地笑出声来。

自隆兴和议后,宋金两国长期维持着相对稳定的和平。南宋政权利用和平时期大力发展经济,现在已进入繁荣期。孝宗在心中已认为恢复中原已无可能,现在奉行的是一边倒的苟且偷安战略决策,而成都却在偷偷整顿操练军务,显然是不合时宜的。随着陆游"令传雪岭蓬婆外,声震秦川渭水滨……属橐缚裤毋多恨,久矣儒冠误此身"这类诗句传至临安,范成大和陆游的意图昭然若揭。

范成大以防边民作乱为由练兵,亦不过虚掩耳目而已,明眼人一看便知,他们所作所为很快被主和派盯上,纷纷向孝宗进谏范成大借口防备边民,大张旗鼓招揽士卒,意欲何为,无非是要伺机北伐,如若让金人知道了岂不是惹祸上身。在进谏弹劾范成大的同时,更没有忘记弹劾陆务观,称此人一向不安分,鼓倡浮言以惑众听,诋毁和议以诬圣政,宋金两国好不容易才恢复安定,他又在鼓动范成大兹事北伐。

孝宗见众臣纷纷进谏,一时没了主张。

陆游一直期盼的北伐仍遥遥无期,另一场政治争斗已悄然拉开了帷幕。

赏 花

陆游与范成大再一次一起共事,虽然范成大是陆游的上司,但二人属于文字之交,不似官场那么多讲究,彼此都不拘形迹,保持着良好的朋友关系。在处理日常公务之余,经常在一起饮酒赋诗,相互唱和,他们的足迹遍布成都大街小巷,过着饮酒赋诗、游览观景的生活。

成都海棠久负盛名，陆游踏春出游，几乎游遍了成都诸家园林，特别是一个名叫燕宫的地方，种植的海棠是全城之冠，吸引了众多文人雅士前去赏花，也写下了诸多赞美海棠的诗词佳作。这些景点自然也免不了会留下陆游的足迹，他甚至觉得成都的美女穿上最华丽的衣服，装扮最艳丽的妆容，但是在海棠花面前顿时自惭形秽。陆游看着海棠在阳光下怒放，却担心海棠花会被风吹日所损伤，陆游甚至想连夜到通明殿向玉皇大帝上书奏章，乞求能够赐予成都阴云天气，以保护海棠遭受风吹日晒，以延长海棠花期。不知有多少次，陆游流连花海之中，醉卧在海棠花下，好不逍遥自在。因此，陆游被人称作"海棠癫"。

有一天，范成大在成都西园举行宴会夜赏海棠，邀请陆游等众文墨之彦到翠锦亭观赏海棠。

西园中有西楼，有翠锦亭。

范成大、陆游等文人时常在西楼设宴。这次夜宴和观赏海棠处设在翠锦亭，范成大安排筵席，宴请众人欢聚在此把酒言欢、同赏海棠。

随着一阵风起，阵阵海棠花的香味随之侵来，让人闻之陶醉。

此时早已设下了酒盏、果品、菜蔬、案酒，堆了满满一大桌。众人各依次而坐，唯有陆游未按礼节入席，而是紧挨着范成大就座，全然不顾一众同僚的眼色。

府中数名讴者弹起了琵琶打起了腰鼓，边敲击乐曲边唱着雅调，声音柔美，节奏舒缓；又有数名舞伎在花间翩翩起舞，衣衫也被阵阵带有海棠花香味的雾气打湿了。待音乐节奏加快时，舞伎的节奏也跟着加快，飞起的裙带犹如纷飞的海棠花瓣。

皎洁的月色，摇晃的烛光，大家觥筹交错，听着动人的音乐，六方之艺的舞姿，盛开的海棠花围绕翠锦亭周围，在月光下、烛影中像美丽的云霞一样千姿百态、绚丽多彩，这时当然免不了要赋诗作文。

酒过三巡，范成大站起来，端起酒杯，高声对大家说道："诸位，今日这小小翠锦亭，集聚了这么多饱学鸿儒，岂可没有诗词助兴。"说着望向陆游笑道，"务观兄，不赋诗一首岂不是辜负了这良辰美景。"

面对范成大的热情，陆游竟坐着不动，只是旁若无人地将杯中之酒一饮而尽，淡淡说道："在座各位都是川蜀名家，务观岂敢僭先。"说完，自顾自地举箸援筯，大快朵颐起来。

陆游的做派确实不雅，对范成大连最起码的尊重也没有，显得范成大在奉迎作态。几个同僚见陆游如此怠慢范帅，心中大为不爽，脸上已露不悦之色，只是碍于范成大的面子不好发作，眼睛狠狠地瞪着陆游。

一名幕僚见僵在此处，忙起身举杯打圆场，并拿话敲打陆游："范帅乃一府之尊，理应由您开始才合乎情理，我等岂是哪般不晓事理之人。"

其他人跟着附和道："范帅先来。"

范成大对陆游的所作所为不以为意，笑道："今日本为赏花，不分什么长幼、尊卑。务观兄乃旷世鸿儒，兄开个好端，我等萧规曹随即可。"

陆游手里捏着一杯酒，低头看杯中之酒，淡淡地说道："刚才这位兄台不是发话了吗，范至能乃一府之尊，当然得由你范至能先来，务观还是稍后再依次酬唱。"

众人见陆游愈发无礼了，以前还称范成大为"至能兄"，现在倒好，竟然直呼名讳，不敬作为着实令人咋舌。显然，范成大对此早已司空见惯，只是淡然一笑，也不再推让，将笔握在手中，对众人说道："只为海棠，也合来西蜀。"众人闻听，无不点头称是。眼前的海棠花影、烁烁灯光、翩翩裙袂，范成大沉吟片刻，挥笔写下《锦亭燃烛观海棠》一诗：

银烛光中万绮霞，醉红堆上缺蟾斜。
从今胜绝西园夜，压尽锦官城里花。

范成大写罢，将笔递向陆游。

众人都望向陆游。

陆游只好接过川笔，仔细端详一番，然后望向不远处的簇簇海棠，他干咳了一声道："那务观就谨遵众兄之命，胡乱和上一首吧。"说罢，他略作思考，和上了《锦亭》一诗：

天公为我齿颊计，遣饫黄甘与丹荔。
又怜狂眼老更狂，令看广陵芍药蜀海棠。
周行万里逐所乐，天公于我元不薄。
贵人不出长安城，宝带华缨真汝缚。
乐哉今从石湖公，大度不计聋丞聋。
夜宴新亭海棠底，红云倒吸玻璃钟。
琵琶弦繁腰鼓急，盘凤舞衫香雾湿。

春醪凸盏烛光摇,素月中天花影立。
游人如云环玉帐,诗未落纸先传唱。
此邦句律方一新,凤阁舍人今有样。

石湖公即范成大号称石湖居士,聋丞即陆游自称。与平时写一些应酬诗文有所不同,那些只是和朋友之间的唱和之作,主要用来倾诉自己心中的苦闷,而这首诗则是陆游吐露了自己的肺腑之言,真实地反映了他的心情,他一直把范成大当成最最要好的朋友。可是,在他人的眼中,陆游放荡不羁,目无尊上,实在过分至极。

按照惯例,参加夜宴的每一个人都要依韵赋诗一首。

众人不再计较陆游的无礼,依次题写了歌咏海棠花的诗词。很快,大家的情绪都转移到陆游和范成大的诗作上,主宾唱酬,短篇大章,每一篇出,个个以先睹为快,人人争抢传诵,并被当场谱成曲子传唱,舞伎则随着音乐起舞,灯光花影舞姿交错,众人已忘记了陆游的无礼之举。

范成大为人谨慎务实,以守边为先务,不敢轻启事端、贪功冒赏,这与陆游所追求的随时准备挥师北伐是不可调和的矛盾。范成大安于仕宦、不图恢复的态度,让陆游感到非常失望,借着酒劲,对范成大不敢挑起北伐重任进行委婉的批评:"此时此刻美酒当歌,范至能身为朝廷重臣,切莫忘了肩上所负重任和志向,率军北上,廓清氛浊,复我大宋河山,尔堂堂范帅责无旁贷!"

范成大非常清楚此时北伐的条件还不成熟,况且军机之策岂可意气用事,如若没有朝廷的许可而贸然行事,不断北伐无望还会惹来祸端,有些话又不便当着众人的面明说,只能笑道:"务观兄居庙堂之高则忧其民,处江湖之远则忧其君,是进亦忧,退亦忧。然则何时而乐耶?其必曰先天下之忧而忧,后天下之乐而乐乎!"

陆游见范成大竟然用范仲淹的千古名句来敷衍自己,也借范仲淹来回应,抱拳说道:"范文正公曾戍边西北,稳固边防,打得大夏国李元昊俯首称臣,提及龙图老子,西贼闻之惊破胆。"

范成大见陆游并没有领会自己的意思,只好直白地告诫陆游:"务观兄,今日只谈风月,不谈国事,不要一言不慎惹来麻烦。来,浮一大白。"说着,他冲着陆游举起了酒杯。

陆游听到范成大的话,并没有举杯相迎,脱口而出:"麻烦?身为臣子,只想着为国尽忠,为君尽节,岂可在意自己的荣辱进退。范至能,你难道忘记了被强虏夺去的大好河山了吗?难道忘记了生活在水深火热的中原百姓了吗?难道忘记了你我楚囊之情以身许国之志了吗?"

面对陆游的接连质问,一时竟让范成大瞠目结舌。众人见陆游一个小小的幕僚,竟然如此轻慢上官,不禁愕然失色,皆侧目而视。范成大怔住了,心里极为不快,脸渐渐变了颜色。范成大暗忖,时常告诫陆游不要意气用事,他依然故我,常常不分时间场合语惊四座,今日又当众言辞激烈直抒胸臆,这些话如若被多事之人传扬出去,定会授人以柄。想到此处,范成大心中的不安又加重了几分,他按捺不住地将桌子一拍,厉声地答道:"这是什么话!圣恩尚未报,须臾不敢忘。你我皆是食君俸禄之人,一言一行当三思而后行,万不可意气用事,因一时激愤而自招罪愆。当今天子圣明,你我听命而行即可,军机大事还轮不到我等操心。"

范成大说得掷地有声,身子微微颤抖,平静的脸上呈威严之色,惊得众人无不相顾失色,谁也没有想到会出现这种局面,原本热热闹闹的酒宴,霎时安静下来,歌舞也停了,连风吹海棠花摇曳的声音都能听得见。

陆游不禁一怔,他没有料到范成大如此生气,惊诧地说不出话来。此时他已然明了范成大的意思,心知自己又当众失言,脸不禁微微一红,遂笑道:"好一个圣恩尚未报,须臾不敢忘,讲得好。快哉!快哉!"

范成大想到陆游刚才的一番话仍觉得后怕,生怕惹出一堆是非来,于是干咳几声,想将刚才的一幕掩饰过去,说道:"务观兄乃忠君爱国之士,至能甚是佩服,如若进京谨见官家一定当面奏知。"然后他再次举起酒杯,扫了众人一眼道,"陆务观今晚能同我等敞怀交谈,真心实意为朝廷分忧,一番高论确有醍醐灌顶之效。不过,今日我们还是专心吃酒,不言军机。来来来,我们吃酒!"

众人见范成大不再生气,顿时喜上眉梢,迭声道:"来来来,吃酒!吃酒!"心中恨不得刚才的这一幕根本没有发生,忙示意歌舞继续。

众人语笑喧哗,又沉醉到美酒佳肴中,一边杯盏交错,一边欣赏舞伎们的舞姿。

这时乐曲从轻盈婉转中变换为悲戚的腔调,陆游又想起了北方受苦受难的宋民,而自己却潦倒半生未建尺寸之功,不禁黯然泪下。陆游见范成大一众人神情自若地欣赏歌舞,他轻轻叹息一声,偷偷拭去忍不住垂下的泪珠,一仰脖,又将一满杯苦涩的酒咽下。

范成大看到陆游如此，心里非常难过，其实并非是他无意恢复，只是朝中上下皆无北伐之意，面对主和派当权的局势，可谓孤掌难鸣，独木难支，只能按照朝廷的指令行事。既然无法施展北伐宏图，那就用诗涤净凡尘，借酒浇胸中块垒，而这些说不出的苦衷，陆游又岂能理解。

这一晚，陆游在歌舞声度过的，止宿到晓。人散曲终时，琵琶弦声和歌伎的欢唱之声犹在耳畔回响。

陆游感觉这酒吃得并不快活，范成大的做法让他感到十分痛苦，因赋诗作词本非陆游的志向，但世人皆推崇和赏识的只是他的文才，他常以伊尹和姜尚自比，期望自己能像他们一样，可以辅佐君王成就王霸之业。可到头来，北伐恢复大计遥遥无期，也只能通过喝酒写诗来抒发自己的爱国情感。

这一夜，陆游辗转反侧，恍惚间他仿佛又回到了南郑。

放　翁

陆游和范成大本是诗文之交多年的老友了，两人在一起从不讲那些官场的繁文缛节，经常在一起饮酒作乐。

在外人看来，陆游与范成大是上下级的关系，但陆游却在范成大面前不拘守官场礼数，无视上下级之间的规矩，再加上陆游因满腔报国之志无法得到实现，故常有较放纵轻佻的行为，连本地同僚也看不惯他，说陆游"不拘礼法，恃酒颓放"，所作所为完全不像一个幕僚。再加上陆游所写的诗歌也不合时宜，总是酸溜溜的，背地里有各种风言风语，好在范成大对陆游非常客气，并没有因为陆游言行怪诞而疏远，两人的友情反而更加深厚了。

那是一个春日，范成大邀众人到府中做客。

当时陆游还没有到，一幕僚故意问道："范帅没有邀陆参议赴宴？"

范成大一怔，心中也在疑惑，平日可是他最先到的，笑道："喝酒吟诗岂可少了他陆务观！今日想必是家中有事给耽搁了，我们等他一会儿，待他到时定要罚他三觥酒。"

另一幕僚呵呵一乐，说道："范帅，我们还是不要等了，陆参议不会来了。"

范成大一听来了兴趣，忙问："为何不等？你怎知务观不会来了。"

那幕僚解释道："范帅有所不知，陆参议整日沉湎于芳华楼，听说近日又迷上了一歌伎，想必此刻正沉醉在温柔乡里。"

范成大兀自笑了："好一个陆务观，岂可独自窃香！"

"陆参议此事做得甚是不妥，有辱斯文！"

"听说陆参议整日饮酒,时常醉倒在勾兰瓦舍。"

"整日出入这等场合,不堪至极!"

"唉!把我们成都府的颜面都给丢尽了!"

……

众人把陆游在青楼的事说得眉飞色舞。

范成大和颜悦色地反问道:"这些事你们又怎么知晓呢,难不成你们也在?"

"范帅有所不知,这个陆务观身处这种场所还生怕天下人不知似的,在青楼中写下了不少淫词艳曲供人传唱。"

"此事早已在坊间传得沸沸扬扬,恐怕目今在成都府已是妇孺皆知。"

范成大笑道:"众位听我一言,这个陆务观与旁人不同,他喜欢逛伎院不假,无非是听歌伎弹弹小曲、唱唱小调,除了喝酒之外,务观这个年岁,断不会行苟且之事。"

一人笑着说道:"整天在那种场所,一时把控不住也是人之常情。"

另一人笑道:"年少及时行乐,行乐不须年少。"

范成大噗地笑了:"你们不了解这个陆务观,他一直把北伐恢复河山当作毕生志向,如今壮志难酬,他只能在琵琶腰鼓、舞衫香雾中寻求精神上的慰藉,也唯有这样才可以暂时解除他心中的苦闷,但行止断然不会有亏君子之道。"

这时,忽听门外有人大笑道:"人语喧哗如市井,满堂尽是斯文人。是谁在背后议论陆某呀,难怪这耳朵烧得厉害,平日里各位大人没少去勾栏瓦舍,为何我陆游去了就成了罪过了?啧啧啧……"说话间,陆游昂首而入,靴子橐橐有声,板着脸径直走到范成大身边坐下,揶揄地扫视众人。谁也料想不到陆游此时会来,屋内本来谈笑风生顿时变得鸦雀无声。陆游问得咄咄逼人,却又有理有据,毕竟背后议人不是君子所为,众人不禁瞠目结舌,一时不知该说什么好了,只好讪讪而笑。

范成大见陆游的到来把气氛顿时搞得紧张起来,忙打破尴尬,哈哈一笑:"务观兄,言重了,我等都在恭候你的大驾光临,只不过是闲来无事,议议你的风流轶事,纯属扯闲解闷,还望不要介意。"说完,递给陆游一杯茶。

陆游没有搭话,接过茶猛地一吸,茶水下喉后,嘴里还吸着几片茶叶,他并没有将茶叶吐出,而是将这几片茶叶嚼碎吞下,而后扫视了一下厅堂之人,半响才阴沉着脸说道:"人之多言,亦可畏也。"

"府中同僚闲聊而已,务观兄千万不要理会这些,我们还是开怀畅饮吧。"范成大指着众人说道,"看看你们,把务观兄给弄生气了,要罚酒三杯!"

众人忙顺着范成大给的台阶,个个挤着笑脸道:"当罚!我等背后议论陆参议,此举确实不妥,我们自当浮一大白!"

范成大见气氛略微缓和下来,也跟着起身说道:"此事皆因至能而起,吾陪上一杯!"说着,范成大抱拳向陆游施礼,众人纷纷抱拳向陆游躬身施礼。

范成大命人将堂中围屏撤去,抬来一大方桌。早有仆佣擦桌整果,更杯洗箸。

范成大在主座坐下,陆游也不客气大大咧咧地坐在他的左侧,众人客套一下依次坐下。菜尚未上齐,众人肃然危坐,默然相赏,有的已忍不住对桌中佳肴连声称赞。范成大也没有发言动筷,只见陆游自顾自地斟上一大杯酒。

范成大笑道:"诸位兄台,面对美酒佳肴,务观兄早已按捺不住了,我等都满上一杯,开怀畅饮吧。"说毕,给自己满上一杯,众人说笑着也跟着将杯添满。范成大又笑道:"诸位可不要食言哦。"

众人不解地望着范成大。

范成大笑着解释道:"刚才是谁说要罚酒的?饮不釂者,浮以大白。"

众人恍然大悟,忙举杯向陆游赔罪。

陆游心里冷笑着,但也要卖范成大一个面子,只得淡淡地抱拳回礼说道:"如此美酒佳肴,众兄岂可独享,陆某当与诸君共饮!"说完将杯中酒一饮而尽。

这一杯酒下肚让陆游烦心顿释,万虑齐除。

众人纷纷举杯向陆游行礼。陆游略一欠身,又向范成大施礼后,才饮了杯中之酒。大家本同为府中幕僚,彼此相熟,只是平日看不惯陆游而已。方才还是剑拔弩张的紧张气氛,现在又在一起推杯把盏好不热闹,又呈现出一派和谐热闹的场面。

对于这样的场面陆游来说早就见惯不怪了,只是他讨厌这种虚与委蛇地相互应付。待有人虚情假意地过来敬酒时他也敷衍应付,无人敬酒时就只顾自斟自酌,饮完一杯,又倒上一杯,也不再言语。

范成大见陆游心事重重,主动挑话儿说:"务观兄,别再烦忧,赋上一首新诗如何?"

众人都望着陆游。

陆游素日与席中众人不大甚合,只剩范成大一人可算作知己。见范成大发言,陆游慢慢答道:"由我打头不甚妥当,还是各位大人先请,免得私底下又会说你范至能偏心于我。"

众人个个面露惭色，连连摆手道："陆参议言重了！"

范成大举起一杯酒，笑道："今儿高兴，咱不说败兴致的话儿，务观兄请吧！"

陆游见他这般劝慰，也不肯负他的好兴致，叹道："既然如此，陆某就不在客气了，免得耽搁诸位吃酒。"

早有人命仆佣在一旁摆设书案，陆游缓步走到案前，取了笔，低头不语。众人屏息敛声，生怕人声嘈杂败了陆游的诗兴。

陆游内心非常矛盾，他思索一会儿，将手中之笔沾上砚墨，乘着酒兴挥笔写下《春感》。该诗可谓一挥而就，陆游放下笔，笑着说道："陆某酸楚之句，还望诸位大人休要见笑。"

范成大拍手赞道："'剑关南山才几日，壮气摧缩成衰翁。雪霜萧飒已满鬓，蛟龙郁屈空蟠胸。'好诗！好诗！叹岁月匆匆壮志难酬，务观兄出手端得一手好文佳章。只是太过悲凉了，让人读之徒增伤感。"

陆游一诗果然让人心生凄凉之感。大家寂然而坐，竟不再言语了。

那一天从中午一直喝到日暮，众人皆体乏至不胜酒力方散。陆游带着深深倦意回到家中，沉沉睡去。

陆游在诗中肆无忌惮地表达着他的悲愤，有感慨世事的"意气不相值，终日持空卮"，有激愤于报国壮志难酬的"丈夫不虚生世间，本意灭虏收河山"，有借酒挽回壮志的"梦移乡国近，酒挽壮心回"，同时他还在诗中对朝廷压抑主战派、埋没人才的做法进行控诉。

陆游只顾着沉浸在风花雪月中，在诗文中汪洋恣肆，诗文竟流传至京师。朝中政敌正在想尽一切办法排斥打击倡议恢复的抗金派，看到陆游的这些诗文后，自然也成了他们搜罗的罪证，指责陆游包藏祸心，以诗文为名行嘲讽朝廷时政之实，实则是发泄心中对官家的不满，极力诋毁陆游"不拘礼法""燕饮颓放"，有损朝廷威严，要求加以严惩，罢免陆游。

孝宗对陆游的所作所为早有耳闻，仔细阅读了那些诗文，并没有觉得有什么不妥，不过是文人的本性流露，自娱而已。但是，面对众臣接连上疏弹劾，孝宗皇帝不得不重视起来，于是征询范成大的意见。

范成大知道陆游早已成了主和派的眼中钉、肉中刺，面对朝廷主和派势力的诽谤诋毁，他明显有些势单力薄，为了保护好陆游，只得将他调去管理台州桐柏山崇道观（在今浙江省台州市天台县），在成都领到微薄的薪水。

数月后，范成大见已无人提及陆游"燕饮颓放"的事情，四处传唱着陆游最近所写的诗词。于是，范成大向朝廷举荐陆游为知嘉州（今四川省乐山市）事。孝宗皇帝恩准后，任命陆游为嘉州知州。

谁知任命刚下，陆游还没有来得及走马上任，又遭到朝中主和派的激烈反对，指责他过去曾在嘉州任内整天不务正业，只顾着大吃大喝、郊游写诗，这处罚没几天，他会不会故态复萌不理公事，又整日里与州郡的那帮文人骚客宴饮唱和。

孝宗皇帝闻听，也只好以臣僚言"游摄嘉州燕饮颓放故也"为由，再一次将陆游罢免。

范成大多次向朝廷举荐陆游，遗憾的是这些举荐没有起到多大作用。

一天，陆游和范成大等人在一起喝酒，难免又要吟诗唱和。

范成大写了一首《秋日田园杂兴》：

新筑场泥镜面平，家家打稻趁霜晴。
笑歌声里轻雷动，一夜连枷响到明。

陆游读后称赞道："范至能果然大才，心系桑麻，自成一家，读来让人感同身受，只是诗意平易浅显，过于详尽，少了些许韵味。"

此言一出，众人瞠目结舌。范成大倒没放在心上，谦逊地说道："务观兄言之有理。"

一人为范成大打抱不平，问道："陆参议，可记得杨万里的《晓出净慈寺送林子方》？"

陆游脱口而出："接天莲叶无穷碧，映日荷花别样红。仔细想来，范至能的诗作倒是与杨廷秀的这首诗颇多相似之处。"

另一人跟着说道："不错，杨万里的这首诗言语晓畅，明如白话，照样写出别样的荷塘美景。陆参议的诗作，不也一样不受音律束缚，吾以为作文赋诗重在表情达意，不加修饰、明白如话，方可为世人所懂，更便于市井传唱。"

陆游冲众人抱拳，说道："陆某受教了。"

陆游点了点头，认同地说道："如此说来，倒是务观误解了至能兄的用意。"

范成大举杯说道："诶！务观兄所言极是，至能当汲其理。谢谢大家，敬诸位一杯。"

众人连忙举杯。

酒宴散后，陆游仍与范成大在一起谈论当下时政。范成大想到陆游出言太过直率，经常当场指出他人不是，说得倒是痛快淋漓，却从来没有考虑说过以后所带来的后果，不无忧虑地对陆游说道："务观兄天纵奇才，作诗填词语气踔厉，虽然身处巴蜀大地，但声名远播，一言一行为世人所注目。不过，至能以为，还是收敛锋芒，谨言慎行为妙，不然朝中那班人又要以'不拘礼法''燕饮颓放'为由诋毁弹劾，让吾屡次举荐无果，悖了至能的颜面事小，误了务观兄前程事大。"

陆游知道自己的言行不拘礼法，得罪了不少人，听到范成大善意的提醒却不以为意。他抬起朦胧的醉眼看着范成大，反而冷冷笑道："前程？我陆务观还有前程可言！在世人眼中不过是一个颓废荒诞之人，不似你范至能处高临深，动而近危，思虑周详。不过，还是要谢谢范至能的谆谆教谕，既然都说我陆游燕饮颓放，那我就颓废放诞给他们好好看看。"

一番话令范成大哑口无言，只得很不自然地咧嘴讪笑。

陆游并没有注意到范成大的表情，他深思半刻，提笔写了一首《和范待制秋兴》：

策策桐飘已半空，啼螀渐觉近房栊。
一生不作牛衣泣，万事从渠马耳风。
名姓已甘黄纸外，光阴全付绿樽中。
门前剥啄谁相觅，贺我今年号放翁。

陆游写罢又是仰天大笑，连声说道："放翁！放翁！这个名号倒是别致得很，真乃好名号也！范至能，从今往后，陆放翁就作为我的别号吧，你以为如何？"

这首自嘲诗的字里行间充满了陆游的愤怒和心酸，范成大知道自己的一番功夫算是白费了，他目光中流露出失望，冲陆游苦笑着摇了摇头，发出长长地一声叹息。

这时的陆游已经看透了官场是非，给自己取号"放翁"其实何尝不是对朝中主和派的反击，他依然选择这种风流散漫的生活方式，想来就来，想走便走，甚是自由。河山一统才是陆游的毕生追求，取号"放翁"，并不是他真的豪放不羁，潇洒快意自由，而对眼下的时局充满了伤感和愤懑。至此，身边的人们也开始称陆游为"放翁",他听了不仅不恼,反而欣然接受,为人题写诗词时也落款"放翁"二字,一时"放翁"名号逐渐传开。

让范成大担心的事还是出现了,陆游被主和派参了一本,说他在任期间喝酒、履职态度不积极,这一波弹劾让陆游再一次丢了工作。后来,他在给史浩的信中称"加之罪其无词乎?至以虚名而被劾"。

没有俸禄的陆游,为了维持一家生计,陆游只好在杜甫草堂附近,开辟了一块荒地种菜为生。在此期间,他写了许多"恃酒颓放"的诗歌,有不满与遗憾,有不满与牢骚,更多的则是在写自己功业未立的惆怅和虚度光阴的悲哀,徒具爱国之心却无法施展。既然无用武之地,只能泄愤于诗酒,却被讥为"燕饮颓放",陆游早就看透了这种世态,反而庆幸自己能脱身于尘世喧嚣之外。

淳熙四年(1177)六月,范成大奉召还京。

陆游寻思半晌,认定是自己连累了范成大,忆起两人相处情景,不禁泪湿眼眶,特别是别离日近,更加郁郁不乐。

范成大启程时,陆游一直送至眉州。两人一路饮酒,一路唱和,虽不忍离别,但终归要应了古人那句"送君千里,终须一别"的老话。感伤难抑的陆游专门为范成大写下《送范舍人还朝》一诗,勉励范成大不要忘了昔日东都的儿童说着金虏的语言,恳请他觐见皇帝时积极建议献策,先取关中次河北,早日恢复河山清除胡虏。

陆游不禁悯然长叹:"人间聚散无常,今日一别,不知何日再见!"说完,两人洒泪而别。

范成大的身影越来越小,越来越暗,陆游孤伶伶地站在那里,久久不愿离去。

卷九 东归山阴

东 归

政治上屡屡受挫，心灰意冷的陆游放浪于山水之间，同时也把自己恢复中原的志向寄托在诗歌当中，写下了一首首饱含杀敌报国的昂扬诗句。这些意气所为的诗作，本意自我安慰和宣泄情绪，不曾想竟在书肆广为流传，并传到了中都。

一日，孝宗在宫内问身边的内侍："最近可有好的辞章，吟来让官家赏之。"

内侍观察着孝宗脸上的表情，犹豫着说道："回禀官家，现今大街小巷，皆在传唱放翁之词。"

孝宗一听陆游就来了兴趣，笑问："哦，放翁？好你个陆游，倒是没有辜负这大好河山，赋诗歌咏好不自在。"

内侍笑着说道："现在的已无人知道陆游了，倒是人人皆知陆放翁，就像世人不知有行在，只知临安城。"

内侍的话让孝宗沉思良久，不再言语。内侍这时才意识到说错话了，扑通跪倒在地，不停地掌嘴道："奴婢该死！口出妄言，惹官家生气。"

"无妨无妨！是呀，世人已不知行在了，不是官家不思北伐，而是我大宋外御无良将，国贫无余粮，拿什么北伐。可惜世人皆不懂朕之苦心！"孝宗连连摆手道，"不说这些了，你还是说说这个陆游吧。"

内侍这才起身应道："陆游虽说放荡不羁，但是所作诗词却大受欢迎，临安城内的大小书肆都有售卖，勾栏瓦舍广为传唱，民间几乎人人都能吟上几首陆游的诗作和小词。"

"哦，前段时间不是刚刚传唱那首《金错刀行》吗？"孝宗不待内侍应答，先吟诵起来，"黄金错刀白玉装，夜穿窗扉出光芒。丈夫五十功未立，提刀独立顾八荒。京华结交尽奇士，意气相期共生死。千年史册耻无名，一片丹心报天子。尔来从军天汉滨，南山晓雪玉嶙峋。呜呼！楚虽三户能亡秦，岂有堂堂中国空无人！"孝宗站起身来，缓步走下殿阶，然后提高音调说道，"好一个楚虽三户能亡秦，岂有堂堂中国空无人！读来鼓舞人心、催人奋进。陆游最近可有什么新作？"

那内侍从袖袋中掏出一小册子，小心翼翼地说道："官家深居宫中，心中所念是天下的子民，无闲暇顾及市井歌咏。近几日宫中也有人在私下传唱陆游的酒醉之词，奴婢觉得尚有些新意，闲来无事时诵读，只是有些诗词对官家隐隐含有怨言，故不敢进呈。"

孝宗"哦"了一声，接过小册子，一边细细品读，一边勾画圈点，不时诵读出声，击案叫好！当看到《关山月》时，孝宗轻声吟道："和戎诏下十五年，将军不战空临边。朱门沉沉按歌舞，厩马肥死弓断弦。戍楼刁斗催落月，三十从军今白发，笛里谁知壮士心，沙头空照征人骨。中原干戈古亦闻，岂有逆胡传子孙。遗民忍死望恢复，几处今宵垂泪痕。"孝宗的声音由轻变重，越来越大。

那内侍以为陆游的诗作又惹孝宗生气了，后悔不该如此多事，忐忑不安地站在一旁，不时观察孝宗的表情。

孝宗长长地吁出一口气，说道："好诗！将未能收复中原、实现九州大同的郁愤之情表达得淋漓尽致，看得出陆游对官家颇有怨怒，当年也是迫不得已，若不是符离大败怎会有隆兴和议，若不是为天下庶民免受劫难之苦，又岂会有'和戎诏下'。唉！没想到这个陆游到现在都不能理解官家的苦衷，何况他人乎！"

那内侍听到孝宗的语气平缓，心也放了下来，说道："官家只求天下庶民免遭战火之灾，此心昭昭，日月可鉴。"。

"陆游真不愧为'小李白'，句句泣血，声声流泪，忠心可嘉。"孝宗忍不住又将这首《关山月》又读了一遍，待读罢全诗，不由得感叹一声："唉！时间真快，官家已忘记隆兴和议已有十五年了。"

那内侍见孝宗反倒称赞起陆游来，跟着说道："是呀是呀，现在是淳熙四年，离当年符离之战已整整十五个年头了。"

孝宗想到陆游也是那时外放出京的，不觉已过去了这么多年。孝宗又是一声长叹："陆游垂垂老矣！怕是已届知天命之年？"

那内侍看来十分关注陆游，竟然脱口而出道："回官家，陆游生于宣和七年，已五十有三了。"

孝宗若有所思，捋须道："陆游常谏言触怒朝臣，故屡遭弹劾，不是官家不祖护着他，只是获咎甚重，才有这数次起落，现今朝廷正是用人之际，是时候召回，为官家出力了。"

孝宗再次看着那首《关山月》，大声说道："'千年史策耻无名，一片丹心报天子'言犹在耳,今日又有'朱门沉沉按歌舞,厩马肥死弓断弦',真是掷地有声、振聋发聩!游心胸旷达,毫不悲观,且愈挫愈勇,忠君爱国之心,始终不渝!"

淳熙五年(1178)春,陆游奉诏东归。

陆游八月回到临安。

陆游在文坛上的名气越来越大,一向很赏识陆游文才的孝宗皇帝在便殿亲自召见了他。

陆游的头在地上重重地磕了三下,朗声启奏:"臣陆游奉旨前来见驾,恭祝吾皇陛下万岁万岁万万岁!"。

孝宗看着跪伏于地的陆游,才年过五旬,却形容憔悴,顶戴下已是须发皆白,头伏得碰到了地面。陆游外放多年,言行举止似乎规矩多了。孝宗心里不由得生出一股怜悯同情之感,暗自叹了一口气,心道:"唉,这才几年不到的工夫,意气风发的陆卿已苍老成这个样子了!"

孝宗盯视陆游良久,才把双手一抬,说道:"陆卿平身吧!赐座。"

那内侍忙端来一把木椅,陆游再次叩谢圣恩。

待行完君臣之礼后,陆游方坐下,而后迫不及待地向孝宗表达了他在外任期间,日夜期盼匍倒在丹墀下叩见圣颜的思念。

两人闲谈了一阵,孝宗关切地问道:"陆卿这些年远在巴蜀,不知身体如何?巴蜀之地山高水远,想来定是也吃了不少苦吧!"

陆游答道:"谢吾皇陛下体恤,臣恭谢圣恩!初到巴蜀时,微臣不太适应,时有抱恙,仰赖陛下洪福庇护,倒也没有什么大碍。在蜀地住得久了,外在安闲,内心和乐,且今尚能大碗吃酒大碗吃肉。"

孝宗听了陆游的话,呵呵一乐:"看来陆卿也乐不思蜀了。卿久居巴蜀,一定游历了蜀中风物,蜀道之险、剑门之雄、古栈道之奇,真令人神往。"

陆游心头一热,答道:"巴蜀之地文士荟萃,风光胜景遍布,微臣此去倒是游历一番,也习得一点巴蜀风情。"

孝宗问道:"陆卿可曾往武侯祠?忠武侯诸葛亮治蜀功莫大焉。"

陆游说道:"陛下圣明,微臣数次拜谒武侯祠。古人言'天下未乱蜀先乱,天下已治蜀未治',蜀地大族专权,君臣之道被大族专擅所替,诸葛亮治理蜀地,实行严刑峻法,休士劝农,军屯耕战,才有巴蜀大地民安物丰。"

孝宗点头说道:"诸葛亮鞠躬尽瘁,死而后已,千古一相也,可佩可敬!"

陆游说道:"陛下所言甚是,就连司马懿也称真乃天下奇才也!诸葛亮以身许国。臣,高山仰止,景行行止。"

孝宗很高兴,故意在陆游面前背诵起来:"先帝创业未半而中道崩殂,今天下三分,益州疲弊,此诚危急存亡之秋也。然侍卫之臣不懈于内,忠志之士忘身于外者,盖追先帝之殊遇,欲报之于陛下也。诚宜开张圣听,以光先帝遗德,恢弘志士之气,不宜妄自菲薄,引喻失义,以塞忠谏之路也。"

陆游赞道:"陛下极贤至明,如此好记性!臣不及万一也。"陆游见孝宗背诵《出师表》时正气凛然,被深深地感动了,以为孝宗心里又有了恢复之意,他又岂会放弃如此难得的千载良机,对孝宗说道:"陛下,臣惟余一事,念念不忘,夙夜无寐。我中原遗黎不堪沦为金奴,日夜期盼王师北上,必箪食以迎……"

孝宗孝宗刚才还是满面笑容地听着,一听到陆游又提及恢复之计,难以遏制的不快顿时袭上心头,笑容也收了,脸色由浅变深,越来越凝重。

陆游还没有意识到孝宗的不快,以为是自己的谏言说动了孝宗,仍侃侃而谈。殊不知,孝宗早就不耐烦他的恢复之辞了,见陆游如此不识时务,狠狠地瞪着陆游。陆游仍不自知,孝宗只得恼怒地打断道:"恢复大计,官家没齿难忘,只是我大宋朝无恢复之将,国无北伐之力,攘外必先安内,富国乃立国之本,恢复当从长计议,委任庸人仓促作战,恐怕会重蹈符离之耻。"

陆游仍然没有察觉到孝宗的恼怒,接着说道:"诚如陛下所言,正因国库捉襟见肘,皆因忍垢蒙羞的和约条款所致,只有筑城郭、置兵甲,方可国威恢复;只有聚货财、减捐税,方可国库充裕……"

孝宗见陆游北伐立场如此冥顽不化,难免心生烦躁,他再一次打断了陆游的话,声色俱厉:"用兵不是陆卿吟诗填词!国家军机,官家自有主张,尔无须多言。"

陆游这时已经感受到了孝宗的态度了,他仍然不管不顾,非要让孝宗听完谏言不可:"非微臣多事,只是关乎江山社稷,故犯颜直陈……"

"够了!江山,乃官家之江山;社稷,乃官家之社稷。这江山社稷是你陆游做主,还是你陆游替官家做主!"孝宗拍案而起,用阴寒的目光瞪着陆游。

天威难测。陆游见孝宗瞪着自己,脸上挂了严霜一般冷峻,顿时惊得身子一颤,一股儿寒意遍及全身,脸色吓得苍白如纸,豆大的冷汗从额头浸出,哪里还敢出声,只得"咕咚"的一声伏地叩首。半晌,陆游方抬头偷偷瞄了一眼孝宗,只见他气得嘴里还在喘着粗气儿,一脸木然地半躺在龙椅之上,腹部跟着呼吸起伏，整个人看起来暮气沉沉。陆游心知此时的孝宗已对恢复中原不抱希望，所说"恢复中兴"不过虚词相饰而已，如今进谏恢复之语更是触其逆鳞，此时他不知如何是好，索性再次将头抵在地上纹丝不动。

陆游长跪不起。此刻，偌大的宫殿静得掉下一根针都能听见声响。

孝宗一脸肃穆庄重之色，他被陆游气得不再言语。过了好一会儿，孝宗才把目光射向跪在地上的陆游。见陆游头颅触地，屁股翘得老高，身体瑟瑟抖动，不知是被吓的，还是身子虚弱或是伤心所致。孝宗动了恻隐之心，对着陆游缓缓道："陆卿，官家自承继大统，何尝不想着兴我大宋河山，然天不怜吾，以至国运不臻，民生多艰，百废待兴，官家也食不甘味，夜不能寐，若再启兵端，必将数万生灵涂炭，唉！没想到连陆卿都不能理解官家的苦衷……"

孝宗的话似未说尽，却停在那里，像在等待陆游答话。陆游见孝宗的语气温和了许多，他舒了一口气，深深叩了一个头，犹豫了一下，才答道："还是圣虑周详，陛下宽厚仁慈，心装天下万民，诏屈冤，逐群党，开言路，任贤臣，朝野一派清明，只要君臣齐心协力，何愁国事不振。陆家世受皇恩，屡承天眷，陛下待微臣更是天高地厚，游只要一息尚存，当誓死效命，不负陛下隆恩！"

陆游的这一番话甚是得体，孝宗听了非常舒服，不禁点了点头，说道："陆卿一片忠心为社稷，官家是知道的，平身吧。"

陆游再次叩首谢恩，惶恐地站起来，发现孝宗正盯着他看，心里不敢有丝毫松懈。此时，陆游的心里自是还有好多的话儿要对孝宗说，他知道这些话没有必要说出口了，腹中顿时一酸，眼泪差一点儿流了出来。

孝宗瞥了一眼陆游，轻咳一声，缓缓问道："陆卿，最近可有新作？"

陆游这才抬起头来，从怀中掏出东归途中所作的几首诗，交由内侍递呈孝宗。

孝宗拿在手中看着诗歌，一边看一边赞叹"陆卿好文才！果然是好诗啊。"孝宗的眼神透出敷衍，他心不在焉地看了几行，随手却将陆游的诗作丢在一旁，而后故意打了一个长长的哈欠，冲陆游摆了摆手，说道："今儿，官家有些乏了，改日再听陆卿叙诗论词。"

陆游见孝宗的神气并无半点儿倦容，看来是不想再见到他了。陆游黯然神伤，闻言也只得跪安告退。

待出了大殿，陆游才发觉自己早已汗透重衣，本是踌躇满志地面见孝宗，以为孝宗会对恢复大计感兴趣，不料想却落下一顿训斥。下台阶时，一阵骤风刮来，陆游打了一个寒战，血液猛地涌向头顶，大脑顿时嗡嗡响起，差一点儿栽倒在台阶上。他镇了镇神，回望雄伟壮观的宫殿，心知恢复河山已经无望，不觉悲从中来，两行热泪情不自禁地滑落。

不久，陆游被任命为提举福建常平茶盐公事，当年冬季赴任。

盐　引

淳熙六年（1179）十一月，陆游改任为朝请郎提举江南西路常平茶盐公事。

江南西路常平茶盐公事虽为正七品，却有掌管茶盐之利，茶盐实行专营专卖，为朝廷主要的财政收入来源。因有暴利可得，故而贩茶贩盐禁而不绝，贩卖者常行贿官员，打通关节。百姓常说："清官能吏必治盐，贪官污吏盐必乱。"陆游任该职，朝野皆曰："孝宗识人，陆游胜任。"

十二月，陆游到抚州（今江西省抚州市）就任。

一日，陆游带着杨缚虎到街市暗访。街上空荡荡的，家家铺子门可罗雀，铺子主人不是发呆就是打瞌睡，在街上行走的人像丢了灵魂，也是无精打采的，看起来显得格外扎眼。陆游原为街上车水马龙、人头攒动，没有想到竟是这般凄凉惨淡。

不远处的一处店铺外蹲着或席地而坐十几个瘦弱少年，像一只只瘦小的猴子，这么多沿街乞讨的叫花子更是出乎陆游的意外。让陆游感到诧异的是，这些叫花子手里都捏着一块一些发黄的布，面无表情地打量着过往的行人。

陆游心中有些不解，恰巧看到旁边还有两个瘦骨嶙峋的老人正在低语互诉，两人发须皆白，满脸菜色。乍眼一看还以为是兄弟二人，只是一个须长一个须短而已。陆游上前问道："二位老丈，这些儿郎是乞丐还是这家商铺的雇工？"

长须老人四周扫了一眼，见并无其他人，才有气无力地对陆游说道："他们既不是乞丐也不是雇工。"

陆游"哦"了一声。

"听大官人的口音是外乡人吧？难怪不知乡情。"没等陆游回答，那长须老人叹了一口气，接着道，"大官人有所不知，这家商铺的主人叫着刘半城，是本地最大的盐商，每天这个时候都会进出盐巴，那些后生都是为这盐巴而来，但并不是什么雇工。"

陆游恍惚大悟，说道："原来是来此购买食盐？。"

长须老人猛地咳嗽起来，一边咳嗽一边连连摆手，待咳嗽平缓下来，才有气无力地说道："大官人看他们可像买盐之人？"

陆游又"哦"了一声，疑惑地看着长须老人，问道："那他们扎堆于此，所为何事？"

长须老人解释道："每有盐巴进出，总会有些许遗落，他们就是专门为了那些撒漏在地上的盐巴而来。"长须老人见陆游一脸疑惑，手往前一指："大官人看看便知。"

陆游顺着长须老人指引的方向望去，但见一辆牛车缓缓驶来，车轮轧在石板路上发出不堪重负的咯吱声响。行至商铺门前停了下来。接着，从商铺出来几个粗壮的伙计，他们麻利地从牛车上搬下几麻袋货物，扛进了商铺中。这时，蹲在地上的少年霍地站了起来，发疯般冲向牛车，他们快速地用手中的粗布把牛车抹得干干净净。陆游见一个少年将粗布放在嘴里舔了舔，兴奋地叫道："好咸！"那帮少年在哄笑中离开。

长须老人看着陆游，问道："大官人可曾看见他们手里的布？"

陆游用力点点头，答道："看见了，只是不知他们用这布擦牛车做甚？也没见这铺子主人打赏。"

长须老人呵呵一乐，说道："没有撵他们走已是天大的恩德了。"他指着那帮远去的少年，接着说道，"他们将布像宝贝一样捧在手中。那布是湿的，这样就可以将撒在牛车的盐吸在湿布上，回到家中再将湿布放在水中浸泡，做菜时这些盐水就派上了用场。"

陆游心中一沉，惊得"啊"了一声。这让他感到有些匪夷所思，但是老人的话和刚才看到的一幕，由不得他不信。

这时，一直未曾开口的短须老人，惨然说道："我二人已有三月未曾吃过一粒盐了。"说罢已是泪光闪闪，他用袖子轻轻拭干，舔了舔干裂的嘴唇，十分渴望地望向那些少年。

短须老人的话让陆游更为吃惊，蹲下来身问两位老人："这商铺就有食盐卖，二位老丈为何不买一些呢？"

这时，短须老人已恢复常态，平静地说道："大官人有所不知，此地拥有盐引的盐商共有五人，人称'五大官人'，他们又分设小盐引，也就是小盐商，盐巴的定价全凭他们一张嘴，如今这食盐贵如黄金，岂是我们这些百姓食用得起的，那帮后生才会抢那掉在牛车上的食盐。"

陆游惊讶地问："贵如黄金？那十两盐要价几何？"

短须老人想都没想，直接冲着陆游伸出食指和中指，答道："十两盐足可买两斗大米了，像我们这种老年人都是不吃盐的。"

陆游愕然地瞪大了双眼，惊异之下又望了望那群少年远去的方向，顿时明白了他们的行为，正色道："盐非其他食材，实行专营专卖，价格由地方府衙调控，岂会如此高价，况且长期不食盐必会体弱力乏，怎么可以不吃呢。"

长须老人苦笑一声，说道："我们也想吃啊！只是哪里吃得起，我等垂垂老矣，干不得活，下不了力，与儿孙争食盐巴纯属浪费！"

原来如此，此时的陆游心里早已雪亮。朝廷发放盐引只为多收征赋，让盐政有序，没想到这些盐商竟如此巧取豪夺，盘剥百姓……想到此处，早已气得脸色铁青。

长须老人看了陆游一眼，苦笑着说道："我们都是身子骨土埋半截的人了，吃不吃盐没多大关系，要将盐巴省给儿孙辈食。"

陆游面色凝重，两道眉已皱得连在了一起，心中如重鼓敲打，更似万根针扎，为官一任，当为黎民元元分忧，不然做此官何用？踌躇良久，他向二位老人抱拳说道："二老受苦了，我一定要把盐价降下去！"说完往二位老人手中塞了几文铜钱，而后起身离去。

二老看了看手中的铜钱，愣了一下，纳头便拜，待抬起头时，陆游已经远去。短须老人才小声说道："这个大官人气度不凡，听他的口气怕是一个端公，特别是他身边那人半张脸甚是凶煞，我们没有说错话吧？"

长须老人满不在乎地答道："真是官府的公人也好，让他知道详情，如果是个好官，也好替咱们老百姓做主。"

短须老人摇头道："别想啦，自古官商兵匪为一家……"他突然察觉到自己说错了话，猛地捂住了嘴。

陆游带着杨缚虎到另外几处售盐商铺走了一圈，发现每一家盐铺门前都会有一堆少年在门前候着，眼巴巴地望着商铺里面。陆游又仔细打听了一番，得到的答案与两位老人所说相差无几。

陆游回到府中，立即询问书吏高八斗："高书吏，这里有几家盐商？"

高八斗是上一任茶盐公事所聘的书吏，陆游见其头脑灵活就留下来继续任用。高八斗见陆游主动问起，深谙此道的他以为陆游想索要"人事"，笑着道："陆公事初任，对此地情况有所不明。此地有正规盐引的盐商五家，全城上下所吃食盐尽在这五人的掌控之中，城中暗地也有一些私盐销售，不过是他们的下家而已，明日本人通知这五大盐商来府上拜会公事大人。"

陆游不解地望着高八斗。高八斗挺了挺肥大的肚子，眼珠溜溜直转，轻声说道："公事大人听小的安排，富贵不可尽言。"高八斗说完，脸上透出洋洋自得的神情。

陆游心领神会地点点头，清癯的脸上露出一丝不易察觉的笑容，心中暗想，食盐的供应主导权一定要掌握在茶盐司的手中，否则茶盐司官吏就会落入利益藩篱的控制。

高八斗立即着手安排盐商拜会陆游。

翌日早，高八斗带着五个当地最大的盐商来见陆游。这几名盐商个个长得肠肥脑满，一看模样就知是大发横财之人。这几人笑吟吟地冲着陆游抢拳施礼，言语客气，对陆游倒是毕恭毕敬，陆游却心中生厌。

高八斗向陆游一一介绍这五大盐商："陆公事，这位是刘陶白，人称'刘半城'，这抚州城有一半的产业归他所有。"

陆游见刘陶白的身高不及自己的肩膀，长得又白又胖，一走动，像一个会走路的冬瓜，看着令人忍俊不禁。陆游忍住笑，干咳几声后，说道："好一个刘半城！名字霸气，人也长得霸气！"

刘陶白连忙躬身施礼："哪里，哪里！"

高八斗接着介绍："这位名唤逯未艾，与京城一众高官关系紧密。"逯未艾长得又高又壮，与壮实的杨缚虎不相上下。

陆游"哦"了一声道："逯大官人好，以后还望逯大官人多多关照！"

逯未艾抱拳施礼道："岂敢，岂敢！公事大人如有用得着我的地方，尽管开口，逯某愿效犬马之劳。"逯未艾嘴上还在客气，脸上却露出了得意的笑容。

高八斗继续介绍："这位姓利，名堆金，在抚州城提及利大官人，那也是无人不知无人不晓。"

陆游冷冷说道："利堆金！利大官人这名字取得好富贵呀。"

高八斗没等利堆金搭话，接着指向另一人介绍道："陆公事，这个名唤荆积玉，荆大官人。这个名唤蒯锦衣，蒯大官人。二人富甲一方，产业也是数不胜数。"

陆游抱拳说道："闻名不如见面，见面胜似闻名，今日高书吏让陆某开了眼界长了见识！"

五大盐商同时抱拳道："我们全仰仗陆大人和高大人的关照。"

众人又寒暄几句，而后坐下饮酒。待到酒酣兴起，那高八斗朝他们几人递了一个眼色，众盐商都是晓喻事理之人，纷纷从袖兜中掏出一叠厚厚的"会子"，恭恭敬敬地呈给陆游。陆游等的就是这一刻，刚才还笑容满面，突然收住笑容，用力一拍桌子，大喊道："来人！给我拿下！"

这时，只见杨缚虎和常平从外面冲了进来，身后紧跟着十名军士。众盐商猛地看到杨缚虎，那半张被老虎噬伤的脸甚是骇人，吓得手中的"会子"差点儿掉下。杨缚虎手一挥，说道："拿下！"说话间，那十名军士听得命令，"轰"地上前将五名盐商擒住。

高八斗见了十分不解，连声说道："陆公事，这是为何？这是为何？"一边说一边向杨缚虎及军士递眼色，示意他们出去。

杨缚虎看陆游脸色铁青，没有理会高八斗，伫立在原地没有动。他不动，那十名军士自然不敢动，手上的力道却弱了几分。

五名盐商见陆游无端发怒，并让人拿住他们，一个个目瞪口呆，面面相觑，不知哪里触犯了陆游。

刘陶白用力挣脱开来，心想陆游肯定是嫌呈送的"会子"太少，肥嘟嘟的脸上立即堆满了笑容，忙又从怀中又掏出一大沓"会子"呈上。

陆游把眼一瞪，厉声大喝："杨缚虎，愣着干什么，还不给我抓起来！"

杨缚虎不敢怠慢，指使两名军士将刘陶白拿得严严实实。

刘陶白脸上立时没了笑容，困兽般拼命挣扎，双臂被反剪在背后动弹不得，疼得他咧着嘴发出"哎哟哟"的嘘声。他仰着头，恶狠狠地盯着陆游，一本正经地问道："陆大人，不知我等所犯何事，何故拿我？"

陆游冷笑一声，毫不迟疑地答道："所犯何事？光天化日之下，公然贿赂朝廷命官……"

刘陶白冷笑一声，辩解道："陆大人，纵然我等行贿，但大人并未收受，当不为罪。如果陆大人硬要判定我等行贿之罪，那么大人受贿岂不是与我等同罪？"

陆游语气镇定泰然："尔等当众行贿尚且如此狡辩，看来不挨上一百大板，是不会认罪的！"

刘陶白吓得身如筛糠，脸色气得又青又白，不敢再说话了，他瞟了一眼高八斗。高八斗满脸诧异，他不知道陆游唱的是哪一出，一时不知该如何处置，呆若木鸡愣着不动。

逯未艾脖子一梗，竟然冲着陆游"呸"了一口，骂道："好你个陆放翁，才到任几天，竟敢在太岁头上动土，你也不打听打听，就是到了临安城我逯未艾也够得着关系，就凭你一个小小的茶盐公事，恐怕还无法将逯某定罪！"

逯未艾的话让众盐商刚才的紧张与惊恐立马烟消云散，一个个的脸上又显出一副有恃无恐的样子。

逯未艾的话如电击般一下惊醒了高八斗。高八斗平时没少收众人的人情，又是他把几位盐商召集过来，陆游如此对待众盐商无疑是在驳他的颜面，于是把嘴巴伸向陆游耳旁，小声说道："陆公事，恕我剖心直言，这几个盐商可都是大有来头，如果仅仅因为行贿未果和抬高盐价而把他们抓起来，这等罪名似乎不太妥当，一旦罪名不能坐实，反而遭到他们反告，上面追究下来我们也不好解释，弄得不好反倒让自己身陷泥潭难以自拔，轻则罢官削职，重则甚至会有牢狱之灾。"

陆游当然知道这里面的关系盘根错节，但是涉及万千黎民的生计，也不再畏惧彷徨。他轻轻"哼"了一声，盯着高八斗半晌，冷冷说道："陆某何惧之有！心中无愧心自安，如果畏狼怕虎，陆某就不用管这一郡之事了，拿他们自然有拿他们的道理！"陆游看着几名盐商，手指着他们勃然怒喝："民不可一日无盐！尔等乃官府命名的盐引，销售食盐本为充实国库，兼顾民生，可你们转卖盐引，层层加码，联手哄抬盐价，导致食盐贵如黄金，民众食用不起。"

陆游从怀中拿一沓纸来，用手翻了翻，里面全是蝇头小楷，密密麻麻记的全是一些进盐出盐的账目，他用力往桌案上一丢，说道："这几年你们转卖'盐引'，哄抬盐价，这是详细数据，如若没有真凭实据，也不会拿下诸位。"

众盐商闻言吓得面如土色，浑身抖个不停。刘陶白双腿一软，竟然跪在地上，随即瘫坐在地上，双手拍打自己的腿，像一个在地上晃动的冬瓜，鬼哭狼嚎地嚷道："完啦，完啦！陆大人饶了我吧，我不该坐地起价，盘剥乡里……"刘陶白哭得有些夸张，令人哭笑不得，逯未艾冷冷地瞪着刘陶白，眼神中透露出不屑，嘴角隐隐抽动，轻蔑地哼了一声。

陆游又转过脸问高八斗："高书吏，你说他们有没有罪？你说他们该不该拿？"高八斗见陆游问他，心里一惊，好似芒刺在背，顿时语塞，只得诺诺连声频频点头，此时已汗透重衣。

逯未艾见高八斗竟然不吭声了，想起这些年在他身上花了不少银子，便用祈求的眼神望向高八斗。高八斗噤若寒蝉，哪里还敢替他们说话，如果再为他们求情恐怕会引祸上身，他只好把目光移向别处，从怀中掏出一方手帕偷偷揩着脑门上沁出的汗。

陆游用力一挥手，对杨缚虎大声下令："带走！届时依律治罪！"

常平冲那十名军士一挥手，带领众人将五名盐商押了下去。

高八斗见陆游脸色凝重，知是动了真格，吓得脸色发白，哪里还敢多发一言。

其实，陆游通过这段时间的暗访，早就摸到真实情况，此次抓这几名盐商旨在"杀鸡儆猴"。严惩了这几名奸商之后，陆游责令放开盐引，打破销售垄断，小商小贩均可申请盐引，并明令不得违法收税、违制提价，也不准官府外加任何费用。

经过一番整治，非常见效，抚州的盐价很快回归到正常的价位上，百姓吃得起盐后，食盐的销量不断攀升，茶盐司的赋税反倒比以前增加了。

陆游任上，盐引无苛捐之忧，其管辖之地再无贩私茶及贩私盐者，其他地方的贩私盐私茶者绕境而过。不仅当地百姓对陆游称赞有加，就连好友周必大、范成大、杨万里等人知道后，也寄书赋诗称赞。

开 仓

翌年四月大旱，抚州（今江西省抚州市）连续多月未曾落下一滴雨，井干田裂，江河断流，那些水库池塘早已干涸，地里的禾苗已干瘪枯黄，就连田边野草也蔫了，似乎一着火即可点燃。一阵热浪袭来，禾苗野草在热浪中瑟瑟发抖，发出窸窸窣窣的声响，似为离人之泣。眼见农作物收获无望，农人却束手无策，他们根本找不到水源浇灌地中的庄稼，只能眼睁睁地看着庄稼旱死在地里。

一天，陆游带着随从杨缚虎和常平，一起出府察看灾情。

陆游看到赤地千里，草木皆枯的惨状，眉头越锁越紧，心情愈发沉重。他蹲下身去，用手挖了挖脚下的土，没有一丝湿气，如沙漠一般干枯，不由自叹一声。如果大旱不能及时得到有效缓解，今年秋收将无从谈起，下半年百姓又将如何果腹？还有繁科冗赋，百姓又将如何过活。想到此，陆游面色凝重。许久，陆游都没有吱声，杨缚虎和常平站在他的身后也不敢吭声。只见阳光照得地上反光，似有袅袅烟火从地里蹿起。

陆游手里捏着一把枯散如沙的土在手中，正在出神思索，沉重的踢踏声和虚弱的喘息声从身后传来。他扭过头一看，一个老汉牵着一头瘦瘦的水牛从身旁经过。那老汉约莫六十出头，头上戴着一顶磨光了沿的草帽，一缕长发没有束紧，散露在帽外，那头发有几个月没有洗了，油腻腻的，正顺着发尖儿流汗。看他的脸色像生了病，苍白中带着蜡黄。这副模样难不成还要下地干活不成？陆游感到好奇，紧走几步赶在了老汉的前面，揖了一礼，问道：

"敢问这位老哥，可是要下地耕田？"

老汉眼神忧郁，仔细打量陆游一番，方叹了一口气，苦笑着摇头说道："如果能耕地就要烧高香了，地早已干的耕不动了。"

陆游又问道："既不耕地，那就是觅草喂牛。"

老汉仔细打量陆游，又看了看陆游身旁的杨缚虎和常平，然后对陆游说道："看这位大官人的相貌，应是公人吧？"

陆游也不再隐瞒，点头称是。

"我活了这么大的岁数，也是第一次见到这样的年景，这日子是没法过了。"老汉唉声叹气地说，"不瞒端公，家中已断粮多日，眼下地也耕不了，养着这头牛反而增加负担，为换得几日粮食果腹，只好将这头养了多年的牛变卖。"

陆游听罢心中自是一酸，尚未答话，那老汉双手抱拳朝陆游深深一揖，说道，"这也是没有办法的办法，若不如此，也只能杀了充饥，它已在我家生活了多年，跟家人一般，如此杀掉于心不忍，幸邻村有人愿意收留，能为它找一个好去处，也算是行善积德了。"老汉忍不住掉下几颗浑浊的眼泪，牵着牛步履蹒跚地向前走去。

陆游立即还了一礼，本想安慰一下老汉，一时竟不知该说什么话来安慰。那老汉自顾赶着水牛走了。陆游不由得仰头望天，长长地叹息一声，看到的一幕幕的惨状又在脑中涌现。

老汉走远后，常平说道："陆公事，这还是比较好的了，有的民众只能以米糠、麦麸、树皮、草根、草籽，甚至老鼠充饥，已有不少饥民抛家外逃。"

陆游眼睛紧盯着老汉远去的方向。四周静悄悄的，没有任何声响，空气仿佛凝固了。

回去的路上，陆游苦苦思索着。作为主管一方粮仓、水利事宜的主管，他深恤民生疾苦，面对如此严重的旱灾却束手无策，一回到府中就立即召集幕僚商议。

陆游问道："旱灾久日不解，民不聊生，众位可有良策？。"

高八斗提议："公事大人，要禳天灾，可设醮启奏上天，可禳保民间疾苦。"

陆游不解地问道："设醮事祈禳天灾？"

高八斗答道："是的，做一场醮事，祈求国泰民安、风调雨顺。"

陆游暗忖，身为此处地方官，任上发生如此旱灾，定是自己有什么失德之处！

高八斗见陆游沉默不语，又说道："公事大人且请宽心，城南社有一庙，极是灵验，上几任大人遇上天灾就在此祈禳天灾。付书吏，你说是与不是？"

　　陆游犹豫不决，看向付五车。付五车对陆游说道："陆公事，高书吏所言不虚，本地如有天灾必做醮事，城南社庙甚是灵验，大人不妨一试。"

　　几经思虑之下，他决定亲自到城南社祭祀，作词祈神求雨，于是着人修设醮坛，祈禳天灾。

　　一条长案上摆放着供品，陆游率府中大小官吏立于长案之后，陆游按照礼节站在案前，焚香后只见他的嘴唇微微动着，默默地祈祷。随着司仪的口令，陆游慢慢跪下，站在他身后的官员也跟着跪了下来，众人虔诚磕头许愿。

　　也许是陆游虔诚求雨之举感动了上苍。举行了祭雨仪式后，原本烈日当空一丝风都没有，霎时变了天，天上乌云滚滚，凉风阵阵。

　　当晚风雨交加，整个天像塌了似的，雨水倾泻而下。

　　看到旱情得到缓解，陆游也松了一口气，心想，看来龙王也能体谅我的苦衷，如果今年能够风调雨顺五谷丰登，我愿意整日里跪在寺庙里为百姓祈福。

　　不过，陆游脸上的欣喜之色很快又变为了忧愁。

　　所谓祸不单行。好不容易把雨水盼来后，不料雨势转盛，一下十来天未曾停歇。很快，积水成涝，江河水势也跟着持续汹涌上涨，导致江水倒灌，数万亩农田和无数村舍淹没于一片汪洋之中。陆游带着杨缚虎和常平巡视灾情，轻舟沿着以前的道路缓缓而行，只见有些灾民只得爬上房顶躲避洪水或到山丘避灾，偶尔可以看见有行人在路上行走时，淤泥没及胯部。各个村庄已无炊烟升起，百姓未能逃脱食不果腹的困境，灾民个个面黄肌瘦，孩子的叫饿声、哭闹声随处可闻，而大人却束手无策，急得相对痛哭。看到如此惨状，陆游心急如焚，他万万没有想到，刚刚结束旱灾又迎来了涝灾，如果江水长时不退，远远超过了农作物的耐淹能力，待雨水退去，大多农作物将会被淹死。

　　陆游彻夜难眠，脑海不时涌现出无论是府中办公，还是在家中都在思考如何为民纾困解难。

　　清晨时分，常平打开府衙大门。这时，干涸的门轴发出"吱吱"的声响，门一开一个人应声栽倒进来，把常平吓得"妈"地一声大叫，接着他便大声嚷嚷："快来人呀，快来人呀，门口死了一个人。"

　　高八斗走了过来，大声吩咐衙役："大清早，如此晦气！赶紧把这具臭尸给我弄走。"

　　常平问道："弄到哪里去？"

高八斗瞪了常平一眼，吼道："用草席裹了，随便找个乱葬岗，挖个坑埋了就是。"

常平又说："要不要禀报陆公事？"

高八斗凶道："你的意思是我还做不了主了？陆公事政务琐碎繁重，哪能做到面面俱到，你们听我的指令即可。"

外面的喧哗之声早就惊动了陆游，这时他已走了过来，见高八斗等人正在争议如何处理尸体，便道："大清早的，尔等嚷嚷什么？"

众人忙过来禀报："陆公事，门口有一具女尸，我等正在议论如何处置。"

高八斗也上前禀道："陆公事，以我之见，用草席裹住尸体，用牛车拉至乱葬岗，挖个坑埋掉，免得传播恶疫。"

陆游"哦"了一声，也以为是一具无名殍尸，随口说道："高书吏所言甚是，那就依此办理。"话已出口，又觉不妥，忙举起右手制止。

陆游走到那具殍尸前，蹲下来，用手探了探鼻息，发现尚有微弱的气息，说道："尚未气绝。快！抬到屋里，喂一碗稀粥看能不能缓过来。"众杂役七手八脚，将其抬进屋内。

陆游用力撬开嘴巴，将小半碗米粥灌了下去，过了良久，那"殍尸"终于活了过来。看年龄不到二十，人瘦得变了形，只是肚子大的厉害，看来很快就要生了。

那女子脸上有了血色，人也缓过神来，一双丹凤眼慢慢张开。陆游松了一口气。那女子望着眼前全是一群陌生的男人，吓得双手抱胸，惊惧地说："你们是什么人？"

陆游答道："这位小娘子不必惊慌，我是……"

高八斗抢着介绍说道："这是我们的江南西路常平茶盐公事，陆公事陆大人。"

女人闻听欲起身行礼，被陆游止住，他问道："小娘子怀有身孕，不在家待产，为何还要出门？"

那女子的脸一下红了，她不好意思地说道："小女子尚未婚配，哪里来的身孕？"

陆游不解地望了一眼她的肚子。

那女子低下头，答道："大人有所不知，我是抚州府人，姓范，无名，因在家排行老五，大家都唤我范五儿。只因家乡遭遇水灾，举家在山上避灾，在此避灾的全是周边村庄的百姓，可山上没有充饥食物，树叶早就被人吃光了，我们剥树皮吃，后来连树皮也没有了，只能挖山上的观音土吃。"

范五儿一边说一边哽咽，她停顿歇息了一会儿，接着说道，"那东西倒是可以充饥，就是不好消化，连大便屙不出，所以这肚子才肿胀如此。"这时，她的脸更红了。

高八斗的脸越拉越长，冷冷一笑，说道："好你个范五儿，这谎儿让你给编得如此动容，差点儿连我都相信了。"

范五儿吓得身体一颤，眼睛睁得更大了，忙道："大人，我说的句句属实，如有半句假话任凭你们处置。"

陆游心里早已明了，他瞪了高八斗一眼，对范五儿说道："你刚才所说，我当然相信。"儿时曾随家人逃避灾难，对当时的情景至今仍让陆游记忆犹新，眼前又呈现出目不忍睹的惨状和流离失所的难民身影，内心自是无比沉重。陆游镇了镇神，又问道："范五儿，你又如何来到了这里？"

范五儿说道："村人困居山上，眼见有人将饿死于此，因我自幼便学会了泅水之术，便自告奋勇地出来求救。好不容易才寻得这里，不料府衙大门尚未开启，便饿晕在这里了。"

"杨缚虎何在？"

"在！"杨缚虎立马应道。

"立即安排人手，护送范五儿与家人团聚，另准备一些粮食送以她与众乡民度灾。"

"是！"

待送走了范五儿，陆游苦苦思索如何应对此次水灾。抚州亦成为一片泽国，用什么办法让水遁走？筑堤堵水？挖沟引水？还有……还有……如今水势一时不退，当务之际是赈灾救万民。陆游深感事关重大，此事马虎不得，他立即向朝廷上书，附以详细受灾情况，希望能够拨款、开仓放粮赈灾，缓解因水灾造成的缺粮情况。

依照程序，报灾之后由朝廷派遣相关人员到灾区勘灾，核实受灾的范围和程度，然后再根据勘察结果采取救助措施。可是时间不等人，许多家庭已断炊多日，再不放粮不知有多少人会饿死。

陆游心神不安，遂召集府中幕僚商讨对策。陆游见众人皆低头不语，沉吟半响，只好率先发问："水患尚未断绝，元元黎民荡析离居，富庶人家尚且食粥度日，长此以往恐难以为继，苦民尤为可悯，早已断炊多日，食树皮草根果腹，极其困苦，想必范五儿食用观音土之惨状，诸位尚未忘怀？然恳请赈济至今尚未收朝廷的回复,诸位将如何处置?"说完,陆游用征询的目光扫了众同僚一眼。众人面面相觑,一时小声议论,皆无良策应付灾荒。

陆游见无人答话,踌躇半晌,终于下定了决心,说道:"四境不安,吾失责也;一民有饥,吾心不安。既然诸位腹无良策,唯有令各郡县先行开放义仓放粮,赈济受灾百姓。"

众人闻听无不面面相觑。"先斩后奏"乃为官大忌,如若实施上面追究下来,所有人都脱不了干系,于是你看看我我看看你,相互递着眼色。

这时,高八斗咳嗽了一声,小心地欠了一下身子,提醒道:"陆公事,义仓本为备荒而设,未经朝廷批复擅拨义仓非同小可!我等只有再次火速上呈灾情,待见到上谕再做决定也不迟。如果没有朝廷恩准的批文,我等擅自开仓放粮,兹事重大,万一上面怪罪下来,我等定然难脱干系,轻则丢官罢职,重则杀头抄家。"高八斗一连三个"我等",将众人捆绑在一起,这样人人怕担责而不敢推动开仓放粮。

这一招果然见效,见有人开了头,众幕僚开始窃窃私语起来。

见有人先行发言,付五车接着说道:"公事大人拳拳爱民之心,令卑职万分佩服,只不过开仓济灾,事非寻常,我等做臣子的当遵奉圣谕行事,没有得到朝廷许可之前,我看此事还得从长计议。"有了高八斗和付五车提出了反对意见,众人也跟着纷纷附议劝阻陆游。

陆游揣摩出他们的话意,无非是不想担责怕朝廷责难,遂脸色一沉,冷冷说道:"陆某当然知晓遵谕承办,可是人命关天,尔等还如此拘泥于常规做法,待到朝廷批复下来,数十万灾民岂不是饿殍遍野!如果发生这样的情况,诸位又将如何处之,难道不怕上面怪罪?"

高八斗不安地说道:"公事大人说的也没错,只是没有朝廷专旨,我们岂可擅自做主。我看此事还是要再拖上一拖,待朝廷谕令下达后再作主张。"

陆游勃然大怒,霍地站了起来,厉声道:"拖?怎么拖?难道要拖到因饥饿引起民变?拖到抚州百姓全都饿死?由此引发的后果你们想过没有,谁来承担这个责任?民乃国之本,诸位都是读书之人,理应知道此理,如若真到了这一步,在座诸公谁都脱不了干系!"

陆游发起脾气来果然骇人,高八斗被呛得脸涨得跟猪肝似的,想辩解却又张口结舌,半天才说:"公事大人所言甚是,容我等再议议。"说完低声与身边的付五车小声嘀咕着。

陆游霍地站起身来,凛然道:"蓄疑败谋,怠忽荒政。民事不可缓也,开仓放粮是陆某决定的，各郡县速开仓放赈，以解倒悬。随事即行，不须闻奏，如若上面追究，与尔等无关，陆某一人承担便是！"

众人从来未曾见过陆游如此生气，心中竟有些发怵，愕然相顾，心里暗道：这陆游如此胆大妄为！对灾民如此上心？竟然置个人的前程安危于不顾了，真乃放翁也！

众幕僚想到陆游为救万民于水火竟置身家性命于不顾，心中无不一热，纷纷表示："公事大人以救苍生，为万民莫大之功，开仓放粮，以救苍生，我等自当尽力。"

各郡县主事官员按照陆游的要求，迅速打开官仓为灾民发放粮食。

为了解灾情，陆游马不停蹄地到各个灾区察看灾情，并亲自坐船为受灾群众发放粮食。有了救济粮食，抚州几十万灾民渡过了难关，在如此大灾面前一州之内竟没有出现饿死人的现象。

让陆游万万没人想到，他在没有得到上谕就擅自开仓放粮，此消息传到了京师，朝野上下对此议论纷纷，陆游先行后奏的赈灾之举让主和派抓到了把柄，各类弹劾陆游的奏折雪片般地飞向孝宗的御案。对此，陆游对此尚蒙在鼓里。

陆游任职期间，廉洁奉公，体恤民情，减免苛捐杂税，想方设法减轻了人民的负担，政绩卓著，特别水患期间开仓放粮，更是一件功德无量的善举，为陆游赢得了好名声，深受当地百姓的爱戴。

当年十一月，陆游奉诏回京述职。因陆游忙于政事，不得安闲，抚州全城上下对陆游善政赞不绝口。临走那天，当地百姓不舍，纷纷自发含泪相送。

如今得于面见孝宗，陆游遏制不住内心的喜悦。陆游并不在乎此次述职定能否得到朝廷的褒奖，而是希望借此能够重获孝宗的赏识，才能机会实现他北伐的愿望。

知道陆游即将进京，给事中赵汝愚借机参本弹劾陆游"不自检饬、所为多越于规矩"，朝中主和派接着跟进参本。

陆游身为此地的地方官员，岂能坐视子民饿死，开粮仓赈济灾民也属权宜变通之举。籴米赈济贫民，本为为官之本，孝宗皇帝又岂会不知，只是朝中重臣纷纷参奏，他一时也不好处理。

陆游见自己一心为国为民，非但得不到褒扬，反遭人诟病为"胆大妄为"而受到弹劾，不禁黯然泪下。

风 月

淳熙十三年(1186)春，陆游闲居山阴五年之后，又传来了再次入仕的消息。他又被朝廷重新起用，获任朝奉大夫、权知严州（今浙江省建德市）军州事。

赴任前，陆游奉诏进京，住在西湖畔的官舍小楼里听候召见。此时正值阴雨连绵，自立春后，临安的雨几乎就没有停过，稀稀拉拉地下，好不容易停了，太阳刚从云层里钻出来，似乎要放晴了，一会儿又被云给遮住了，这种长时间的阴沉沉湿漉漉的鬼天气，令人神情恍惚。小雨下得没完没了，但丝毫没有影响到陆游的心情，五年的闲居，如今官升一级，他按捺不住激动的心情，一到临安就接连拜访故交，游览胜景，对于临安的一切都感到亲切。让陆游伤感的是，虽然景物依旧，但早已人事全非，有人高升，有人外放，真是几家欢喜几家愁，让他深刻体会到官场党争频繁，仕途更是险恶莫测。

在驿馆等待几日后，终于在一夜春雨之后，陆游在皇宫内侍的引导下入宫。陆游又在庭中站立了很久。

孝宗人在东厢，问道："庭中可是陆游陆卿吗？"

陆游闻声，不顾地面尚存有雨水，匍匐于地回奏道："回禀陛下，正是微臣陆游。"

孝宗皇帝"哦"了一声，方从东厢御座上起身，步履迟缓地从东厢过来，随后在延和殿诏见了陆游。

陆游再次入朝，衣冠甚伟，精气浩然，只是挡不住岁月的侵袭，形貌垂垂老矣。在行完君臣之礼后，孝宗望着陆游，问道："看到陆卿身子骨还算康健，官家甚感欣慰。"

陆游揖礼对孝宗说道："启禀陛下，鬓丝日日添白，臣亦老矣！"

孝宗说道："诶，陆卿此言差矣，卿貌似老人，神采风姿尚在，故为官家所任用。"

陆游跪谢道："承蒙陛下厚爱，委以重任，臣叩谢天恩！"

孝宗话题一转："陆卿，这几年乡间何为？"

陆游辞官后没有了薪资俸禄，只能靠种地养猪维持一家大小的生活，于是据实答道："回禀陛下，无他耳，读书写诗练剑，耕田种菜养猪，伴妻教子育孙。"

孝宗没有想到陆游过起了这样的生活，闻听哈哈一笑，说道："莳花弄草，含饴弄孙，颐养天年。无论身处何境，陆卿都能过得如此诗情画意。"

一阵寒暄过后，孝宗又问："卿不日即要赴任，可有本上奏？"

陆游非常珍惜这次难得的觐见机会，见孝宗主动问起，趁机把心中所思所想向孝宗陈述："善治国者无他，就是要推行至公至平之道、减赋恤民之策，此为国之要也。"

孝宗闻言频频点头。

陆游又说道："当下享乐之风遍及朝野，奢靡之始，危亡之渐，望陛下能够扭转世风，提振士气，四海一心为国，国家才有希望。"见孝宗并无反应，陆游又道："自隆兴和议，金国内乱频仍，无暇南顾，至今二十年矣。然其言而无信，应趁眼下边陲晏然，缮修兵备，搜拔人才，明号令，信赏罚，强国强军，近可防其突然袭击，远可待机，一统社稷。十年可无战事，不可一日无战备。"

陆游偷偷看了一眼孝宗，见他并无异常反应，以为对自己的意见还算满意，又力陈恢复大计："今朝廷内无权家世臣，外无强藩悍将，所虑之变，惟一金虏。虏，禽兽也，谲诈反复，虽其族类，有不能测。且虏无君臣之礼，无骨肉之恩，今力惫势削，其乱不起于骨肉相残，则起于权臣专命，则奸雄袭而取之耳。伏望吾皇陛下与腹心之臣，力图大计，缮修兵备，搜拔人才，明号令，信赏罚，使虏果有变，大则扫清燕代，复列圣之仇，次则平定河洛，慰父老之望。"

陆游言之凿凿，孝宗却面沉似水，毕竟恢复大计已是他的心头大忌。陆游在上朝札子上已写出了他的政治主张，孝宗不以为意，只是没有想到陆游旧态复萌，会当着他的面妄议边事，这不是让他难堪吗？这时，被孝宗"倚如长城"的张浚和视为"裴度"的虞允文等名将早已谢世，他认为满朝之中已无战将可用，心中已有了禅让之意，只是太上皇高宗还在，碍于颜面暂未定退位之心，但此时绝无恢复之志。

孝宗面露不悦之情，耐着性子勉强听完陆游的话，方道："卿之所言，官家早已知之。严州山清水秀，是一个适合游玩的好地方，陆卿职事之余，可吟诗作赋，好好消遣一番。"在孝宗的眼里，陆游不过只是一名竖子不足与谋的书生，或是他的文学侍臣而已，做好自己的本职工作就行了，官家问什么你回答什么，一些不该说的话就不要说，不该管的事就不要管，恢复大计更轮不到你来操心。

陆游见孝宗把话题给岔开了，当然明白他的意思，心当时就凉了半截。眼前的孝宗早已失去当年智勇，年岁尚不足六旬却给人一种垂垂老矣的印象。此时陆游已然知晓，孝宗只不过是一个既无远见卓识又缺乏坚毅果敢、口嗨而实不至的君主，就算再犯颜进谏不被采纳他又能如何，想到此他低着头不再说话，纵使心中有千言万语，只是不得言说，在心中不由得叹息一声。

孝宗又道："陆卿离开临安多年，可多待上几日，再到严州上任，可也。"

陆游诺诺连声，跪地谢恩。

孝宗又叮嘱陆游几句，无非是赋诗填词饮酒作乐之类的，并没有期望他在任上有何作为。

陆游跪谢拜别，君臣各怀心思而散。出了大殿，陆游长长舒了一口气，抬头看看天，来召对时雨住了，艳阳高照，而这时天又变阴了，那太阳在阴云之中时隐时现，温柔得像一轮圆月。此时陆游的内心已没有了激动之情，他为自己在孝宗眼里是一个帮闲文人而伤感。

陆游满腹心事，回到住处，雨又落了下来，他怅然地望着窗外，听那春雨落在屋顶、树叶和地上的声音，久久才叹息一声。他将纸铺在桌子上，略作思索，挥笔写下了《临安春雨初霁》：

> 世味年来薄似纱，谁令骑马客京华。
> 小楼一夜听春雨，深巷明朝卖杏花。
> 矮纸斜行闲作草，晴窗细乳戏分茶。
> 素衣莫起风尘叹，犹及清明可到家。

陆游在临安寻访旧友，收拾好心情，赶到清明前回到了山阴老家，待到七月间才到严州赴任。

严州是临安西南的一个大州，陆游的高祖陆轸曾在此做过知州，颇有名声。陆游没有想到一百四十年后，他会沿先人足迹到此地任职。

严州公事颇多，来诉讼的非常多，就连山上砍柴的樵夫唱歌也似在那里哭诉。府衙如同闹市一般，公事文件堆得像山一样，将陆游围在中间。陆游夙兴夜寐，精心办理，诉讼者得其公断，诸般事务井然有序。

到任的当年夏季，严州遭遇大旱。

陆游火速奏请救济山郡瘠土之民，送粮上山。在灾区要路，设有粥棚，接济流民。组织安济坊、居老院、施药局、和剂局、惠民局等救助灾区病人和老者。

陆游带衙役巡行灾区，扶贫解困，打击抬高粮价者，抓捕欺诈灾民的地痞无赖，特别是他大力节约冗余公费，减免税费，广行赈恤，百姓安居，无流徙人户，陆游政声在野，深得百姓爱戴。当地百姓为陆游及其高祖陆轸立碑立祠，以纪念祖孙二人的功绩。

淳熙十四年（1187）二月，周必大由右丞相济国公进左丞相，封许国公。

看到老友再次得到朝廷重用，再次燃起了陆游恢复中原的念头，他把期望放在了周必大身上，立即给他写了一封贺启，并在贺启中又提出了政治主张。这么多年的君臣，周必大深知孝宗的执政方针，恢复之艰不过托词而已，和议偏安政策由来已久，现在主要专注于内政，对主战派的激烈言辞也不甚其烦，孝宗既忌惮飞虎军，也不喜欢这个主张北伐的陆游，又怎会忤逆孝宗的意识而允陆游之请呢？不过，周必大对陆游的举荐提携可谓不遗余力，朝中一旦有职缺他立即会向孝宗推荐陆游。这是后话，稍后再叙。

闲暇之余，陆游开始着手整理旧作。陆游看到自己的一些诗作时，不禁摇头苦笑，有很多诗词都是他年轻时创作的，只追求文辞华美。他有点后悔当初为何会写出这么多的诗，通过反复诵读、比较，将一些作品尽行删去，以前的诗去除了十之八九。为避免他人诟病，又从中精选三分之一，只选九十八首，有一些不合时宜的诗词只得忍痛剔除。因其"未尝一日忘蜀"，他将诗卷命名为《剑南诗稿》。

严州任职即将期满，陆游上书孝宗，请求按照惯例离职还乡，授予道观祠禄。孝宗只恩准陆游任满返还山阴，乞祠之事并无明示。

陆游返回故里已有数月，屡次上书乞祠禄未果，生活相当拮据。陆游的遭遇，让时任右丞相的周必大心中很是着急，听闻军器少监李祥正在请求外任，想再次向朝廷推荐陆游。

周必大上朝时，婉转地向孝宗奏道："启禀陛下，臣近来曾与两位参知政事商议，陆游严州任满，现在返回家乡山阴数月，尚无具体事例，如此大才闲居乡野，臣深知陛下爱惜陆游的才华，近询众人意见，觉得若是赋予闲职，正可向朝野展现陛下爱才惜才之意。"

孝宗略一沉思，说道："诏陆游回京任职，朝中可有意见？"

周必大回奏道："外间议论，臣一时难于揣测，想必会有杂音绕耳，为免浮言，目前给予外任，亦无不可。"

孝宗说道："陆游文才堪称宇内，如若在京师任职，不是更能展示官家爱才之意吗？"

周必大心中早有打算，于是顺着话茬答道："陛下圣明，如有意留任行在，倒也有一个合适位置。"周必大看着孝宗，接着奏道："恰巧军器少监李祥请求外放，不妨顺其势，让李祥外任为官，令陆游接替李祥的少监一职。"

孝宗准奏："许国公言之有理，准奏，由陆游补缺，任从六品军器少监。"

淳熙十五年（1188）冬，陆游正式出任军器少监。

翌年（1189）正月七日，周必大收到孝宗的御笔："学士院更添一员，具姓名来。"

学士院负责起草任免将相等机密诏令，虽为文臣，往往参与机要，是为要职。周必大立即写下《学士添员御笔回奏》举荐了好几名人选，当然着重点放在了好友陆游身上。

早朝，孝宗问道："众位爱卿，目今学士院缺人，谁人可以胜任？众卿可具名奏请，由吏部酌情审择。"

朝臣正在环顾小声议论之际，孝宗面向周必大，问道："许国公可有合适人选举荐？"

周必大本已在《学士添员御笔回奏》中推荐了数人，见孝宗问起，立即出班奏禀："启禀陛下，王蔺可出任该职。"

孝宗抚了一下稀薄的胡须，说道："王蔺议论峭直，耿直敢言，尽言无隐，只是刚刚就任参知政事，恐资历太高，兼任此职似有不妥。许国公可有其他人选？"孝宗此时已在着手禅位，在内禅之前特擢王蔺为参知政事，显然是有意让他协赞新君，任职学士院势必会影响政事。孝宗说完，盯着周必大看，看来是要周必大推荐更加合适的人选。

周必大当然明了孝宗的意思，于是接着奏道："陛下，枢密院事葛邲家学渊源，博学多闻，机敏干练，定可胜任。"

孝宗沉思片刻，笑道："葛卿五世登科第，三世掌词命，有国器之称，观其奏疏，即知其才，现为东宫僚属，日后必为重用。"孝宗所说并非虚辞，葛邲出身儒学之家，从其高祖葛密始至葛邲是五世登进士第，从祖父葛胜仲到葛邲已有三代人负责起草和管理皇帝诏书，现在葛邲为东宫幕僚，待新君登位日后必会青云直上。正如孝宗所言，光宗即位后，葛邲即刻升任宣奉大夫、同知枢密院事。

孝宗说完，众臣无不点头称是，周必大见孝宗有此明示，也若有所思地点头。

孝宗又问："众卿可有其他人选？"

众臣一时无言，把目光转向周必大。周必大见状，又启奏道："著作郎倪思纯忠表里、全节始终，烂乎简策，予无所措辞矣。"

孝宗准奏："倪思曾中词科，文辞稳审，又以直言著称，可胜任学士院职事。"

孝宗环顾众臣，又把视线落在了周必大的身上，问道："许国公可有其他人选？"

周必大见状，答道："中书舍人尤袤记诵渊博，学问该洽，文辞敏瞻，可补员缺。"

孝宗说道："尤袤才识，近世罕有。"说罢，孝宗问周必大，"尤袤甚好，此前无一人言之，何也？"周必大一时语塞，尚未想好如何作答，只见孝宗拂了一下龙袍衣袖，说道："诏尤卿兼权中书舍人，复诏兼直学士院。"

孝宗又问道："众卿可有人荐？"

周必大早就想好了最佳人选好友陆游，这时才抛出真心欲荐之人，朝孝宗深揖一躬，回奏道："本朝惟有陆游大段该博，尤知本朝典故，词章实为独步，并乞睿照。"

孝宗听了频频点头，说道："陆卿乃天纵之才，可任也。"

谏议大夫何澹原本肃立在朝堂一侧，此时走出班列，双手拱举玉笏，朝孝宗深揖一躬，启奏道："启禀陛下，万万不可。陆游虽有才学，但此人恃才傲人，如此重任，岂是这等桀骜不驯之人所能担负得起！"

一言方罢，立即有多名朝臣附议，大殿之上议论纷纷。

周必大力排众议，立即反驳道："做大事不拘小节，用人当用人之长，而不能因小失大、顾此失彼。"

何澹并没有因为遭到周必大的反对而有半分示弱，尖刻地说道："周大人果然与众不同，真是任人唯贤啊，这朝堂之上多几个陆游，我朝焉有不中兴之理！"

周必大见何澹反话正说，以攻为守，明显有针对他的意思。他心中暗忖，谁人不知他与陆游的关系，如果再强求下去，显然脱不了任人唯亲的嫌疑，只好说道："我等身为臣子，只为报答圣恩，为朝中推贤荐能，当内举不避亲，外举不避怨，至于如何使用当由陛下裁决。"

何澹又奏道："启禀陛下，陆游此人狂妄而不守绳墨，性情古怪，可谓世人皆知。学士院如此重要的职务委任于斯，如若天下士子群起效仿，岂不礼崩乐坏，乱我朝纲，番夷更会笑我朝中已无人可用。"

孝宗此时也陷入了沉思之中。

周必大见孝宗狐疑不决，刚要再次进谏，只听得孝宗轻咳了一声，大殿顿时鸦雀无声，人人表情各异。孝宗见众臣意见不一，心知不宜对陆游予以如此高位，故没有采纳周必大的举荐。他看了看周必大，又看了看何澹，说道："命吏部颁布敕令，招著作郎倪思、中书舍人尤袤复诏兼直学士院。"

周必大见圣谕已下，就算有异议也只能藏在心里，总不能令孝宗收回成命。

众臣闻听，齐声山呼："陛下圣明！吾皇万岁万岁万万岁！"

散朝之后，众臣纷纷退去。周必大被孝宗留下，此时他仍心有不甘，借机进谏："陛下，倪思、尤袤才品皆佳，学士院必可胜任，但陆游之才德，可谓人间少有，现赋予闲职，如不重用岂不可惜，也让天下士子寒心。"

孝宗听了周必大的话愣住了，想了想才道："相较于倪卿、尤卿，陆卿之才，迥乎远矣，这些官家何尝不知，只是他性格乖张，与满朝文武不合，何澹作为谏议大夫，他就不会答应，而且他所谏之语不无道理，如若此时强行任用该职，既得罪了朝中重臣，也易招惹同僚嫉妒，恐怕日后不好在朝中立足，反而不利于陆卿。"

周必大若有所思，沉默不语。

孝宗见周必大神情落寞，安慰道："许国公，木秀于林，风必摧之；堆出于岸，流必湍之；行高于人，众必非之。今日朝议，爱卿已知，反对他陆游的可不止何澹一人，众人忌陆游才高学显，恨他陆放翁跌宕不羁。许国公可将官家这番话转告以陆卿，如果他不历练世情，恐怕仕途惟艰，也必抱憾终生。"

周必大屡次推荐无果，弄得他非常不好意思，一日他将此次举荐情形说于陆游听了，不好意思地解释说："务观兄，我能力有限，难以给你提供大的帮助。"同时将孝宗口谕讲于陆游听了，要他以后低调行事。

陆游闻听苦笑不言，不由得感到一阵寒心，当着周必大的面，他一句话也说不出来。

陆游苦笑不言，却痛得心在滴血。这么多年的君臣，陆游已揣到了孝宗的真意，恢复之艰不过托词而已，和议偏安才是初衷，不过是不愿意他在眼前而已。陆游不由得感到一阵寒心，当着周必大的面却说不出一句话来。

龙袤获任兼直学士院，他深知自己才识远不及陆游，于是向孝宗力辞，并推荐陆游替代自己。当时关于内禅的讨论已经确定，但还没有告知朝中大臣，此时孝宗告诉尤袤即将内禅："旦夕制册甚多，非卿，孰能为之。"

见辞不允，尤袤只得暂且代任。

淳熙十六年（1189）二月初二，宋孝宗禅位光宗赵惇。

新主即位伊始，无不想有一番作为。光宗即位时已四十有三，有所作为的愿望更加迫切，遗憾的是他的能力远不及其父孝宗。

借皇帝新任的机会，时任礼部郎中的陆游接连上了好几个札子，结合时局向光宗纵论治国安邦方针。光宗早闻陆游大名，知道陆游是一个谔谔诤臣，虽说有"放翁"一说，但一心只为江山社稷。光宗看了陆游的《上殿札子》，对里面的内容非常认可，见地透彻，愈发重视陆游。

当时宋金达成和议，南宋朝廷要向金国上缴繁重的岁币，加上还得养活南宋数量庞大的官僚和军事人员，这导致南宋子民不堪重负。为此，陆游又上了一道《上殿札子》，提出以百姓为念，要光宗"躬节俭以励风俗"，并直陈赋税不均和徭役过重的问题，呼吁朝廷诏令辅臣计算收支情况，并进行广泛讨论，应该根据实际能力进行分配，避免对贫苦百姓过度征税压榨，可以免除的税赋要免除，可以节省的开支要节省，做到藏富于民，这与存放在府库没有区别。陆游进谏推行赋税的合理分配，得到了光宗的重视，遂要求各地府贯彻执行，减轻赋税和徭役负担，促进社会的和谐与稳定。因此，陆游也得罪了朝中大批权贵。

这一道札子是四月十二日进呈朝廷的，看来很得光宗的赏识。四月二十六日，光宗驾幸景灵宫，陆游被破格拔擢为礼部郎中兼膳部检察。膳部检察这个职务主要掌管进供酒膳、赐公卿酒食、祭祀用的牛羊豕（猪）等祭品和礼料。无疑，这个职位在他人眼中是一个肥差。

看见了陆游逐渐得到光宗的赏识，朝中奸佞之臣心生不满，加上陆游力倡恢复大计，一股针对陆游的力量正在逐渐汇聚。

十一月的一日，早朝。

何澹上奏弹劾："我朝与金国修好经年，双边和睦，陆游喜论恢复，全是不合时宜之语，如若金国获悉我大宋又兴恢复言论，恐怕又起事端。陆游前后屡遭众大臣上奏弹劾，所到之处皆有污秽言行，这等做派如何在朝中为官！"

朝堂之上的主和派大臣们立即齐声附议，纷纷陈言弹劾陆游。

欲加之罪，何患无辞。陆游提出的治理国家、出兵北伐、回复中原的系统性意见和建议，竟然成了众矢之的。面对朝中一众投降派的无端指责，令陆游百口莫辩，即便反驳也终究敌不过朝中众臣的恶意诽谤。

光宗如孝宗一样，也是一个有始无终言行不一之人，初政时期推崇薄赋缓刑之举，但为人反复不定，懦弱无能，又无安邦治国之才，还是一个精神病患者，这注定陆游的抱负得不到施展。面对朝中众臣一起上奏，一时也不知该如何处理。

后来，众臣弹劾不断，光宗迫于压力，只好暂以"嘲咏风月"的名义罢免了陆游的官职。

由于朝廷当权派的歧视打击，陆游在现实面前屡遭挫折，悲愤不已的他只得再一次离开了京城临安，回到了山阴老家，开始了安逸自在的耕读生活。陆游想起自己以"嘲咏风月"而遭弹劾罢官，他对这个罪名嗤之以鼻，索性将自己居住的地方命名"风月轩"。

此后，陆游长期闲居在山阴农村，生活虽然清贫，却以"万卷古今消永日，一窗昏晓送流年"为乐，尽管年事已高，目力减弱，对于读书始终孜孜不倦。他虽然已年近七十了，身体虚弱，但经常干农活，并且干得非常开心。

一日，陆游闲来无事，遂外出游玩，他发现凡是山坡都被人开垦出来，种上了小麦，有水的地方都种上了水稻，好一幅丰收的景象。有一个农人衣衫褴褛，仍顶着烈日在地里拼命劳作。耕地的那头老牛被累得直喘粗气，一条涎水自嘴里流出，一直拖到地上仍未断，那一副犁轭将它的脖子给磨烂了，露出了白色的骨头，陆游心里猛地怵了一下。他在心里想，这个农人如此驱使它耕地，尽力劳作仍然过着这样贫寒凄苦的生活，而看到这一幕却束手无策，只能叹气处之。

一连好几天晚上，陆游在睡梦中都会梦见那个贫苦的农人和那头磨烂脖子的老牛。那晚陆游又梦见了那个农人，一阵急切的敲门声将他从睡梦中惊醒。这么晚了怎么会有人敲门，这让他颇为不解，细听方听辨出是在敲邻居史老二家里的门。

第二天晚上，陆游正在家中看书，又听到啪啪的敲门声，刚才还听了邻居史老二两口子的说话声，而此时任凭门外之人怎么拍打木门，也不见有人应声。

陆游披衣出来，发现是几个县吏正在拼了命地拍门，就没有上前询问。待那几个公人走后，陆游才走了过来，他用力敲了敲门，高声喊道："史老二，他们走了。"

过了半响，史老二才轻轻开了一条缝，扫了一眼四周，见周边并无他人才放心将门打开。陆游问道："史老二，何故？惹上官司了？"

史老二叹息一声，无奈地说道："不是官司胜似官司，是官府来催缴租税。"

陆游问道："如无租缴，告诉他们即可，何必像做贼一样躲在家中。"

史老二又是一声叹息："唉，陆大官人有所不知，我也想缴租，并不想逃租税，只是今年的收成不好，交不起如此繁重的税租。"史老二回过头往屋内瞅了一眼，又道，"家中已断炊数日，哪里有粮食上交，如果不缴租和粮食，会被他们抓进衙门拷打，一旦进了衙门恐怕性命难保，我们百姓哪有不怕死的，只是真的找不出粮食上交。"

史老二这时将上衣褪下半截，一转身，后背尚有几道清晰的鞭痕。史老二的眼泪一下子就涌了出来，哽咽着说道："上次被他们抓到衙门，就是一顿鞭打，我拖着受伤的身子回来，还不敢跟家人说自己在衙门里受了罪，生怕会伤了父母的心。不瞒大官人，家里确实还有一点口粮，可是那都是保命的粮食呀，可不敢让他们给搜走了。这几日，为了家里的老人能得到温饱，只好顾不上浑家儿女了，她们这几天都是用野菜糊糊度日，就连浑家病了也没钱医治。"

陆游听了心里非常难受，只能安慰一番离开。

陆游了解到，因为天灾人祸，百姓因为吃不饱肚子，身体虚弱不堪而患上各种疾病，却又没有钱去治病。陆游心生一计："既然这么多村民看不起病，那我就去上山采摘草药，施舍给那些生病无钱医治的穷人。"陆游自幼身体虚弱，常年患病，苦研了不少医书，为了省下购药钱经常上山采药，自然对药材的功效有一些了解。正所谓久病成医，在数十年与各种疾病抗争的过程中，陆游积累了大量的中草药知识，竟成了养生高手，一生经历南宋六位皇帝，硬是熬死了五位皇帝和众多政敌。

第二日一早，陆游就上山挖草药，回到家里将草药烘干，或熬制成药丸，或分装成袋，而后骑着毛驴，带着药囊，为周边生病的百姓免费治病施药。

没多长时间，百姓们能从毛驴的蹄声分辨出是不是陆游来了，每每施药，当地的百姓会夹道相迎。陆游为穷人诊治疾病还不收分文，有很多病人为了表达感恩之情，生了孩子竟以"陆"字为名，以报答陆游施药"活命"之恩。

一日，陆游正在凉廊处看书，一个商贩站在门外讨一碗水喝。

待喝完水，陆游听他说话有北方口音，问道："这位大官人可来自北方？"

商贩笑了笑，答道："大官人好眼力！像我等这样的货郎自然四海为家，哪里生意好做就到哪里，不瞒大官人，我经常到淮水以北做生意，这次刚从蔡州（今河南省驻马店市）回来。"

蔡州自古也是兵家必争之地，唐元和年间经过数百次的战斗，才将蔡州平定。如今，那里又被金人侵占，胡虏的军马却在淮河饮水，这让陆游感慨不已,忙向商贩打听关于北方的消息。商贩所说的消息令陆游兴奋不已,恨不得把商贩知道有关中原失地的消息全都听个够。直到天色渐渐暗了下来,陆游还依依不舍地看着商贩远去的身影。

商贩走后,陆游自是唉声叹气一番,对朝中主和政策愈发不满,愤而写下《估客有自蔡州来者感怅弥日》:

> 洮河马死剑锋摧,绿发成丝每自哀。
> 几岁中原消息断,喜闻人自蔡州来。
> 百战元和取蔡州,如今胡马饮淮流。
> 和亲自古非长策,谁与朝家共此忧?

此间,陆游写了大量反映百姓疾苦、欢乐、心声的诗作。朝廷偏安一隅,虽说当今官家也有恢复之心,可是满朝文武百官皆无收复故土之心,陆游徒有北伐豪情也无济于事。他知道自己永远也没有机会再上战场,实现恢复河山的理想,只能听天由命,年复一年地虚度光阴,在回忆中、在梦中、在诗词中,把"志在恢复"的愁苦、报国无门的伤痛深埋于心底,无奈地发出"报国欲死无战场"的感叹。

卷十 大地绝响

妻 故

庆元三年（1197），王氏一次偶感风寒，竟一病不起。陆游遍请山阴城中名医为王氏看病，方子开的不计其数，药抓的车载斗量，然病情不见有任何起色。

五月间，陆游听闻山阴城中来了一个游医，医术甚是高明，遂亲自去请。出门前，陆游握着王氏的手说道："夫人安心休息，我这就去请神医，定可药到病除。"

陆子遹对游医的医术表示怀疑，他劝说陆游："父翁，这种走方郎中，游食江湖，挟技劫病，贪利恣睢，岂可信之？"

陆游看了一眼王氏，见她仍在昏睡中，轻声说道："怀祖，万不可轻视走方郎中，游医中不乏一些医术高明之士，他们沦落草泽，负笈行医，以行医糊口，却能救人于苦厄。神医华佗不也是一名游医吗？"

陆子遹知道父亲主意拿定，不无忧虑地说道："只是他们穿街走巷，居无定所，想寻怕是不易，唯恐误了阿娘治病。"

陆游当然知道陆子遹的意思，兀自叹息一声，说道："以你阿娘现在的情形，就算请回一个庸医也不怕耽误了，权且试上一回。"陆游说完，又看了一眼王氏，而后出门去了。

陆子遹知道母亲已病入膏肓，连城中是最出名的医士都束手无策，何况这等无根游医，只是确无其他办法，只能抱着试试看的心态了。

陆游一进入城中大街，即向路人打听这名"神医"。没有想到，这个走方郎中竟颇有名气，在路人的指引下很快就找到了。走方郎中身材高瘦，一袭灰袍，足蹬藏青布鞋，发眉须皆白，目如晨星，一手拿着一市招，上写"家传医术，药到病除"，另一手拿虎撑，一摇，嘀铃铃地响，身后背一个竹篾编制的箱子，箱子上还挂着一个大葫芦，里面想必装的是药丸。陆游暗叫一声"好一副仙风道骨"，遂迎上前去，深鞠一躬道："问候神医。"

那郎中也跟着深鞠一躬，回道："问好大官人。"

陆游开门见山："我家夫人抱恙数月，久治不愈，山阴城中诸医皆无良方医治,听闻神医医术精湛,堪比华佗扁鹊,敢请神医移步府上为我夫人治病。"

郎中微微点头,打了一个躬,说道:"烦请大官人前方引路。"

郎中到陆府后,跟着陆游进入内室。未待陆游开口,他直奔王氏而去,先是为王氏把脉,眉头越锁越紧,而后从竹箱中取出木片,用力撬开王氏的嘴,一边看一边摇头。

陆游焦急地问道:"神医,我夫人身患何症?可否医治?"

郎中显得一筹莫展,他望向陆游,先是摇头,接着又叹了一口气,说道:"尊夫人脉象如丝,似断非断,二目晦暗,魂魄早丢!"说着又一声叹息。

陆游"啊"的一声,待在原地不动。

陆子遹扑通跪在郎中面前,恳求道:"还请神医再想想办法,只要能救我阿娘,您有什么要求尽管开口,就是倾家荡产也在所不惜。"

郎中将陆子遹拉了起来,又走到陆游身边,示意他走到一边。郎中直截了当地告诉陆游:"大官人,实不相瞒,尊夫人的病势沉重,早已药石无功,回天乏力。大官人,你也无须四处寻医了,我断定尊夫人熬不过今夜,还是早些准备后事吧。不过,我可以试着让夫人苏醒过来,有什么话要抓紧时间问。"

陆游眉头微蹙,心里又是一沉。王氏的病久治不愈,陆游早已经有了心理准备,原本就没有指望这个郎中能够起死回生,现在郎中给了一个准确的音讯,却让他一时难于接受。他强忍着伤悲,对郎中说道:"一切听从神医安排。"

那郎中从竹箱中取出一布囊,缓缓打开,是一排粗细不一的银针。他将银针取出捏在手中,右手轻轻揉动王氏的太阳穴,右手将银针轻轻蠕动,一点一点地钻进了王氏的头里。而后又取出一针,一根根银针扎进了王氏的头上、脖子上、脸颊上、耳根处。陆游粗懂医术,他知道这些针扎在了王氏的经络和腧穴上,通过经络和腧穴调节阴阳,来激发人体自身的功能。就在陆游还在沉思之际,王氏眼皮鼻孔忽然俱动。过了半晌,郎中又将所有银针悉数取下,又从那个大葫芦里倒出两粒黑乎乎的药丸,塞进王氏的嘴里,用药水灌服下肚。

王氏喝下那药丸,喉咙立即发出呼噜呼噜的声音。郎中见罢,说道:"大官人自便,某去也。"

陆游让陆子遹拿出诊银递给郎中,那郎中坚决不收,背起竹箱飘然而去。

王氏能不能醒过来,陆游心里没底,但也没有别的办法,只好坐在床沿上焦急地等待着。几个儿子早前收到陆游的信件,已陆续回到了山阴,这几日轮流守候在王氏的床头。

陆游坐在床前，久久凝视王氏那张沉睡的脸。

不知过了多久，王氏终于睁开了双眼，她看了陆游一眼，眼眶里竟溢出了泪水。陆游激动地喊道："夫人，夫人，你醒了。"

王氏吃力地点了点头，欲挣扎着起身，陆游赶紧扶起王氏。王氏这时要吐，陆子遹早就准备好了痰盆。王氏是一阵狂吐，一股恶臭弥漫整个房间。待王氏吐完，陆子遹发现母亲还吐了很多黑色的血，心里顿时凉了半截，不觉想着母亲即将驾鹤西去，眼中瞬间涌出泪来。陆子遹想告诉父亲，陆游摆摆手制止了他，这一切他早就看在眼里，他让陆子遹出去把家中子孙全部叫来，听听王氏有什么要交代的。

王氏知道寿元将近，苍白的脸上勉强挤出了笑容。她吃力地扭动脖子，看了看满堂子孙，满眼甚是不舍，却安慰地对众人说道："尔等不要伤心，人终归要走的……"

陆游强忍住伤心，轻声说道："夫人不要多虑，人食五谷杂粮，怎会不生灾病，好好调养就会好的。"

王氏微微摇头，缓缓说道："我自己的身体自己知道，我唯一担忧的还是官人。"陆游刚要说话，王氏喘息声又重了一些，接着说道："官人千万不要过于伤悲，以免伤及弱身。"

陆游把身子从床沿往王氏那里挪了一下，双手握住了王氏左手。王氏深情地望着陆游，眼泪又流了出来。陆游轻轻拭去王氏眼角的泪水。王氏说道："这辈子最幸福的事莫过于能嫁给官人，能陪官人在一起生活五十余年，此生足矣。"

陆游听了心里十分难受，他连连摇头，却说不出话来。

王氏眼中放光，又道："我本出身于书香门第，熟读诗书，却从来不敢奢望能嫁给官人。没有想到这种缘分竟然降在了我的身上，当我的阿娘跟我说陆府求婚，我都不敢相信未来的夫君会是官人。当阿娘告诉我是官人时，你都不知道我有多幸福多激动，在山阴官人之才华是无人不知无人不晓。"

陆游刚想开口，却又被王氏用眼光制止，又缓缓说道："我知道，在世人眼里，官人与唐琬才是天生的一对，地设的一双，郎才女貌情投意合，无奈天意弄人，偏偏让二人不能携手白头。"陆游无奈地摇了摇头，王氏接着说道，"当得知是官人时，我毫不犹豫就答应了这桩婚事。我不在乎别人怎么看我，只要能嫁给官人就足够了。官人，你可还记得我们的婚礼？"

陆游点点头，说道："当然记得。"

王氏又勉强挤出了笑容，说道："我永远都记得那一天，我想全山阴的女人都在羡慕我能嫁给官人。可是我根本不知道官人心里还装着唐琬，拜完堂后，我一直坐在床上等候官人，可是官人始终没来，一连几日官人都在书房休息，你知道我有多伤心吗？"王氏望着陆游继续说道，"如果这事不是被阿姑知道，官人是不是要一直躲着我？"

陆游不知该说些什么为宜，只能无奈地摇了摇头。

王氏说道："从那时起，我就发誓，一定要做一个好儿媳，好好孝敬阿舅阿姑；做一个好妻子，好好照顾伺候官人。我听说唐琬被休是因为无出，我当然不想步她后尘，我要早日为陆家传宗接代。还好我的肚皮还算争气，仅一年就生下了子虡，接着又生了子龙、子修他们几兄弟。"

陆游此时心如刀绞，声音颤抖地说道："这些年让夫人受苦了。"

王氏说道："我知道官人当初娶我并不情愿，只是不敢违抗父母之命，那年官人在沈氏花园写下了《钗头凤》，我知道后也曾伤心欲绝……"

陆游刚想开口，王氏抢先说道："其实，我并没有怨恨过官人，反而为官人的专情而感到高兴。我希望通过自己的付出可以牢牢地拴住官人。官人，你是不是觉得我这样做很自私？"

陆游说道："夫人早年孝敬父翁和阿娘，操持家务，督促我读书考取功名，夫人不仅不自私，在陆某的心里甚是高大。说到自私，当然是我，是我的薄情寡义，让夫人常年忍受着孤灯冷被，还望夫人不要怨恨于陆某。"

王氏苍白的脸上再次涌现出一丝笑容，她的手仿佛有了力量，紧紧握住了陆游的手。她休息片刻，又道："官人，嫁进陆家五十年，我相夫教子，用心尽力，无论官人能不能做官，还是遭到排挤打击，生活过得富足还是拮据，我从来没有埋怨过官人，我始终相信，官人大才，迟早会遇到明君，迟早会受到重用的。这些都不重要，我更在意的是能够陪在官人身边。"说到这里，王氏想了想，吟道："经书妻问生疏字，尝酒儿斟潋滟杯。"

陆游心中一热，接着吟道："安得小园宽半亩，黄梅绿李一时栽。"这是他写的《闲意》，如果不是王氏吟诵出来，他几乎已经想不起来这首诗了。

王氏的目光有了怨意，她说道："在官人的笔下，风花雪月，花鸟虫鱼，皆可入诗，为何到了我这里，就变得惜字如金。"

陆游听了，心酸起来。低声说道："夫人，别说那些了，好好休息才是。"

王氏接着又吟道："筱雨云低未放晴，闭门作病忆闲行。摄衣丈室参耆宿，曳杖长廊唤弟兄。饱饭即知吾事了，免官初觉此身轻……"王氏停了下来，她望着陆游。这是陆游所写的《饭保福》,他万万没有想到,王氏竟然还记得这首诗,而能背诵得一字不差,心里愈发难受,几乎是哭着跟着吟道:"归来更欲夸妻子,学煮云堂芋糁羹。"

王氏望着陆游,说道:"从官人的嘴里朗诵出来就是不一样。官人能不能为我吟诵那首《离家示妻子》一诗?"

王氏话音刚落,陆游脱口而出:"明日当北征,竟夕起复眠。悲虫号我傍,青灯照我前。妇忧衣裳薄,纫线重敷绵。儿为检药笼,桂姜手炮煎。"

王氏脸上又露出了笑容,她说道:"最幸福的事就是有子女陪在身边,有官人陪在身边……"正说着,王氏突然猛烈咳了起来,陆游将王氏的身子轻轻扶起,面对着他,不停地用手拍打王氏的后背:"夫人,不要说话了,好好休息。"

王氏盯着陆游,幽幽地说道:"我怕现在不说,以后没有机会跟官人说话了。"

陆游正色说道:"夫人不要胡思乱想,很快就会好的。"

"官人不用安慰我了,我的身体我自己知道。"王氏央求道:"官人,还是让我躺下吧,这样说话舒畅一些。"

陆游只好将王氏的身子放平,躺好,又在她后背垫了一床被子。

王氏瞪大了眼睛,吃力地抬了抬手,指了指跪在床前子孙,轻轻说道:"阿娘要走了,以后你们一定要照顾好你们的父翁。"

长子陆子虞、次子陆子龙、三子陆子修、四子陆子坦、六子陆子布、七子陆子遹赶紧应道:"阿娘放心,我们一定会好好照顾父翁的。"

子虞妻马氏、子龙妻陈氏、子修妻吕氏、子坦妻许氏、子布继室赵氏、子遹妻渊氏、已故五子子约妻吕氏早已泪流满面,她们跟着说道:"阿姑放心,我们一定好好照顾阿舅的。"说完,几妯娌这时再也忍不住了,刚才王氏所说的话她们全都听见了,才知道婆婆受了这么多年的委屈,却从来没有报怨过半句,弥留之际还要放心不下自己的丈夫,哇地失声痛哭。这时,那几个孙子辈的也跟着哭了起来。

王氏用命令的口气说道:"不许哭!阿娘这辈子最幸福的事就是嫁给了你的父翁,生了你们这一大堆孩子,听阿娘的话,我走后,不要哭,要照顾好你们的父翁。"王氏的声音很小,却字字有力,众子纷纷忍泪点头答应。王氏望着陆游,又是叹息一声,犹豫半晌才说道:"官人,您能否叫我一声娘子。"

陆游一怔。他当然知道王氏的意思，结婚五十年来他从来没有喊过王氏一声"娘子"，一直以"夫人"相称。想到这里，陆游的心都碎了，愈发觉得这一辈子亏欠王氏太多，他强忍着悲伤，叫了一声："娘子！"此时，两行浊泪悄然从陆游的眼中滑落。

王氏满意地点了点头，两行浊泪夺眶而出。这时王氏嘴里发出很小的声音，似吟似唱，断断续续。陆游细听，王氏反复吟唱的竟然是"上邪，我欲与君相知，长命无绝衰。山无棱，江水为竭。冬雷震震，夏雨雪。天地合，乃敢与君绝……"

陆游想，还是让王氏好好休息吧，正欲制止时，王氏的吟唱声已经没有音儿了。此时，王氏已经仙逝。陆游用手轻轻将王氏半睁的眼睛一抹，帮去世的王氏闭上了眼睛。

陆子遹等人发出了悲痛欲绝的哭声。

为王氏烧过头七后，陆游提笔写下了《自伤》一诗：

朝雨暮雨梅子黄，东家西家鸜兰香。
白头老鳏哭空堂，不独悼死亦自伤。
齿如败屐鬓如霜，计此光景宁久长？
扶杖欲起辄仆床，去死近如不隔墙。
世间万事俱茫茫，唯有进德当自强。
往从二士饿首阳，千载骨朽犹芬芳。

南　园

庆元六年（1200），平原郡王韩侂胄的南园落成。

南园本是高宗皇帝的一处别园，姨母慈福吴太后（即宋高宗的皇后）将其赐给韩侂胄作别墅。获赐南园后，韩侂胄花巨资大肆扩建，命名为"南园"。朝中文人学士纷纷吹捧，由于文中全是"谀辞""佞言"，韩侂胄不太满意，亲自写了一封信邀请陆游为其南园撰记。

自绍熙政变后，韩侂胄擅权害政，发动庆元党禁，此举得罪了全天下的读书人。陆游想到自己老病谢事，早已挂冠而去，而此时韩侂胄却相邀撰记，不写必交恶于韩侂胄，如允诺撰记定会遭到天下人的口诛笔伐。陆游手握信笺，思量许久，心中难下决断。

正在犹豫中，六子陆子布前来问安。陆子面见父亲手里拿着韩府送来的信件发呆，一问方知个中原委。陆子布这几年一直在蜀为官，虽刚返乡不久，对朝中之事也知晓一些，他见父亲犹豫不决，忧心忡忡地劝说道："父翁，我听说南园建成后，平原郡王专门请杨公为南园作记，并许诺给以门下、中书两省要职，朝野上下以为杨公定当欣然为之，孰料却遭到了严词拒绝，'官可弃，记不可作也'。为此事，平原郡王恚怒不已，他是在杨公那里碰了一鼻子灰才改命您为其作记的。"

陆游早就听闻"韩侂胄许以掖垣邀杨万里题记"一事，捋须说道："此事为父倒也有所耳闻。廷秀兄德高望重，槃槃大才，就连子充兄都赞誉廷秀兄'大篇短章，七步而成，一字不改，皆扫千军'，当是作记不二人选。以廷秀兄之大才，撰记不过举手投足耳。"

陆子布见父亲提到了周必大，遂道："韩氏屡屡弹劾周公，更是禁绝朱熹理学的罪魁祸首，杨公自是看不惯韩氏柄国专权，才会与之形如水火，愤而拒之。天下文人皆视父翁为大宋文坛魁首，父翁又岂可为其折腰，何不效仿杨公凛然正气公然拒之，这必将是对韩氏又一沉重打击，势必鼓舞朝野人心。"

陆子布刚刚还称"平原郡王"，转眼间已变"韩氏"，陆游心知韩侂胄所为导致口碑不佳。绍熙内禅，韩侂胄凭借外戚身份拥立宋宁宗继位，到论功封赏时却遭到了排斥，他利用台谏之权，对宰相赵汝愚、道学宗师朱熹等人进行弹劾，排除异己，培植党羽，独揽大权，罢黜理学，是谓"庆元党禁"，当朝文人无不厌之，陆游的好友杨万里与之更是誓不两立。陆游对韩侂胄所作所为也极为不满，还曾写诗予以谴责。他想了想，说道："英孙所言，为父也曾想过，廷秀兄之举当然可以效仿，只是为父觉得甚是不妥。"

陆子布一脸疑惑地道："有何不妥？"

陆游笑道："英孙，你可记得自己的名字？"

陆子布更加不解了，答道："孩儿虽然愚钝，还是记得自己的名字的，陆子布，字思远，小字英孙。"

陆游道："你名为思远，看来想得并不远。"陆游此话一出，让陆子布顿觉羞惭不已。陆游接着说道："小人无远略，所怀在私仇。廷秀兄为人刚而褊，他对平原郡王有看法实属正常，一家之祸福曲直，不足言也，在国家大事与个人情感上，当选前者。英孙，你可知东坡遇半山？"

陆子布说道："苏轼与王安石？"

陆游说道："不错！东坡自黄州归，见荆公于半山，剧谈累日不厌，至约卜邻以老焉。也曾因政见不同而互相怨怼，但二人都是大胸怀大气魄之人，相逢一笑泯恩仇,是谅解,是敬重,是相惜,我辈尚不如前人乎?"陆游看了陆子布一眼,接着说道:"英孙,看人看事岂可只看一时,平原郡王追复了岳飞的原有官职,追加谥号'武穆',主张北伐抗金,起用主战官员,这些不正是我华夏子民心中所想吗?这难道不是为父平生所愿吗?如果还用以前的眼光看待平原郡王,是不是显得我等器量狭小。"

陆子布一时词穷,半响才道:"韩侂胄'尊岳贬秦'倒是快慰人心!只是其北伐并非真心,不过是为了保全自己的位置才倡议北伐。"

陆游当然知道子布的意思。韩侂胄位极人臣,朝野非议之声不绝,特别吴太后、韩皇后先后去世,让他失去了可以倚仗的靠山。为了树立权威,继续掌控朝中大权,韩侂胄决定北伐抗金,建不世之功,以堵住天下人之口。陆游慨然说道:"为父无法对平原郡王北伐的真实意涵遽下论断,即便是挟私心以自保又有何妨!我大宋对金虏称臣纳贡本为国人之耻,况且官家也有北伐抗金之意,此举将一洗祖辈耻辱。为父平生所愿惟恢复河山耳!如今遇上了主战的君臣,又岂可放过如此时机,就算奉诏平虏为父定当万死不辞。"陆游停顿了一下,接着说道,"再说平原郡王北伐绝对是为国为民大举,你又何曾见过有人为抗金而散尽家财充为军饷?难道平原郡王此举还不值得为父支持吗?"

陆子布心中仍有疑虑,轻声问道:"父翁真打算为韩氏撰记?儿担心朝野上下会议论父翁趋炎附势,父翁当真不畏人言乎?"

陆游断然说道:"做人心正身正言正行正,又岂意在谤言乎?为父若真有希荣附势之心,早年不弹劾曾觌龙大渊即可仕途显达,如今已是耄耋残年,又岂会再靠区区一篇文字倚门傍户!"陆游口气一转,说道:"英孙,撰记无外乎陆韩通家世谊,况且平原郡王乃是忠献王韩琦的后代,当有继承祖辈之志。目今,我朝还有谁能扛起这北伐之重任,唯韩公耳。"

陆子布知道再劝说下去也是无用,也只能作罢。

南园在南屏山东南麓,西湖之水汇于其下,可谓天造地设,占尽了西湖山水的天然优势。园区面积甚大,所有的设计也是借景生景,循其自然地理,地势高低通达,奇葩美木,清泉秀石,园内有数十亭榭,工巧无二。

陆游双手捧着韩侂胄寄来的书信,从信中获知了南园的基本情况,那画面仿佛在眼前浮现,忍不住赞叹道:"王公将相之园林相望,皆莫能及南园之仿佛者。"陆游所赞并非夸张誉辞,当时造园兴盛,但是韩侂胄的南园除了皇家园林外,恐怕找不出第二处了。除造景外,还设有射圃、走马廊、流杯池、山洞、野店村庄,园林之美自不必说,所有的厅、堂、阁、榭、亭、台、门等命名,由韩侂胄特意从其曾祖魏忠献王韩琦的诗句中挑选而出。或曰许闲,或曰夹芳,或曰豁望,或曰鲜霞,或曰矜春,或曰照香,或曰堆锦,或曰清芬,或曰红香等,从命名即可通晓园林景观的特点,韩侂胄着实下了一番功夫。恍惚间,陆游已经步入了南园,韩侂胄亲自带着他赏园。

南园规模浩大,每一处都让人观之不倦,要观赏全园恐怕得费上三五日方可。在一处山坡处还有数楹茅屋,黄泥筑墙,茅草铺顶,院墙用篱笆阻隔,篱外植有榆、柳、桃、杏等树,旁有几畦菜园,时蔬佳菜鲜嫩欲滴。韩侂胄笑着对陆游说道:"此处唤作'归耕',若有狗吠鸡鸣相闻,倒是颇有一副农家景象,也勾引起了我的归农之意。"

陆游沉吟片刻道:"韩公若有归隐之意,未必不是一件好事,只是目今不合时宜。"

韩侂胄问道:"何故?"

陆游道:"故土未归,外侮未雪,韩公重任在肩,此时岂可心生懈意。况且还有许闲堂、和容厅、寒碧台,这些不都是公之志,忠献王之志也。"

韩侂胄听罢,指着陆游笑道:"知我者,陆务观也。"

待游览了几个主要的景点后,韩侂胄大摆酒席宴谢陆游游答应撰记之情。韩侂胄当然不会放过拉拢人的机会,遂召集一众文人墨客作陪欢庆。宴会上,歌伎舞伶轻歌曼舞,好不热闹。酒酣耳热之际,韩侂胄竟吩咐他最宠爱的四夫人擘阮琴起舞、劝酒助兴。

兴到浓处,韩侂胄嘱陆游撰记。

陆游见韩侂胄如此重视自己,欣然说道:"务观老病谢事,韩公亲笔书函相邀,今畅游南园,盛情款待,陆游欢欣鼓舞,公之所命定当不辞。"说罢,陆游走到案几前,略作思考,提笔挥毫泼墨。

陆游命题为《南园记》,简明扼要,一目了然,先用一半的篇幅介绍了园林的景观。陆游想起了韩侂胄的曾祖父韩琦的功业后,笔锋随之一转,赞誉"勤劳王家,勋在社稷",意思是说韩侂胄既承袭了功名富贵,更应胸怀恢复中原之志,继承祖先勋业,勿忘抗金中兴。陆游深知物极必反盛极必衰的道理,对于朝野上下对韩侂胄的一些质疑,巧妙地从题额中点出了"许闲""归耕"二词,非常明确地指出如日中天的他要擅于把握时机,伺机北伐,功成后急流勇退,这样才能将"忠献之盛"代代传承下去。陆游想到陆子布的担忧不无道理，于是在文末对于韩侂胄何以请他写记、他何以应允，也做了一番解释。陆游答应撰文，完全出于一片坦荡公心，而非趋炎攀附，全文勉励韩侂胄，无半句阿谀之辞。

韩侂胄看着陆游所写的《南园记》默然不语，若有所思地点了点头，随即又陷入了深思当中。

席散后，府中幕僚提醒韩侂胄："王爷，自罢黜伪学逆党，确实让不少读书人怨愤，这个陆放翁早年间还曾写诗骂你，前些时日，他竟敢公然违禁，对朝廷禁令置若罔闻，公然为朱熹撰写祭文，今日又怎会甘心情愿地为王爷呈上翰墨。"那幕僚停顿一下，他看了一眼韩侂胄。韩侂胄示意幕僚继续说，于是他继续说到："依卑职看来，他所撰的记文，赞誉王爷的园林是虚，赞誉王爷的功劳也是虚，撺掇平原郡王北伐抗金才是真！"

韩侂胄"哼哼"干笑几声，说道："他陆放翁之意，老夫岂会不知，不过，倒也是用心良苦。这些文人个个自谓清流，自命不凡，除了写写酸词淫诗之外，不是今日吹捧这个，就是明日嘲讽那个，一介酸儒能成什么气候？说到北伐抗金，他们哪里有排兵布阵之谋、御敌屠寇之策，邀其撰记不过为老夫张目而已，同时也警告那个杨万里，尔不为吾作记，自有为我撰记之人。"

幕僚点头道："王爷高见！要说运筹帷幄之中，决胜千里之外，还得王爷这等朝廷重臣。今日有陆放翁的《南园记》，以他的影响必然会吸引有更多的人为平原郡王所用，如此一来，大业可期，何愁青史不书功！"

韩侂胄心花怒放，当即命人将陆游所撰的《南园记》刻上石碑，立以园中。

自南园有了"南园记"石刻后，这倒又成一景。朝中众臣纷纷来此游赏，一人指着陆游的《南园记》说道："没有想到，陆务观竟是这等攀附权贵的小人！"

陆游大声辩白："游早绝仕宦之念，又岂会再作冯妇！"

此言一出，众人纷纷看着陆游，皆手指陆游道："小人！小人！你陆务观就是一个攀附权贵的小人！"

陆游吓得大惊失色，一下惊醒过来。原来这不过他做的一个梦而已，韩侂胄的信还在他的手中握着。此时，他陷入了沉思中。写，还是不写，他还在犹豫中。

最终，陆游还是决定为韩侂胄撰写南园记。他知道，就算他力辞撰记之托，韩侂胄权倾朝野，争抢着为南园撰记者自是不少，如此，还不如由他借撰记来韩侂胄继承先辈遗志，同时也警醒其功高宜隐，急流勇退。

《南园记》一出，韩侂胄的北伐之举也因此声望大增，只是让陆游没有想到的是，陆子布一言成谶。为此，街巷盛传陆游依附韩侂胄，成了一个屈节媚权的小人，就连杨万里等诸多好友也与他产生了嫌隙。

北　伐

嘉泰四年（1204），陆游期盼已久的北伐在这一年正式拉开帷幕。

收复中原故土，始终是国人难以纾解的民族情感。为了能够获得更多舆论上的支持，韩侂胄下令在镇江府为韩世忠立庙；在韩侂胄的努力下，宋宁宗追封岳飞为鄂王；起用川蜀抗金将领吴挺之子吴曦任四川宣抚副使，任辛弃疾为绍兴府知府兼浙东安抚使。一时，主战派士气大振。好友辛弃疾被起用后，陆游曾写下《送辛幼安殿撰造朝》一诗，一句"深仇积愤在逆胡，不用追思灞陵夜"可谓用心良苦，用汉名将李广复出杀死羞辱他的灞亭尉的典故，慰勉辛弃疾不要纠缠曾被韩党排挤的恩怨，要以民族大业为重，协助韩侂胄用兵，为北伐抗金而建功立业。

十一月的一日，早朝。

"臣等参见陛下，恭祝我主陛下万岁万岁万万岁！"群臣跪俯于大殿之中，山呼万岁。

宁宗身着龙袍，头戴帝冕，端坐在龙椅之上，看着殿内向自己躬身参拜的文武百官，心中涌现出执掌天下，傲视寰宇的帝王霸气。宁宗一抬双手，说道："众卿平身！"

殿内一众大臣纷纷拜谢："谢陛下！"

拜罢起居。殿前礼仪官高声道："有事出奏，无事退朝。"

宁宗双眼如电，巡视了殿中群臣。此时大臣们神色各异，大殿内顿时鸦雀无声。

只见文武班部丛中，辛弃疾率先出班："启奏陛下，金国内部纷争不断，边关不时奏报金虏犯境，目今民不聊生，伤损军民甚众。"

宁宗说道："诸位爱卿，想必你们已得到了消息，金人不修朝政，内乱纷争，借机在边境滋事，如果任由其嚣张跋扈，必将大军压境，趁机侵食我大宋疆土。众位卿家都说说吧，可有御敌良策？"

宁宗话音刚落，殿内大臣小声议论起来。

辛弃疾又奏道："回禀陛下，安内方可攘外，金虏反其道而行之，金国必乱必亡，愿付之元老大臣，务为仓促可以应变之计。"

宁宗点头说道："如今，吾大宋朝野上下北伐之声再起。北伐当否？"

太师韩侂胄奏曰："启禀陛下，依老臣之见，北伐之兵当用。"

宁宗问道："当用？"

丞相陈自强出班回奏："当用。金朝其兴也忽焉，其灭也忽焉。强弩之末，何不趁机痛击之！"

谏议大夫易祓上奏："敌国如外强中干之人，苟延残喘，夷狄有必败之势，中国有必胜之理。"

看到一干众臣锐意欲用兵，监察御史娄机极力反对："陛下，恢复之名非不美，今日朝中孰可为大将？孰可为计臣？弓马不素习而欲战者，未有不败者。今士卒骄逸，猝然令其攻击敌人，其行暴露在胡虏屠刀之下，加上我朝财力并不充裕，万一兵连祸结，久而不解，又将如何处之？"

韩侂胄闻之甚为不悦，尚未开口反驳，其党羽苏师旦、邓友龙、陈景俊等人纷纷上奏。

宁宗接手的南宋王朝家底很薄，而他的根基尚浅，此时他要做的安抚人心，笼络各方势力，韬光养晦以待时日，面对众臣频频上奏，使他对北伐有了信心，但娄机所奏也不无道理，让他一时也没有了主见。

翌年，宁宗年前下诏，改为开禧元年（1205），取的是宋太祖"开宝"年号和宋真宗"天禧"年号的头尾两字，寓意着继承先祖精神，锐志恢复中原一统的决心。韩侂胄加封平章军国事，上朝时站在宰相的前面，可谓一人之下，万人之上。

开禧二年（1206），韩侂胄上奏宋宁宗，削去秦桧的王爵，并把谥号改为缪丑（荒谬、丑恶）。此等赢民心之举也预示着战事迫在眉睫，世人皆看出宋宁宗、韩侂胄决意用兵。

当然，韩侂胄主张北伐阻力很大。韩侂胄要工部侍郎叶适起草宣战诏书，虽然叶适也主张抗金，但他以条件不充分，拒绝起草宣战诏书，还上书宁宗，此事"至大至重，故必备成而后动，守定而后战"，轻率北伐非常危险。朝廷派娄机到荆州、襄州（今湖北省襄阳市）宣谕北伐命令，娄机公然抗拒道："如果让我去安定人心，我愿意去，若是挑起战争，我宁死也不去。不度事势，妄启兵端，必误国殄民。"此后，娄机因言被罢官。武学生华岳更是上书直陈南宋存在的问题："将帅庸愚，军民怨怼，马政不讲，骑士不熟，豪杰不出，英雄不收，馈粮不丰，形势不固，山砦不修，堡垒不设"，并断言"师出无功,不战自败"。结果,华岳被削去学籍,下大理狱,禁建宁(今福建省南平市建瓯市)狱。参知政事钱象祖反对用兵,并言称"如果韩侂胄奏凯班师,他甘愿枭首示众,以谢天下。"韩侂胄立马上奏宁宗,将钱象祖削去官籍。

自此,朝中再也没有人敢非议北伐了,从官场到民间,舆论迅速形成统一,战事已迫在眉睫,韩侂胄沉醉在"异姓真王功第一"的美梦之中。

四月下旬,宋军不宣而战,匆匆开启了北伐战争,从东、中、西三个战场对金兵发起了攻击。金军在南线防御准备不足,遭到宋军突然进攻后,被打得措手不及,宋军摧枯拉朽,连克数州。捷报频传,宁宗正式颁诏北伐。伐金诏令一下,民心振奋,举国沸腾。

陆游听闻更是兴奋不已,以为恢复之期指日可待,遂在院中舞剑高咏:"吾侪虽益老,忠义传子孙。征辽诏倘下,从我属橐鞬。"准备随时率领儿孙们一起上战场。陆游先后赋诗对出师积极拥护,且有"老不能从"的感叹。

孰料想,金国很快就稳住了阵脚,并进行了犀利的反击。面对金兵的反攻,宋军无力招架溃不成军,由战略进攻被迫转为战略防御,真州(今江苏省扬州市仪征市)、扬州、西路军事重镇和尚原(今陕西省宝鸡市西南)、蜀川门户大散关(今陕西省宝鸡市南郊)相继被金军占领。大散关失守仅半月,陕西河东路招抚使吴曦自称蜀王,向金称臣。形势急转直下,使得不利战局更是雪上加霜。

消息传来,朝野震惊,气得韩侂胄大骂:"老夫从未见过,如此厚颜无耻之人。"

这时,朝中主和派又占据了上风。

吴曦本想据险扼守,安心做自己的"蜀王",不料仅当"蜀王"四十来天就被杨巨源、安丙、李好义、李贵等人谋诛,两子、其叔父吴柄、弟弟吴晫、堂弟吴晛及其同党一并杀掉,其妻诏诛,家属徙岭南,夺其父吴挺官爵,迁其祖吴璘子孙出蜀。

金国虚张声势,号称分九路南侵。这时吴曦已诛,金人气焰已无先前嚣张,也有议和迹象,而大宋朝廷求和意愿更为强烈。

开禧三年(1207)八月,遣方信孺以枢密院参议官的身份出使金国,见金帅宗浩。

宗浩问道:"前日兴兵,今日求和,如此反复到底何为?"

方信孺侃侃而道:"前日兴兵复仇,为社稷;今日屈己求和,为生灵。"

宗浩颇为欣赏方信孺的文化修养和气度。一番唇枪舌剑后,宗浩提出:"若能称臣，即以江淮之间取中为界；若称侄割淮南以大江为界，且斩首谋奸臣函首以献及增岁币五万两匹，犒军银一千万两，方可议和交好。"

方信孺见宗浩把话已说死，断无更改的可能，只好回朝复命。

韩侂胄问方信孺："方参议，此去和议如何？"

方信孺答道："回禀太师，金国要我朝做到五件事。"

韩侂胄又问："哪五件？"

方信孺说话闪闪烁烁："一，割江、淮；二，增岁币；三，索归正人；四，犒军银；五，不敢言。"

韩侂胄手一挥，说道："但说无妨。"

方信孺犹豫半晌，方缓缓说道："欲得太师头耳。"

韩侂胄闻言勃然大怒："放肆！金人欺人太甚！以为我大宋无人乎？"

韩侂胄欲再度用兵，筹划再战。

北伐的失利，使得韩侂胄在朝中的地位开始动摇，此时的南宋朝廷议和之声占据主要位置，就连较有才略的将帅邱崈亦倡和议，举朝惴惴以和议得成为幸。面对金国大军南下和开出的和议条件，一场秘密除韩计划正在悄然萌生。

杨皇后诏见其兄杨次山、礼部侍郎史弥远。杨皇后说道："现今朝野上下一片惶恐，主战者有之，主和者有之，二位乃朝廷重臣，对此事有何看法？"说完，把目光落在了史弥远身上。史弥远乃史浩之子，但是他却不似其父力主抗金，是朝中投降派的主要代表。史弥远俯伏在地，回道："皇后娘娘千岁，以我朝当前现状，确无力用兵，若逆天而为必生灵涂炭。"

杨皇后闻之面露笑容，说道："如朝中众臣都像侍郎一样明智，官家也不至于迷惘于此。"接着，杨皇后脸色一沉，问道，"特别是那个韩侂胄还想再启战端，不知侍郎可以良策阻止？"

史弥远这时想起了杨皇后一直对韩侂胄深怀仇怨。韩侂胄的侄孙女韩皇后于庆元六年（1200）去世后，中宫之位出现了空缺，当时杨皇后还是杨贵妃，她和曹美人深受皇帝宠爱，韩侂胄对皇帝赵扩进言，说杨贵妃才学高、知古今，擅于权术，建议立性格柔顺的曹美人为后，但宁宗并没有采纳韩侂胄的意见，杨贵妃荣登后位后，对韩侂胄恨之入骨。想到此处，史弥远眼珠一转，说道："路上有巨石，要么绕道行之，要么将巨石移开，绕道而行，巨石仍在，将巨石移开，方是坦途。"

杨皇后与其兄杨次山对视一眼，然后严肃地说道："那么移石一事就拜托侍郎了，若功成，吾定当向官家力荐史侍郎为相。"

史弥远闻之心中大喜，向前跨出一步，俯首在地道："谢娘娘千岁，臣定竭力而为。"

史弥远秘密向宁宗上书，请诛杀韩侂胄，以安民心；皇子赵询也上书，称韩侂胄欲再启兵端，于国家不利，劝宁宗罢黜韩侂胄时，杨皇后也在一旁附和。一时上书弹劾韩侂胄的上书雪片般飞向圣殿，但宁宗置之不理。

杨皇后再次秘密诏见杨次山、史弥远等人。杨皇后面带怒容道："吾与众人屡次上奏，官家却无动于衷，如果官家将所奏一事告之韩侂胄，韩侂胄为平章军国事，权倾朝野，他知道后势必会对吾等不利，诸位心中可有计算？"

史弥远想了想，用右手在脖子边作了一个自抹的手势。

杨皇后默不作声，半晌才道："事到如今也只能如此了。"

史弥远接着道："此事还得几人助力方可成功？"

杨皇后疑惑地望着史弥远，问道："哪几人？"

史弥远低声道："右丞相兼枢密使陈自强，参知政事李壁、钱象祖。"

杨皇后不解地说道："哦？钱象祖因阻止发兵曾遭韩侂胄贬黜，李参知虽负责拟写出师诏书，但因他主张北伐要稳健行事而与韩侂胄有隙，争取他俩的支持倒是不难，但是陈右相乃为韩侂胄心腹，恐怕不能为我用。"

史弥远自信地说道："如果此事由皇后出马，就算不能为我所用，起码也能迫使其在朝中保持中立。"

杨次山说道："争取朝中大臣的支持固然重要，只有争取到朝中武将的支持，这事就没有问题了。"

史弥远笑着道："禁军统制夏震倒是可以一用。"

随后，在杨皇后、皇子赵询、杨次山、史弥远等人联络下，张镃、卫泾、钱象祖、李壁、夏震等多位反对韩侂胄或主张对金议和的官员结成同盟，经常在一起密谋对策，决定谋划除掉韩侂胄。而所有这一切，韩侂胄毫不知情。

一日早朝，韩侂胄在上朝路上碰见李壁，突然问道："李参知，可曾听说有人欲行谋变乎？"

李壁心中一惊，以为他们的行动已被韩侂胄所掌握，顿时吓得脸色通红，冲着韩侂胄连连摆手，说道："不曾听说，不曾听说，怎会有此等事情！"

韩侂胄看着李壁惊慌失措的样子，冷笑一声道："谅他们也不敢在太岁头上动土！"

李壁以为韩侂胄在警告自己,身上早已出了一身冷汗,附和道:"那是那是,有太师在,何人胆敢造次。"李壁看着韩侂胄拂袖而去,心里越想越怕,他担心韩侂胄真的听到了风声,见韩侂胄已经走远,立即折身直奔史弥远府中。

史弥远获知韩侂胄已有风闻,惊得面如死灰,他怎么也想不到如此机密之事怎会走漏风声。思来想去,他认为韩侂胄可能只是猜测,并不是真的知晓他们的计划。史弥远强自稳定情绪,对李壁说道:"你立即去约杨次山、钱象祖等人到张镃府中商议移石对策。"

张镃是南渡名将张俊的曾孙,官居六品司农少卿,他那里鲜有人关注,确实是一处适合秘密谋事的所在。待众人齐聚张镃府中后,意见总不能统一,一时不知如何是好。张镃沉吟半响,说道:"移石之事既然到了这个地步,想必韩贼对我们的计划已有所耳闻,只是他自忖权势滔天,无人可以动他,所以对这种传言不屑一顾。俗话说得好,先下手为强,后下手遭殃。我赞成史侍郎的做法,为避免夜长梦多,不如抓住时机尽早动手,以绝后患!"

史弥远思忖半天,方下定决心,把右掌往右腿上一拍,说道:"功甫兄不愧是将门虎种,就这么办!"

待他们定好计策后,众人仍不敢怠慢,由杨次山立即密告杨皇后。

杨皇后兴奋地说道:"此举甚妙,免得夜长梦多,尔等放心而为,吾自会在官家那里周旋,移石功成之后,诸位必加官晋爵。"随后,杨皇后以宁宗皇帝的名义,亲颁诏书给史弥远与钱象祖,命其调用御林军诛杀韩侂胄。钱象祖找到权管殿前司公事夏震,出示了御笔,让他选派忠诚可靠的将士设伏诛杀韩侂胄。

开禧三年(1207)十一月三日早,夏震派部将夏挺率将士埋伏在韩侂胄上朝要经过的路旁。

韩侂胄一点儿都没有察觉到死亡正在向他逼近,仍像往日一样大摇大摆地上朝。当他走到六部桥附近时,突然从路边涌出一群士兵,韩侂胄还没有反应过来,就被挟持到了玉津园的夹墙甬道中。此处偏僻寂静,正是一个动手的好地方。

韩侂胄从这群士兵的穿着,认出他们正是皇宫亲军。他张皇四顾,除了这些御林军外,周边并没有其他人,心知大事不好,顿时慌了手脚,只得挣扎着大呼:"老夫乃当朝太师韩侂胄,尔等意欲何为?"

夏挺不慌不忙地答道:"我等乃朝廷御林军,奉旨诛杀乱臣贼子韩侂胄。"

韩侂胄见他们并无相关文书,已是满腹狐疑,大声斥责道:"胡说八道!

老夫功存社稷，未曾负于官家，官家又岂会如此对待老臣，尔等口口声声奉旨，圣旨何在……"

韩侂胄的话还没有说完，夏挺举起铁鞭说道："这就是圣旨。"说罢，双鞭接连砸下，众将士一拥而上，一顿乱棒结果了韩侂胄的性命。

与此同时，杨皇后跪着向宁宗坦白："官家，太师韩侂胄专权，欲致赵宋江山于不顾，再启战端，其心险恶，其罪难赦，臣妾已经命夏震等人诛杀韩侂胄。"

宁宗闻听大怒："你你……好大胆！你你……肆意妄为，竟敢背着官家擅杀朝廷股肱之臣，你你……"宁宗气得说不出话来，只得冲着门外大声喊道："来人！"

门外两名禁军跨门而入，跪下候命。

宁宗用力一拍龙椅，正色命令道："尔等速速前往上朝路上，务必追回韩侂胄韩太师，若误大事，杀无赦！"

两名禁军领命后正欲出门，只听杨皇后大声阻止叫道："且慢！"随后，杨皇后对宁宗说道："韩侂胄北伐无功而返，折损将士无数，蠹耗国用，疲困民力，无端导致两国百姓生灵涂炭，不可胜计，若再擅起兵端，我大宋社稷危矣！"

宁宗大声说道："一派胡言！北伐抗金乃官家决定，胜败与太师何干。况且，一时之胜败何足道哉！收复故土上慰先祖，下顺民心，何来危及社稷之说。"

杨皇后不甘示弱，紧紧盯着宁宗，气势汹汹说道："韩贼一直对臣妾不满，他一外戚重臣屡屡干预官家家事，数度威胁要废掉臣妾后位和皇子储位，他不把臣妾放眼里，就是不把官家放在眼里。"此时宁宗脸色一沉，杨皇后心知她的话已产生作用，遂又添油加醋地说道，"仗着自己有功于朝廷，专权欺主、祸乱朝纲，加上目今权势滔天，朝臣纷纷依附，谁敢保证他没有心生篡位自立之念！蜀王吴曦之鉴不远，官家不可不察。"杨皇后一边说一边偷偷看了一眼宁宗，"为此，臣妾食不甘味，寝不能眠，为卫朝纲，靖社稷，臣妾擅降圣谕也是不得已而为之，还望官家明鉴。"

宁宗闻听脸色大变。杨皇后所说虽然夸大其词，但韩侂胄确有随意出入皇宫，且"傲然骄肆，窃弄威福"成为常态，此时杨皇后这么一说，宁宗早已乱了方寸，什么话也没有说出来。杨皇后赶紧示意两名禁军退出殿外。杨皇后在宫中焦灼不安地等待着，生怕事情生变，两只手心不觉沁出了汗。

不久，史弥远和钱象祖飞奔入宫，杨皇后看到他们脸上流露的喜色，心跳得更快了。

史弥远跪拜在地，启奏宁宗："陛下，臣等奉命诛杀奸臣韩侂胄，现韩贼已就地伏法。"

杨皇后与史弥远、钱象祖对视一眼，亲耳听到韩侂胄已被击毙的消息，这时她长长吁出一口气。宁宗又气又惊，但事已至此，他也毫无办法，无力地坐在龙椅之上，双目无神地望着房顶，他不知道失去了重臣韩侂胄以后该怎么办。

韩侂胄被诛杀，朝中军政大权全归杨皇后、史弥远所操纵。

随后，他们又把苏师旦处死，并遵照金国的无理要求，将韩侂胄、苏师旦的头割下，派使臣王柟送到金国。金人将首级献于庙社祭祖，而后在要道上用竹竿挑起韩侂胄、苏师旦的头颅和两人画像示众，最后漆首、题名作为战利品收藏于军器库。

韩侂胄落了个"函首传边"的下场，听得这一消息陆游像雷击一般僵立，浑身汗毛乍起。陆游涕泪交集，用颤抖的声音自言自语："怎么可以这样？主张北伐何罪之有！北伐失败岂是他一人之过？就算有罪也罪不当诛，官家呢，官家可知道此事？"没有人能回答他这个问题，但他知道，此次出师伐金失败，主要是选将不当、料敌不明、意志不坚、举措不定所致，把所有的罪责推到韩侂胄身上，显然有失公允。

这段时间，陆游闭门不出，茶饭不思、连看书赋诗也毫无兴趣，直到了十二月间，块垒填胸无处可吐的他为韩侂胄写下了《书文稿后》一诗：

上蔡牵黄犬，丹徒作布衣。
苦言谁解听，临祸始知非。

在人人急于与韩侂胄划清界限之际，只有陆游不改初衷，专门写诗哀思。

这时，陆游又想起了嘉泰二年（1202）。那年五月，他在临安任实录院同修撰兼同修国史一职，韩侂胄多次邀请他到府中把酒言欢。翌年四月，又邀请陆游到府中做客。韩府有一处几百年的古泉，泉旁有唐代开成五年的道士诸葛鉴元八分书题名。韩侂胄专门为陆游舀取泉水，满座宾客只有他尽了一瓢，并请出最宠爱的四夫人弹奏着阮琴翩翩起舞，对待陆游可谓礼敬甚恭。席间，韩侂胄请求陆游写一篇记，陆游推辞不过，撰写《阅古泉记》，所写记文极尽精美古雅，通过文字来勉励韩侂胄抗击外侮，为国立功。如今北伐成空，朝廷迫于金国压力函首以献，也让陆游看清朝廷已经腐朽到了难以挽救的地步，而且每签一约，均割地赔款，致使国力日衰。想到此处犹如万箭穿心，陆游忍不住浊泪长流。他向远处望去，泪眼蒙眬中，中原失地的遗民正遭受金虏的屠戮，杨皇后与史弥远等正饮酒谈笑。陆游擦干泪水，眼前的一切都消失得无影无踪，他知道朝廷再无人提及北伐，恢复故土更加渺茫无望。

开禧三年（1207），是最让陆游伤心欲绝的一年。好友辛弃疾终于等到了"领兵北伐"的诏令，可惜此时已重病在床，他连呼三声"杀贼"抱憾而亡；北伐再次失败，抗金大臣韩侂胄被"函首安边"。这诸多变故令年迈的陆游备受打击，身体愈发弱了。

绝　唱

嘉定元年（1208），南宋王朝与金朝签订了"嘉定和议"，两国境界恢复以前，南宋皇帝与金朝皇帝的称谓由以前的侄叔改变为侄伯，增岁币为银帛各三十万，犒师银三百万两。这次的和议，比"隆兴和议"更为屈辱。陆游愤懑不已，肺腑积气郁结，胸中如堵败絮，一连几日不能进食。

二月，陆游再遭重挫，他连半俸也被剥夺了。

夜已深，陆游手不释卷地看书，直到困乏难捱，手中的书不觉中从手中滑落，竟半倚在床头睡着了。

陆游又梦见唐琬了。这段时间他常在梦中见到唐琬，在梦中无数次来到沈氏花园，梦中的唐琬依旧是那样的年轻貌美，而他却是白发苍苍老态龙钟了，每当自惭或是与唐琬相拥之际，唐琬总会哀怨地离去，陆游也会从睡梦中醒来。陆游醒后，陆游仍能清晰地记住梦中的场景，这些梦不知是不是唐琬的召唤，不然为何一连多日会与她在梦中相会。

第二日，陆游步履蹒跚地从鉴湖三山步行数里来到沈氏花园。陆游已经记不清自己有多少次来沈氏花园了。有好几次家人劝阻不要出门，可他仍然不顾年迈之躯，一次次的情不自禁地来到沈氏花园，来到刻有《钗头凤》的石头前，与唐琬相会。

这时的沈氏花园繁花似锦，陆游独自一人在寂静的园子里散步，日光照在一簇簇的花上，光晕一晃，眼前的一切都笼罩在影影绰绰中，在恍惚间，陆游仿佛看见唐琬站在花丛中。唐琬依然是盛装的美人，花美人更美，待陆游迎上前去时，唐琬突然从眼前消失了。园中花仍然是园中花，虽年年繁花似锦，陆游知道早已物是人非，唐琬的离去，留给他的只是无限的伤悲。

陆游仰头望了望蔚蓝的天空，长长地感叹一声："真快啊！转眼已五十四载。"陆游抑郁情怀无处排遣，写下了《春游》一诗，深情缅怀前妻唐琬，收录如下：

沈家园里花如锦，半是当年识放翁。
也信美人终作土，不堪幽梦太匆匆。

从沈氏花园回去后，陆游心头恰似千斤重压一般，神思迷惘，不觉又病了。

陆游身子本来羸弱多病，时好时坏，已成常态，到了夏天病情就会有所好转。即便身体不堪到了如此地步，他在病床之上想到的还是国家、恢复河山，就连在睡梦中也是如此。

翌年春天，原本计划返家的陆子虡还没有回来，仍在濠州（今安徽省滁州市凤阳县）任通判一职。陆子虡未归，陆游愈发思念，时常坐在柴门前眺望着远方，驿卒的马铃声成了他最想听到的声音。一日傍晚，陆游终于盼来了来自濠州的书信，他拆开信件还没有读到一半，已经激动得泪流满面了。原来，濠州发生军乱，陆子虡身先士卒，率领众将士平息了这场叛乱，陆游年事已高，这封平安家书对他来说显得格外珍贵。

二月，奉祠在家的陆游因曾为韩侂胄作《南园记》遭到弹劾，宝谟阁待制的待遇也被革落了。

这年立秋，陆游感觉胸部隐隐作痛，经郎中诊断为膈上疾（结核性胸膜炎），这种病在当时可谓药石无效，从立秋一直病到将近寒露时节，身体才小愈。接着，又是反反复复地生病，身体每况愈下，搀扶着行走十几步，就要坐下休息好长时间。

入冬后，天气愈发寒冷，陆游的病情也日趋严重，家人请了不少大夫，个个大夫把了脉象，知疾已不可为，纷纷摇头叹息而去。陆游自知常年染疾，目今更是病入膏肓，药石无效，于是嘱咐家人不要再请大夫了，纯属浪费钱财。家人并没有听从，仍然按以前的方子抓药熬药，陆游不好拂了家人的心意，只得勉强喝下，只是病情丝毫不见好转，身子反倒愈发虚弱。

十二月初五这天，陆游躺在床上，家人为他按摩身体，并洗漱沐浴。待一切完毕，他与家人围坐在一起聊着天，突然觉得口中似有异物，用舌头一顶，才发现自己左边的第二颗大臼齿脱落了。本已是风烛残年，掉一颗牙齿再正常不过了，可是陆游却隐约感到自己时日不多，可能熬不过这个冬天了。

卷十 大地绝响

十二月二十九日，陆游的心里莫名激动起来，几次欲挣扎着起床，却又无力爬起，他躺在榻上发出了激烈的咳嗽声，儿孙听见后，纷纷到了床前。陆游见子孙后辈都已到齐，咳嗽声反倒停了。陆子虞见父亲面如金纸，气若游丝赶紧跪下。只听见"扑通"几声，儿孙按长幼之序跪在床前，个个神情严肃，屏住呼吸静静看着陆游。

陆游努力睁开双眼，目光把所有人扫了一遍，长子子虞已年过花甲，次子子龙、三子子修年近花甲，四子子坦也五十出头了，四人的头发已白了大半。陆游又想到了五子子约，年仅25岁就英年早逝，想到此处眼眶不禁湿润了。陆游又看了看六子子布，算算也是三十好几的人了。最后，陆游把目光停留陆子遹的身上，他凝视着好久，嘴巴张了张，只是声音过于虚弱，谁也没有听清，能听清的唯有一声叹息。

陆子遹看着父亲，白发下面的眼神已混浊了，脸瘦削凹陷，躯体干瘪，他知道父亲已接近油尽灯枯。陆子遹长期在陆游身边侍奉，最明了父亲的心思，他知道陆游有太多的话要对儿孙们讲，忙跪着上前，紧紧地握住陆游的手，悲声问道："父翁，可是有话要对儿等说？"

陆游挣扎了一下，喉头滚动着好似话在嘴边却又无法说出，只是微微点点头，雪白的胡须跟着抖动。陆子遹把身体凑向陆游。陆游半晌没有说话，他仿佛陷入了深思当中，全然不顾众子孙正在等待他的训言。这段时间，陆游常陷入茫然状态，像是弥留之际的人突然失去了灵魂，有时他正目不转睛地看着你说话，却突然不知道说什么了。

陆子遹又问道："父翁，可有话对儿等说？"

陆游这时方回过神来，这里看看，那边瞧瞧，目光定在了陆子遹身上。声气微弱地说道："为父年幼既有济世之志，然天道不测，造化弄人，一生波折不断，此乃命也，运也，时也。"说到此处，他的目光倏忽间又黯淡下来，他叹息一声，接着用力说道，"为父这一生的愿望，就是希望大宋能够收复失地，九州一统。为父可能……已经等不到那一天了……为父不在后，若真有收复河山的那一天，希望你们能够及时告诉父翁啊……"陆游的声音不大，却极为清晰，而且深沉有力，每一字每一句都像刻在儿孙的心里。

儿孙们闻言无不心酸，顿时红了眼眶，眼睛里瞬时积满了泪水，此时想说安慰的话却怎么也说不出来。

陆子遹料想父亲有心事未了，跪着陆游身边说道："父翁，您的嘱托孩儿牢记于心……请父翁放心……父翁还有什么事，尽管盼咐。"

陆游吃力地抬了抬身子,嗫嚅着想说些什么却又说不出来,陆子遹贴耳去听,却什么也听不到。陆游抖抖索索地把那瘦如柴秆的胳膊抬起来,指了指前方的长案,喘着气吐出几个字:"写,写……"可是谁也听不清他到底说了什么,接着又是一阵激烈的咳嗽。

渊氏小声提醒丈夫陆子遹:"阿舅可是要挥毫落纸?"

陆游听了,点了点头。

陆子遹和陆子布连忙去抬长案。陆子虡则忙站起来,轻轻抚摸着陆游的后背,陆游的咳嗽也没有刚才那么激烈了。

一条长案被搬到床前,笔墨纸砚已经准备好了,案角点亮一支大蜡烛把房间照得亮如白昼。子虡、子龙、子修三人将陆游搀扶下床,子坦早已将座椅移了过来。

陆游在几个儿子的搀扶下往前挪动了几步,走到椅子前,正襟危坐,迫不及待地伸出颤抖的手,紧紧地握住毛笔。这时他又看了看在场的儿孙们,眼里有了一道光亮,仿佛一道移动的光芒,仔细地打量每一个人。过了半晌,他深深地叹了一口气,低下头去,手中的毛笔蘸足了墨汁,嘴唇嗫嚅着像是在说些什么。这时,陆游像换了一个人似的,脸色变得红润起来,只见他右手紧紧握住毛笔,快速在纸上写下了《示儿》一诗:

死去元知万事空,但悲不见九州同。
王师北定中原日,家祭无忘告乃翁。

陆游已不记得自己到底写过多少首《示儿》诗,写完这首《示儿》,却让他感到疲惫不堪,整个人一下就软了下来,颤抖着将笔放在笔架上。他用柔和的目光把儿孙们扫了一遍,轻声说道:"收复河山乃吾平生所愿,汝等铭记。"说完脸上露出了满意的神色,然后闭上了双眼。

几个儿子又"扑通"跪在陆游面前,大声说道:"儿等均记父翁教诲,请父翁放心。"

陆游的身子发软,几个儿子一起搀扶着陆游往木床走去,只是此时他已经无法再移动脚步了。几个儿子好不容易才把陆游架回到了床上。他嘴里发出咕噜咕噜的声音,像有很多话在他喉咙里滚动。他抬起那瘦如柴秆的右胳膊,不由自主地指向北方,眼珠已不能转动,双眼直直地盯着屋顶。

陆子遹忽然想到了父翁多年前写的那首《感秋》:"君不见昔时东都宗大尹,

义感百万虎与狼,疾危尚念起击贼,大呼过河身已僵。"父翁何尝不是壮志难酬、忧愤成疾,到现在还挂念着收复河山的大业。陆子遹已不知说什么来安慰父亲了,只能默默地看着他,任由泪水顺着脸颊而流。

陆游的眼睛微微闭着,旋即又奇迹般睁大了,他眼前的一切也变得亮堂许多,这时他仿佛看见了恩师曾几,还有宗泽、岳飞、张浚、王炎、韩侂胄……他们身着甲胄,手持宝剑,个个雄姿英发,正在向他招手。陆游笑了,伸出手想要抓住他们,最终却无力地垂落在床上,突然两行浑浊的老泪从眼窝处轻轻滚落下来,眼前一片模糊,什么也看不见了。

几个儿子又跪在了他的床前,但这时陆游已经说不出话了,他那微微起伏的胸膛现在已归于平静,像是又进入了睡眠状态,鼻孔里只剩一丝似有若无的气息。

"王师北定中原日,家祭无忘告乃翁……"这几句诗仿佛一直在大家的耳边响着。

这时,陆游的身体微微动了一下,嘴里"噗"地吐出一口浊气来。房间的烛火跟着就是一晃,紧接着竟兀自熄灭了。此时,陆游溘然长逝。

陆子虞上前一看,陆游瞳仁的光散了,身子僵硬,一摸脉象,已停止了跳动,他知道父亲已经仙逝,再也忍不住了,大叫一声:"父翁!"而后放声大哭,一行行浑浊的泪水早已抑制不住,顺着面颊滚落下来。

屋外之人听得动静,一起进来,齐刷刷地跪下了。

"父翁!"

"阿舅!"

"祖翁!"

屋内人无不放声恸哭。

嘉定二年(1209)十二月二十九日,陆游与世长辞,享年八十五岁。

陆游生平简表

◎宣和七年（1125）十月十七日，陆游出生。
◎建炎四年（1130），陆游全家赴东阳陈彦声处避乱。
◎绍兴六年（1136），陆游十二岁，以门荫补登仕郎。
◎绍兴十年（1140），十六岁赴临安应试。
◎绍兴十二年（1142），师从曾几。
◎绍兴十三年（1143），十九岁临安二试。
◎绍兴十四年（1144），与唐琬结婚，绍兴十六年（1146）仳离。
◎绍兴十七年（1147），与王氏婚。
◎绍兴十八年（1148）三月十七日，生长子子虡；六月，父宰卒。
◎绍兴二十年（1150）正月二十日，生次子子龙。
◎绍兴二十一年（1151）十月，生三子子修。
◎绍兴二十三年（1153），三登举场，锁厅试被陈阜卿擢置第一。
◎绍兴二十四年（1154），触犯秦桧，礼部试黜落。
◎绍兴二十八年（1156）七月，生四子子坦。
◎绍兴二十八年（1158），出仕，任宁德主簿。
◎绍兴三十年（1160），任敕令所删定官。
◎隆兴元年（1163），代二府作《与夏国主书》《蜡弹省札》。
◎乾道二年（1166）正月，生五子子约；五月，师曾几卒。
◎乾道五年（1169）十二月六日，以左奉议郎差通判夔州军州事。
◎乾道六年（1170）闰五月十八日，赴夔州任通判。
◎乾道八年（1172）正月，启行南郑，任四川宣抚司干办公事兼检法官；十月，王炎召还，幕府解散；十一月二日，赴成都。
◎淳熙元年（1174）十一月，生六子子布。
◎淳熙三年（1176），免官，自号"放翁"。
◎淳熙五年（1178）春，陆游奉诏东归，提举福建常平茶盐公事；冬，生幼子子遹。

◎淳熙六年（1179），提举江南西路常平茶盐公事，赐绯鱼袋。

◎淳熙七年（1180）仲夏，遇旱祈雨，后大雨成灾，开仓放粮赈灾。

◎淳熙十三年（1186）八月，生女闰娘，次年八月卒。

◎绍熙三年（1192），五子子约卒。

◎庆元三年（1197）五月，妻王氏卒。

◎庆元六年（1200），为韩侂胄作《南园记》。

◎嘉泰二年（1202），进京修史。

◎嘉定元年（1208），签订"嘉定和议"。

◎嘉定二年（1209）十二月十九日，陆游去世。

后　记

　　我最早接触陆游是那首《示儿》的诗，彼时年少，说不上有多深的理解，但这首诗却让我记住了这个爱国主义诗人。

　　在这里要声明的是，这部书是历史小说。面对"历史"，力求真实，真实的是大是大非；关于"小说"，着重虚构，虚构的是人物形象。这本小说有一些半文半白式语言，或对话，或诗词，或称呼，或典故，或僻字，这倒不是故弄玄虚，而是在一些特定场合，必须用到一些文言用词，这是对历史事实的客观呈现。当然，这可能会对快速阅读产生一定的障碍，只要稍加思考，反而更能理解当时的时代背景、人物性格特征和事件来龙去脉，如此一来这些文言文就显得更加必要。

　　陆游的一生算是比较漫长的，长达八十五年的岁月里，算不上跌宕起伏，甚至较为平凡，他一生都没有实现自己的政治抱负。陆游的起点并不低，十二岁荫补登仕郎，年轻时多次科考失败，跻身仕途后，孝宗皇帝对他颇为欣赏，但是始终没有受到重用，被委任为一些卑微的官职。为何他一生仕途并没有大的起色，到底是当时的社会环境问题，还是他的个人能力问题，抑或是他的性格问题，这些在小说中也可找到答案。尽管陆游受到排挤、打压、弹劾、罢官，一生壮志未酬，但是他的理想从来没有改变，这也是当今所需要倡导和继承的。陆游在史界也是一个充满争议的人物，正如序言中所说，陆游的所谓晚节问题无非是指他在韩侂胄当政时曾再度出仕，并为韩侂胄撰写《南园记》《阅古泉记》。在这一点上，我在正文中做了订正，力求还原一个真实的陆游，也希望人们能够较为公正全面的认识陆游。当然，这只是我基于史料和陆游一生的言行做出自己的推断，读者也可以根据史料作出自己的判断。

　　我们不能忽视的是，陆游诗词双修，是中国古代文学史上少有的高龄作家，当然也是少有的高产作家，虽然词作相对较少，但足迹所至，皆成篇章，若论诗绝对是宋诗第一人。他的诗歌作品内容丰富多彩，不仅反映了当时广阔

后 记

的社会生活,更为突出的还是呈现了他抗金复国的爱国主义思想,今人常言"主旋律",那么陆游则是南宋文艺界"唱响主旋律,传播正能量"的代表人物。爱国是陆游诗歌创作的一个中心主题,也贯穿了他整个一生的创作过程。与其他爱国诗人不同的是,他不仅仅是通过诗歌去抒发自己内心的爱国忧时的思想感情,而且还直接投身于火热的抗敌斗争当中,是一个迫切想横刀立马、忠君报国的爱国主义战士。

写出这部历史人物小说,少不了我个人对陆游的喜好,在这点上读者从文中可以体会到。写完这部小说,最有发言权的就是读者诸君了,我就不再赘言。

关于陆游其人及其作品,前人作过不少的研究和探索,本书广泛吸收了诸多前辈及时贤的研究成果,在此一并表示诚挚的谢意。"文章最忌百家衣,火龙黼黻世不知。"用陆游的诗句勉励自己。本书对我来说也许只能算作一个尝试,希望能够写出不一样的陆游,当然疏漏、谬误之处必多,限于学识能力,一时无法廓清,由衷盼得方家及读者不吝教诲,给予一个修订的机会。最后,要感谢这么多年一直关心、支持、帮助我的至爱亲朋,因为有你们,才让我有勇气在文学道路上艰难跋涉。

汪和邕
2025 年 1 月

附录：部分参考文献

1. 《陆游年谱》，于北山著，上海古籍出版社，2017年版
2. 《陆游集》，〔宋〕陆游著，中华书局，1976年版
3. 《续资治通鉴》，〔清〕毕沅撰，岳麓书社，1992年版
4. 《入蜀记》，〔宋〕陆游著，中华书局，1976年版
5. 《宋史》，〔元〕脱脱等撰，中华书局，1977年版
6. 《老学庵笔记》，〔宋〕陆游著，中华书局，2019年版
7. 《陆游集》，〔宋〕陆游著，三晋出版社，2008年版
8. 《陆游资料汇编》，孔繁礼、齐治平编，中华书局，1962年版
9. 《陆游传》，朱东润著，上海古籍出版社，1979年版
10. 《宋史纪事本末》，〔明〕陈邦瞻编撰，中华书局，2017年版
11. 《杨万里年谱》，于北山著，上海古籍出版社，2017年版
12. 《范成大年谱》，于北山著，上海古籍出版社，2017年版
13. 《建炎以来朝野杂记》，〔宋〕李心传撰，中华书局，2000年版
14. 《齐东野语》，〔宋〕周密撰，上海古籍出版社，2012年版
15. 《四朝闻见录》，〔宋〕叶绍翁撰，上海古籍出版社，2012年版
16. 《中兴遗史辑校》，〔宋〕赵甡之撰，中华书局，2014年版
17. 《容斋随笔》，〔宋〕洪迈撰，上海古籍出版社，2015年版
18. 《桯史》，〔宋〕岳珂撰，中华书局，1981年版
19. 《玉堂杂记校信笺》，〔宋〕周必大撰，陕西人民出版社，2018年版
20. 《朝野类要》，〔宋〕赵升编，中华书局，2007年版
21. 《揽辔录》，〔宋〕范成大撰，商务印书馆，1936年版
22. 《诚斋集》，〔宋〕杨万里撰，复印本
23. 《浩然斋雅谈》，〔宋〕周密撰，中华书局，2010年版
24. 《景定建康志》，〔宋〕周应合撰，南京出版社，2009年版
25. 《贵耳集》，〔宋〕张端义撰，上海古籍出版社，2012年版

26.《太平寰宇记》,〔宋〕乐史撰,中华书局,2007年版
27.《读史方舆纪要》,〔清〕顾祖禹撰,中华书局,2005年版
28.《中国历史地图集》,谭其骧编,中国地图出版社,1982年版